서사와 영상의 가로지르기

서사와 영상,
영상과 신화

서사와 영상의 가로지르기

서사와 영상,
영상과 신화

| 표정옥 지음

한국학술정보(주)

* 1, 2, 3, 5장은 2004년도 학술진흥재단의 지원에 의해서 연구되었다.
(KRF-2004-037-A00134)

* 4장은 2006년도 학술진흥재단의 지원에 의해서 연구되었다.
(KRF-2006-353-A00078)

❦ 감사의 글

벌써 또 한 해를 넘기고 말았다. 이 주제를 손에 들고 즐거운 여행을 시작했던 것이 벌써 여러 해가 지나버린 것 같다. 처음 이 주제를 연구할 자격이 주어졌을 때 나는 무언가 대단한 그림을 그리려고 했었고 참 무모하게 덤볐던 것 같다. 그러나 시간이 지나면서 내 연구의 밑그림은 점점 축소되더니 급기야 세밀화나 정밀화로 탈바꿈하고 말았다. 예초에 영화와 문학의 문학사를 기술하려고 했지만 이미 선학들의 연구논의가 각각의 분야에서 상당한 수준까지 진척되어 있었고 거기에 내 보잘것없는 글이 다시 쓰기를 감행했을 때 얻는 효용은 극히 미비할 거라는 못난 생각을 하다 보니 의기소침해질 수밖에 없었다. 무식하면 한없이 용감해진다고 했다. 나 역시 연구를 시작했을 때는 무척 용감했었다. 연구가 진행됨에 따라 나는 한없이 작아져 버렸다. 그럼에도 불구하고 남은 힘과 용기를 몰아내서 이 책을 엮은 것은 고마운 선생님에 대한 제자의 보은이라고 해야 할 것 같다. 나의 지나친 열정을 그저 지긋하게 바라봐주신 선생님에 대한 최소한의 예의일 것이다. 몇 년 전 박사후로 인연을 맺은 우한용 선생님은 내 인생에 잊지 못할 고마운 은사님이다. 선생님의 학문에 대한 진지함과 성실함, 제자에 대한 배려와 독려는 내가 앞으로 공부할 때 반드시 가져가야 할 미덕이라고 생각한다. 늘 선생님께 고맙고 죄송스럽다. 좀 더 열심히 해서 미더운 글을 만들어야 했다는 아쉬움이 남는다. 부족하나마 이 글을 엮은 것은 앞으로의 연구에 더 매진할 거라는 스스로에 대한 부끄러운 담금질이다.

박사 때까지는 문학의 게임과 놀이에 대한 연구에 심취해 있었고, 지금 이 책의 상당 부분을 차지하는 영화와 서사의 관계는 박사후 과정의 연구 관심거리였다. 이 책의 4장은 영화를 신화적 서사로 읽어 가는 글을 싣고 있다. 이 연구는 현재의 연구와 겹쳐진 부분이다. 지금은 문화와 신화의 관계를 집중적으로 연구하고 있다. 동화, 소설, 애니메이션, 영화, 게임 등 문화 전체를 신화적 시선으로 읽어 가는 작업을 하고 있다. 특히 지금까지 연구했던 게임과 영상 그리고 신화라는 카테고리를 어린이 문화와 연관시켜 연구하고 있다. 어린이 문화뿐만 아니라 문화 텍스트를 신화로 읽어 냄으로써 새로운 텍스트를 양산하는 작업이다. 늘 과제거리가 눈앞에 아른거리는 것에 감사한다. 또한 제출해야 할 레포트 과제가 많은 것 같은 중압감 역시 나에겐 행복한 일이다. 나는 해야 할 일이 있는 그런 조금은 버거운 시간들을 즐기고 싶다. 어쩌면 이렇게 여유와는 동떨어진 삶이 내게는 존재의미를 깨닫게 하는 것이 아닐까 생각한다. 이런 부산하고 번잡한 나를 부족하다고 보지 않고 나만의 장점으로 봐주는 남편에게 항상 고맙다. 또 건강하고 밝게 자라주는 자랑스러운 두 아들에게도 항상 감사하다. 이 연구를 마음 놓고 할 수 있도록 기회의 장을 열어준 학술진흥재단에 고맙다. 또한 이 글을 맡아주신 한국학술정보(주)에도 고맙다. 마지막으로 서강의 은사님들 이재선, 김학동, 박철희, 김경수, 우찬제, 송효섭, 정요일, 김승희 선생님께 고마움을 전한다. 우물에서 정화수를 퍼올리는 심정으로 우리를 가르치셨던 이재선 선생님의 은혜는 잊을 수가 없다. 얼굴도 모르는 제자에게 전화해주신 인자한 김열규 교수님은 학문에 입문한 나에게 너무나 큰 힘이 되었다. 서강 인문과학연구소의 곽충구 선생님의 아낌 없는 배려에도 머리 숙여 감사드릴 뿐이다. 생각해보니 감사할 분들 이 수없이 많지만 그분들에게는 더 좋은 연구로 보답드릴 것을 약속 드릴 수밖에 없겠다. 또한 내가 앉아 있던 많은 시간의 결과물들이 부족하지만 이렇게 지면으로 나오게 됨을 하나님께 감사드린다.

🍎 책머리에

한국 문학과 한국 영화의 상관적 관계는 매우 긴밀하게 연관되어
발전해 왔다. 그러나 이 두 매체는 항상 문자와 영상이라는 이원화
된 사고에 의해서 가치평가를 강요당한 것이 사실이다. 현대를 살고
있는 많은 사람들에게 영상은 서사의 글만큼이나 아니면 더 크게 작
용하고 있는지도 모르겠다. 이러한 상황에 서사만을 고집해서 연구
한다는 것이 어딘지 모르게 찜찜함을 주었던 것 같다. 그러던 중 박
사과정 때, 소설과 영화의 서사학 <Narrative in Fiction and Film,
Jacob Lothe, Oxford University Press, 2000>을 공부하게 되었다. 이
책에서는 프란츠 카프카의 <심판>을 오손 웰즈 <심판>과 비교해서
문학적으로 감상하고 제임스 조이스의 <죽은 자들>을 존 휴스턴의
<죽은 자들>이라는 영화와 함께 읽어 가고 조셉콘라드의 <어둠의
심연>이 프란시스 포드 코폴라의 <지옥의 묵시록>과 함께 이해해
가고 있었으며 버지니아 울프의 <등대로>를 콜린 그리그의 <등대
로>와 함께 분석하고 있었다. 영문학을 전공해 왔던 나에게 원작들
은 매우 친숙했으며 그 학기 나는 이 영화의 필름들을 보기 위해 고
군분투했다. 그때 나는 언젠가 한국 문학의 정전들을 영화화한 작
품들을 가지고 멋진 책을 만들어 보겠다는 야심찬 계획을 세웠다.

그리고 박사후 과정에서 나는 이런 나의 계획의 첫발을 디딜 수 있는 기회를 가지게 되었다.

문예영화시대의 작품들을 대상으로 선정하고 나니 또 뭔가 허전한 마음이 들었다. 학문하는 사람들이 다 그러하듯이 나 역시 시원에 대한 의문을 갖게 되었다. 영화화되기 전에 근대 소설가들은 영화라는 매체를 보고 자신의 소설텍스트에 어떠한 변화를 일으켰을까라는 궁금증이 생겼다. 우리 문화사에서 문학은 초기 영화가 발생했을 때부터 영화에 상당한 영향을 끼쳐 왔고 동시에 영화는 문학의 형식이나 기법에 변화가 일어나도록 유도했다는 생각이 들었다. 이러한 두 매체 간의 상호 작용에 대한 학문적 접근이 필요하다는 판단에 의해 진행된 작업이 <학술진흥재단 - 2004 박사후 연수과정, 연수기관: 서울대학교 / 제목: 1930년대 소설의 기호론적 담론 양상 - 영상성을 중심으로>였다. 이 책은 지난 삼 년 동안 이 연구를 수행하면서 단편적인 소논문들과 전국학술대회 발표문들을 읽기 쉽게 정리한 것이다. 여기에 요즘 관심을 두고 있는 신화성에 대한 연구와 현대 영화 몇 편을 추가해서 문학과 영화의 관계를 집중적으로 연구하였다.

이 책의 글들은 특정한 시대의 소설에 나타난 영상적 기법에 초점이 맞추어져 있기 때문에 한국 문학과 한국 영화와의 상관적 관계를 전체적으로 규명하기에는 역부족이다. 그러나 영화와 문학에 대한 두 매체 간의 관계를 집중적으로 조명한다는 점에서 책의 존립근거를 옹색하게나마 찾고자 한다. 영화적 형식과 문학적 형식은 강한 유사성을 가지고 있으며 영화기법과 문학기법은 서로에게 많은 것을 주고받는다. 문학사나 영화사를 둘러볼 때 영화적인 의식이 문학가들에게 시각적이고 청각적인 특징을 심어 주었고 작가들의 무한한 상상력은 영화감독들의 제작에 수많은 영감을 주고 있다. 현대에 와서는 이러한 상호 관계가 더욱더 빛을 발하고 있는데 컴퓨터 기술의 발달이 이러한 움직임의 추동력이 되고 있다. 그러나 무엇보다도 영화와 소설이 함께 거론되고 서로에게 강한 영향력을 가지는 근본적인 원인은 두 매체가 서사, 즉 이야기를 축으로 하는 예술이기 때문이다.

　요즘 대학에서 문학을 가르친다는 것이 쉬운 일은 아니다. 가장 근본적으로 어려운 점은 학생들이 문학에 대한 기본 독서가 되지 않는다는 점을 꼽을 수가 있겠다. 점점 사라져 가는 특정시대의 문학 과목들의 이름이 현 대학의 세태를 반증하고 있다. 그렇다면 어떻게 읽지 않는 세대에게 문학을 가르쳐야 할까. 이것은 떠나지 않는 나에 대한 질문이 되어 왔다. 요즘 문학을 표명했던 대학의 과목들은 문화라는 옷으로 갈아입었거나 갈아입을 준비에 한창이다. 문학강독이 어느새 문화강독으로 슬그머니 새로운 차로 갈아타기를 한 셈이다. 그렇다면 운전수에 해당하는 가르치는 사람은 새로운 핸들을 어떻게 조정해야 될까. 그렇다고 모든 문화현상을 텍스트로 가져올 수는 없는 일이다. 문학을 공부한 사람의 문화읽기는 어쩔 수 없이 영화와의 밀애를 선택할 수밖에 없다. 아니 영화뿐만이 아니라 애니메이션과 다른 매체도 서로 연관되어 연구될 수밖에 없다. 특히 영화와 문학을 어떻게 연관시킬 것인가. 학생들에게 대학에서 가르쳐야 하는 합리적이고 비판적 성찰을 어떻게 달성할 수 있을 것인가. 나의 질문은 끊임없이 계속되고 그러한 고민의 과정을 내 수업시간에 반영시켰다. 학생들은 의외로 능동적인 참여를 보여주었다. 역시 지금의 학생들은 나보다 훨씬 영상에 민감한 세대였음을 실감할 수 있었다. 학생들과 소설 <서편제>를 영화와 함께 공부하고 영화 <꽃잎>을 최윤의 <저기 소리 없이 한 점 꽃잎이 지고>와 함께 공부하면서 이 작품들이 또 다른 텍스트가 될 수 있음을 실감하였다. 나는 학생들의 창조적 사고력을 항상 믿고 있다. 그러한 기대가 늘 그들의 발표에 귀를 기울이게 하기 때문이다.

　매 학기 강의를 하면서 문학과 영화에 대한 나의 고민과 질문이

이 책의 주요 구성 요소가 되고 있다. 이 책에서는 크게 네 가지의 사고를 보여주고자 하였다. 영화라는 매체가 들어왔을 때 서사의 문법은 어떤 변화를 겪었는가. 영화는 소설을 어떻게 영상화시키고 있는가. 영화를 서사적으로 해석함으로써 새로운 문화 텍스트로 바라볼 수 있는가. 현재 영화와 소설의 다양한 트랜스텍스트성은 어떻게 진행되고 있는가 등 네 가지의 질문들에 대한 대답이다. 대답이 궁색하게 들리지 않기를 바랄 뿐이다.

목 차

제1장
영상적 언어와 서사적 운명

　서사와 영상은 서로 은밀한 관계를 유지하면서도 늘 경쟁적 관계에 있다. 서로에게 영향을 주고 발전하면서도 늘 서로 비교당하는 운명에서 한시도 벗어난 적이 없다. 문학사를 두고 볼 때 소설의 번창과 영화의 번창이 동시적이었음에도 불구하고 소설읽기의 쇠퇴를 영상의 과잉 때문이라고 우리는 궁색하게 변명을 한다. 물론 보고 느끼는 것이 읽고 느끼는 것보다는 쉽다. 그렇다고 인간의 읽고 싶은 욕망 자체가 소멸할 수는 없는 것이다. 이제는 보는 행위와 읽는 행위가 서로 분리될 수 없는 지점에 와 있는 것 같다. 예전의 문화가 읽는 것에서 보는 것으로의 확산이라면 현재의 문화는 보는 것에서 읽는 것으로의 되새김하는 반추가 보편적 현상인 것 같다. 현재의 영상의 과도한 속도가 이러한 문화의 역전 현상을 일으킨 것이라 할 수 있다. 우리는 이제 잠시 숨을 고르고 우리 문학과 영화의 관계를 한 정점에서 들여다봐야 하는 시간을 가져봐야 한다. 문화의 현상에 우리가 묻혀버리지 않기 위해서 우리는 우리가 가고 있는 문화의 길을 자세히 되돌아보아야 한다. 이러한 나의 읽기와 보기에 대한 욕망이 이 두 매체를 동시에 들여다보게 해 주었다.

문학과 영화의 관계가 비단 한국만의 특수한 현상이 아니다. 미국의 그리피스나 소련의 에이젠슈테인의 경우를 보더라도 그 사실은 자명해진다. 그리피스는 찰스 디킨스 소설에 나타난 크로스커팅 아이디어 기법들을 통해서 몽타주이론을 세웠으며 세르게이 에이젠슈테인은 영화가 고급 예술이 될 수 있다는 생각을 뒷받침하기 위해서 문학을 뒤적였다고 한다. 에이젠슈테인은 문학 특히 시의 이미지 병치에서 새로운 의미 창출이 가능함을 보고 충돌의 몽타주 이론을 만들게 되었다. 프랑스의 르네클레르와 장 콕도 역시 문학적 기법을 영화에 차용한 대표적인 사람들이다. 역사적으로 유능한 작가들 피츠제럴드, 포크너, 딜런 토마스, 알랭 로브 그리예, 마르크르트 뒤라스 등 무수한 작가들이 영화 시나리오를 직접 썼다는 사실이 문학과 영화를 밀접하게 연결시켜 주는 예가 되고 있다.

특히 문학과 영화를 관련지어 바라볼 때 우리 영화에서 김수용이라는 감독과 소설가 김승옥은 주목할 만하다. 김수용 영화 50여 편이 문학작품을 원작으로 하고 있다는 것은 주목할 만하고 김승옥이라는 소설가가 직접 영화의 대본을 썼다는 사실 역시 우리 문학과 영화의 관계를 유기적으로 살펴봐야 하는 이유인 것이다. 고전소설 <춘향전>의 끝임 없는 영상의 리바이벌 현상은 문학과 영화의 관계를 살펴봐야 하는 또 다른 예가 된다. <춘향전>은 구술되었던 대표적인 고전 소설인데 현대에는 영화감독들에 의해서 무려 18번이나 다시 영상화되기를 반복하고 있다. 이는 예전에 다른 구술자에 의해 다른 느낌을 자아냈던 것과 사뭇 흡사한 것이다. 영상시대에 <춘향전>의 감독들은 각기 다양한 특징을 가진 변별된 화자들인 것이다. 수많은 청자를 대상으로 다시 들려주기를 시도한 감독들은 무엇을 가장 중요하게 여겼을까. 내용의 식상함을 청중에게 각 시대에 맞게 풀어낸다는 것은 문화사회학의 중요한 해석코드가 될 것이다. 문학에서는 시대적 기대지평이라는 말로 표현할 수 있을 것이다. 문학을 영상화한다는 것은 어찌 보면 문화사회학 또는 문학사회학이라는 새로운 영역을 창출하는 창조적인 행위가 될 수 있지 않을까.

영화와 문학의 관계에 앞서 영화라는 매체가 소설가에게 처음 보였을 때 소설가들은 어떤 생각을 하게 되었을까. 자신들의 앞길이 이제 험난해지고 종국에는 사라져 버릴 운명의 예술이라고 여겼던 것일까 아니면 새로운 예술의 신세계를 만난 황홀감을 느꼈을 것인가. 근대 소설가들이 만날 수 있다면 한번 물어보고 싶다. "영화를 처음 보았을 때 당신들은 소설의 죽음을 예견 했나요, 아니면 예술의 새로운 부활을 예견 했나요"라고 근대 소설 작가들에게 직접 들을 수는 없지만 그들의 소설에서 미루어 짐작해 보면 영화라는 새로운 예술매체가 분명 그들에겐 위협이나 경쟁이 아니라 그들의 문학세계를 한층 끌어올려 주었던 것은 분명하다. 나는 첫 테마로 근대 작가들의 글쓰기를 들여다보기로 했다. 영화가 대중화되지 않았던 시대에 영화의 전사로서 문학이 실험적인 글쓰기를 통해서 문학의 영상성을 시도했다는 것을 밝히고자 한다.

제일 먼저 다루고자 하는 작가는 이상이다. 이상의 <동해>와 <실화>라는 소설의 실험적인 글쓰기 양식을 살피고 의미망을 새롭게 그려보는 작업이 될 것이다. 다중영상의 기법과 시간과 공간을 구성하는 데 있어서 사용한 충돌의 몽타주 기법과 상징과 기호를 통해서 구현되는 소설의 영상성에 대한 논의이다. 우리는 이상 소설을 이야기할 때 난해하다는 표현을 빠뜨리지 않는다. 월터 K. 류는 이상의 수필 <산촌여정 – 성천 기행 중의 몇 절>을 연구하면서 활동사진이라는 코드로 이상을 풀어갔었다. 이상의 작품 중에서 영화적 기법에 대해서 <산촌여정>만큼 직접적으로 가시화시킨 작품은 없는 듯하다. 관객과 영화의 관계가 잘 나타난 한 편의 활동사진 같은 작품이기 때문이다. 이러한 기법의 동일선상에서 난해한 작가의 소설을 새롭게 읽어 가면 나름대로의 의미망이 그려지게 된다. 그 의미망이 절

대적일 수는 없지만 영화라는 매체를 활용한 작가의 글쓰기 실험정
신 정도는 이해할 수 있는 것이다. 로드무비하면 제일 먼저 생각나
는 작품은 이탈리아의 <길 La Strada, 1954>이라는 작품이다. 제소
미나의 어수룩한 모습이 길과 동일시되면서 자아냈던 영상은 우리의
뇌리에서 사라지지 않는다. 근대문학을 통해 볼 때 길의 의미를 새
롭게 해 주는 두 작품을 찾아볼 수 있는데, 박태원의 <천변풍경>에
나타난 도시적 세태를 보여주는 길과 이효석의 <메밀꽃 필 무렵>의
시골적이고 서정적이고 가슴 벅찬 낭만적 길이 있다. 이 두 작품은
'길'에 대한 시선을 중심으로 펼치는 영화적 담론 양상을 다루고 있
다. 길의 상징성과 길을 바라보는 시선의 차이에 따라 주제를 드러
내는 기법과 주인공의 위치가 달라지고 있음을 알 수 있다. 근대문
학에서 '길'이라는 동일 소재가 어떻게 다르게 조명되는지 각각의
담론 기법의 차이는 두 작가의 세계인식을 알게 해 주는 중요한 지
침이 될 것이다.

　인물 재현에 가장 공을 들인 근대 작가 중의 하나로 나는 채만식
을 꼽고 싶다. 우리 문학사에서 가장 못된 영감은 누구일까라는 질
문을 받는다면 나는 주저하지 않고 <태평천하>의 윤직원 영감을 꼽
을 것이다. 영화에서 찾아보면 누구일까. 외국 영화에서 가장 부정적
인 주제로 가장 멋진 카리스마를 풍기는 인물은 아마도 <대부>의
말론 브란도가 맡고 있는 프로페셔널 범죄자인 '돈 비토 콜레오네'
일 것이다. 우리는 영화에서 콜레오네의 카리스마를 잊지 못한다. 그
는 완벽한 범죄 집단의 존경받는 대부인 것이다. 이는 정의를 외치
면서 사람들을 위한다는 권력자들이 온갖 잘못을 저지르고 있는 아
이러니한 현실에 대한 신랄한 풍자일 것이다. 우리의 윤직원 영감이
돋보이는 것도 바로 이러한 아이러니를 보여주기 때문이다. 자신의
잘못된 가치를 가장 옳다고 판단하는 이율배반적인 인물이 가지는
아이러니가 결국엔 정상적인 가치관이 무엇인지에 대해서 질문하게

한다. 콜레오네와 윤직원은 매우 개성이 뚜렷한 인물이다. 그들이 표방하는 것은 서로 다르지만 결국 현실에 대한 신랄한 풍자라는 것만은 공통적이다. 그렇다면 채만식이라는 작가는 윤직원을 형상화하기 위해 어떤 영상적 담론을 실험하고 있는 것일까. 장면화, 즉 미장센이라는 개념을 들 수 있을 것이다. 윤직원이 움직이는 공간은 지극히 연극적인 재한 공간인 것이다. 다른 소설처럼 인물이 움직이는 공간을 자유롭게 상상할 수가 없다. 윤직원이 움직이는 공간은 연극 무대 정도의 반경이며 그가 말하는 어투는 흡사 연설투를 연상시킨다. 윤직원이 쓰는 욕설과 억측은 흡사 판소리 '양반전'의 어투를 연상시켜 카니발, 즉 축제적 언어를 연상하게 한다. 이외에도 동시대에 활동했던 작가 최명익의 <비오는 길>과 <심문>을 통해 몽타주와 이중노출이 어떻게 드러나고 있는지 살펴보고, 한설야의 <귀향>을 통해 오버랩을 살펴보고, 김남천의 <소년행>으로 시퀀스 기법과 시선을 살펴볼 수 있다. 다시 질문으로 돌아가 보자. 근대 작가들에게 "영화는 소설에 영향을 주었나요"라고 물어보자. 그들의 대답이 어쩐지 들리는 것 같다.

처음 이야기들은 소설에 나타난 영상적 기법들에 대한 이야기들이었다. 다음으로는 실제 영화의 모태가 된 소설과 소설을 영상화한 작품들과의 상호 관련성을 기반으로 연구를 진행할 것이다. 그러자면 우리 문학사에서 소설이 영화화된 대략적인 이야기를 먼저 풀어가 보자. 현대 소설 중에서 대표적으로 알려진 정전들을 영상으로 다시 그려보는 작품들에 주목해 살펴보자. 이광수 <유정, 1966, 김수용>, 나도향 <뽕, 1985, 이두용>, 김동인 <감자, 1987, 변장호>, 계용묵 <백치아다다, 1987, 임권택>, 김유정 <봄봄, 1969, 김수용>, <땡볕, 1984, 하명중> 등은 영상화된 초기 대상작품들이다. <유정>은 소설과 영화에서 재현되는 사랑의 차이를 중심으로 기술할 수 있을 것이며 <뽕>은 원작에 나타난 계급적이고 이념적인 부분이 에로티시즘의 강렬한 열망으로 재현되면서 민중의 생존욕구를 표출한다는 견해를 펼 수 있다. <감자> 역시 사회적 모순보다는 인간의 욕망과 운명의 역정에 초점을 맞추고 있으며 <아다다>는 돈에 대한 시선의 차이를 시각적으로 보여주는 데 공을 들이고 있다. 김유정의 <봄봄>과 <땡볕>은 소설의 해학성과 토속성을 잘 드러내려고 하였다. 그러나 이들 작품들이 실제로 영화화된 것은 30년대가 아니라 60-80년대에 걸쳐진 것이기 때문에 작품의 주무대인 시대를 담아내기에는 역부족이었다. 따라서 작품들이 영화화되면서 서사의 스토리 라인에만 초점을 맞추고 시대상을 재현하지는 않았다.

우리 영화에서 문예영화시대라고 부르는 60-70년대의 작품들이 많다. 이 시기는 텔레비전의 보급으로 영화사업이 일시적으로 침체적인 국면에 접어들었다. 때문에 제작자들은 정부의 지원에 힘입어서 문학에서 한 번 검증된 작품들을 대상으로 영상화하였다고 한다. 그러나 작가에게 문학이 가지는 의미가 영화감독에게 그대로 재현되고 있는지 또는 영화만의 시각이 삽입되고 있는 것인지 살펴볼 필요가 있을 것이다. 당시의 문예영화의 선두주자인 김수용의 작품들이 주로 많이 거론이 될 수 있으며 신상옥, 유현목, 그리고 고영남 등의 작품을 통해서 당시의 영상의 문학성이 어디까지 이르고 있는지 살펴볼 수 있다. 주요섭 <사랑손님과 어머니, 1961, 신상옥>에서 보여주는 사랑의 이데올로기는 소설과는 조금 다르게 그려지고 있다. 오영수 <갯마을, 1965, 김수용>은 소설의 특징적인 일부분의 장면을 작품 전체로 전면화시키는 데 성공함으로써 자연과 인간의 운명을 조화롭게 보여주고 있다. 김동리 <까치소리, 1967, 김수용>를 통해서는 우리 민족에게 내려오는 뿌리 깊은 신화적 세계관을 그려내는 데 성공했으며 박경리 <토지, 1974, 김수용>에서는 몰락해 가는 양반가를 재현해 내는 데 성공했으며 그러한 영상적 각인들은 문학적인 영화로의 가능성을 보여주었으며 순수영화나 예술영화로 지칭되었다.

이외에도 황순원 <소나기, 1978, 고영남>에 나타난 물의 영상성, 윤흥길 <장마, 1979, 유현목>에서 보여준 이념의 허상, 김승옥 <무진기행>이 영화 <안개, 1967, 김수용>로 제작되었고 영화에서 보여주는 안개의 희미한 낭만적 방황이 영상화되었다. 이 작품에서는 과거와 현재 혹은 회상과 현실의 장면을 유연하게 교차시키는 영화적 문법을 보여주고 있다고 평가받고 있다.

논의를 더 확장해 80년대로 넓혀 보면 우리는 더 넓은 조망권을 가지게 된다. 1980년대라는 특수상황을 배경으로 하는 문학의 영상화에 주목할 수 있다. 이 시기의 문학의 영상화 작업은 현실에 적극적으로 맞서기보다는 현실을 회피하거나 아니면 힘없는 자들의 분노를 그대로 보여주거나 고향상실과 고향 그리워하기, 현실의 문제를 종교적으로 풀어보려고 하는 세계관, 꿈의 좌절 등등 밝고 아름다운 이야기보다는 암울하고 무거운 주제들이 영상화되었다. 이문열 <사람의 아들, 1980, 유현목>과 김성동 <만다라, 1981, 임권택>에서는 현실의 문제를 종교적으로 풀어 가려는 움직임을 보이고 조세희 <난장이가 쏘아올린 작은 공, 1981, 이원세>과 이문열 <추락하는 것은 날개가 있다, 1989, 장길수>에서는 소외되고 좌절된 꿈의 잔상을 보여준다. 최인호 <고래사냥, 1984, 배창호>, 박완서 <그해 겨울은 따뜻했네, 1984, 배창호>, 황석영 <삼포 가는 길, 1981, 김홍종> 등에서는 고향 그리워하기와 고향상실이 잘 그려지고 있다. 이러한 문학의 영상화가 시대의 현실반영임을 염두에 둘 때 문학-영화-사회의 긴밀한 연관적 담론이 가능해진다.

바야흐로 욕망이 꿈틀거리던 90년대의 영화를 만날 수 있다. 우리 문학사나 영화사에서 이처럼 많은 실험작들이 등장했던 적은 없었다고 해도 과언이 아니다. 정치적인 환경이 변화되고 세계화의 기치가 시대적 담론이 되었던 시기이다. 이전에는 꿈도 꾸지 못했던 것들이 현실화되기 시작했다. 먼저 역사의 음화로 그려졌던 5·18광주 사태에 대한 청문회를 필두로 묻혀 있던 역사의 상처들을 드러내서 양지에서 말할 수 있는 장이 열린 것이다. 그에 힘입어 최윤 소설 <저기 소리 없이 한 점 꽃잎이 지고>는 영화 <꽃잎, 1996, 장선우>으로 제작된다. 이 영화는 다큐멘터리 형식과 액자식 사건 전개로 역사적 사건을 담담하게 영상화시켰다. 또한 주인공을 주변화시킴으로 복합적인 주인공을 만들어 냈으며 시점 역시 다층적으로 드러나고 있다. 조정래의 <태백산맥, 1994, 임권택>은 금서라는 딱지를 떼고 영화로 거듭나면서 대중화되었고 그동안 알아 왔던 빨치산에 대한 잘못된 인식을 바로잡아 주었다. 이러한 역사적인 성찰에 대한 관심과 함께 움튼 것이 바로 우리의 것에 대한 소중함을 깨닫는 것이었다. <서편제, 1993, 임권택>는 가장 한국적인 것이 가장 세계적일 수 있다는 진리를 보여주었다. 또한 다른 한편에서는 여성들의 목소리가 문단의 전면에 등장하기 시작했다. 90년대 초에 양귀자의 <나는 소망한다. 내게 금지된 것을, 1994, 장길수>와 공지영의 <무소의 뿔처럼 혼자서 가라, 1995, 오병철>이라는 소설은 여성성과 섹슈얼리티라는 개념을 문학의 담론으로 활발하게 펼치는 계기가 되었다. 이는 소설의 힘도 크지만 톱스타를 출연시켜 영상화하는 과정이 그러한 사회적 흐름을 주도해 나간 것이다. 사람들은 어느 때보다도 많은 기회와 가능성을 부여받은 것 같았지만 그만큼 실존과 고독에 몸부림쳐야 했다. 그러한 작품들로 구효서의 <낯선 여름>이 <돼지가 우물에 빠진 날, 1996, 홍상수>로 영상화되면서 일상의 부조리가 상징적으로 그려지고 하일지의 <경마장 가는 길, 1991, 장선우>이 영화화되었고 장정일의 <너에게 나를 보낸다, 1994, 장선우>의 영화화를 들 수 있을 것이다. 여기에서는 세기말적 사고를 보여주고 있으며 고독한 현대인을 잘 드러내 주고 있다.

　문학과 영화의 교섭 양상임에 비추어서 네 편의 대표성을 띤 작품을 선별해 영화와 문학의 관계를 살펴볼 것이다. 김유정 원작, 하명중 감독 <땡볕>을 통해 영화가 문학적 정전을 어떻게 받아들이고 변용했는지 살펴보고 그러한 변용의 원리에 작용한 이데올로기를 천착해 나갈 것이다. 문예영화시대의 대표적 문학작품으로 주요섭 원작, 신상옥 감독의 <사랑방 손님과 어머니>를 연구할 것이다. 소설의 어떠한 요소가 변형되고 추가되었으며 소설적 상황과 영화적 상황 간의 관계가 점검될 것이며 새로 추가된 요소가 가지는 영화적 효과에 대해서도 연구할 것이다. 영화가 사회를 반영하는 핍진성, 즉 그럴듯함을 드러내는 대표적인 작품으로 <꽃잎>을 다룰 것이다. 이는 90년대 다원화 과정에서 일고 있는 문학과 영화의 해체적 서사기법의 대표적 작품으로 최윤 원작, 장선우 감독의 작품이다. 마지막으로 영화의 구두법을 변형한 롱 테이크 기법을 통해 한국인에게 한의 정서를 보여준 이청준 원작, 임권택 감독 <서편제>는 한의 예술적 형상화와 그 신화적 상상력을 통해 분석될 것이다.

영화적 담론 기법을 차용한 소설을 읽고 소설을 영화화한 영상작품을 상호 텍스트적으로 읽어 보고 나는 영화를 서사적으로 읽는 단계에 다다른 것이다. 현대 사회에서 영화는 소설 못지않게 서사적 구조와 상징을 잘 보여주고 있는 텍스트인 것이다. 문학과 영화의 관계가 어느 때보다 긴밀한 시점에서 영화 텍스트에 대한 문학적 분석은 비껴갈 수 없는 과제처럼 보인다. 여기에 다루는 작품들은 학술발표 때 간략히 발표한 것들을 치밀하게 분석해 본 것이다. 현대문화에서 우수한 작품으로 공인받은 다섯 편의 영화를 서사적 해석과 신화적 해석으로 풀어본 것이다. 첫 번째로 이상 세계를 그리고 있는 영화 <웰컴투 동막골>을 창조신화적인 측면에서 신화적 상상력을 읽어 갈 것이며, 두 번째, 영화 <올드보이>는 남매혼 신화와 근친상간의 금기 신화를 통해서 영화의 신화적 상상력을 읽어 나갈 것이다. 세 번째, <친절한 금자씨>에 나타난 여성신화, 처녀임신의 상상력, 음식 상상력, 선과 악의 공생 등 다양한 신화적 상상력이 동원되어 영화를 해석해 나갈 것이다. 네 번째, 영화 <왕의 남자>의 축제성과 제의성을 살펴볼 것이다. 마지막으로 라캉의 욕망의 시각으로 영화 <음란서생>을 살펴볼 것이다.

갈무리하는 장에서는 영화에 의해 부활된 서사들에 대해서 살펴보고 현재 진행되는 영화와 문학의 동시 창작의 문제 그리고 문학의 영상적 이미지 글쓰기 등에 대해서 논의할 것이다. 현재 영화는 소설과 함께 동시적으로 진행되는 경향을 보이고 있으며 현재 문단의 많은 작가들의 글쓰기는 이미 영상적인 기법을 다양하게 차용하고 있다. 장면과 장면을 전환하는 기법을 사용할 때 영화적인 화면처리 기법은 이미 작가들의 글쓰기에 다양한 공식들을 제공하는 듯하다. 현대의 작가들의 대표 작품들에서 어떻게 영상적인 기법이 차용되고 있는지 살펴볼 것이며 그러한 기법이 소설 문체에 어떤 변화를 제공하는지 살펴볼 것이다. 그 대상 작품들로 한강 <몽고반점>, 김훈 <화장>, 정미경 <밤이여 나뉘어라>, 배수아 <푸른 사과가 있는 국도>, 김경욱 <블랙러시안> 등을 선정했다. 이들 작품들에 나타난 영상적 글쓰기를 통해 영화와 문학의 서사기술 기법을 살펴봄으로써 현대 작가들의 영상적 글쓰기를 알아볼 수 있을 것이다.

제2장
서사의 영상적 인식과 형상화

1. 다중영상의 시선으로 '이상' 소설 읽기
─〈동해〉와 〈실화〉 자세히 읽기

1) 이상 소설의 문법은 다른 독법이 필요하다

각 시대마다 그 시대를 해석해 내는 담론의 특성은 변화되어 왔다. 계몽주의에서 모더니즘을 거쳐 현재는 포스트모더니즘의 시대를 지나고 있다. 우리사회의 담론의 특징은 더 이상 현실에 기반을 두지 않는다. 우리는 90년대 이후 등장한 인터넷의 급속한 보급으로 장르의 다양화를 겪고 있다. 특히 환상적인 신화성의 상상력이 문학을 넘어 문화의 저변으로 확대되는 것을 당연하게 받아들인다. 온라인의 세계와 오프라인의 세계는 어떤 것이 진실이라고 말하기 어려울 정도로 담론의 큰 부분을 차지하고 있다. 그러나 이러한 혼란한 사회에서도 담론의 생산을 통제하고, 선별하고, 조직화하고, 나아가 재분배하는 일련의 과정들이 존재한다. 특히 소설의 담론은 그것이 작성된 시대의 언어적 질서를 읽을 수 있게 하는 중요한 자료가 된다. 왜냐하면 소설담론은 그 당시 언어의 조작 게임이라고 할 수 있다. 모든 서사들은 작품 안에 인물들, 서술자-피서술자, 내포작가-내포독자, 실제작가-실제독자 등을 가지고 있다. 전달되고 받아들이는 정보의 양은 각 층위의 담론 양상에 따라서 복잡해진다. 이것은 서사가 하나의 구조만으로 구성되는 것이 아니라 구조의 구조인 중층구조를 이루기 때문이다. 이러한 다양한 구조 안에서 담론의 양상은 다르게 나타날 수 있다. 즉 소설에서 다양한 담론 양상은 다양한 의사소통의 과정을 총체적으로 보여주는 과정이라고 할 수 있다. 소설의 의사소통은 기호론적인 접근을 말함인데, 여기에서 소설 기호론은 의사소통의 전반적인 국면을 문제 삼는 것이다. 기호론은 텍스트 자체의 기호론적 구조를 밝히는 일에서 시작하여 그러한 텍스트를 통해 의사소통을 이루어 가는 사회적 소통체계의 성격을 가진다.[1]

우리 문학사에서 1930년대는 작가들의 관심이 수평적, 수직적 폭이 확장되고 다양한 문학적 시도가 있었던 시기였다.[2] 본고에서 주목하고자 하는 것은 1930년대 소설의 기호론적 담론 양상 속에 나타난 영상성인데, 이상 소설에서 그러한 특징이 두드러지게 나타나는 것에 주목한다. 본고에서 논의하고자 하는 영상성이란 영화적 기법을 소설 안에서 실현하는 것으로 볼 수 있다. 이러한 영상성을 언급하기 위해서 주목할 만한 것은 소설과 영화가 서로의 경계를 넘나들면서 밀접한 관계를 맺어왔다는 것이다. 그러나 본고에서 대상으

---

1) 우한용, 『한국현대소설담론연구』, 삼지원, 1996. 31쪽.
2) 이재선, 『한국현대소설사』, 홍성사, 1979: 313-315쪽.

로 삼고자 하는 것은 소설을 영화로 각색한 것이라기보다는 영화가
대중화되지 않았던 시기에 소설에서 그러한 영상매체의 속성을 보여
주고 있는 작품들이다. 그러한 작품의 의사소통체계가 어떻게 그 시
기의 작품들과 변별되는지 살펴보고 기호론적인 관점으로 작품의 영
상성을 읽어 가고자 한다. 영화적인 기법을 소설에서 활용할 수 있
는 것은 서사문법의 변화 때문이다. 이는 달리 말하면 장면화의 기
법이라 할 수도 있는데 시간예술로서의 언어예술 중에 시각적인 효
과를 극대화시키면 시간의 無化를 가져오고 장면으로 나타나는 이미
지를 형성하게 된다.[3]

 이상 텍스트 안의 상징어들은 독자에게 그 속에서 놀이를 강요한
다. 그는 텍스트 안에 어떤 어원을 떠올리게 하는 수수께끼 같은 비
밀을 숨겨 놓는다. 그러나 제시된 단서는 작품의 내용에 비추어 보
면 다소 황당하고 역설적으로 제시되고 있다. 독자는 마치 퍼즐 게
임의 조각을 찾아가듯이 그의 수수께끼의 단서를 찾아야만 한다.

 픽션문학은 놀이의 한 형태일 뿐만 아니라 놀이는 인간사회의 중
요하고 필수적인 양상이라고 할 수 있다. 리얼리티라는 개념을 파괴
시키기보다는 놀이라는 기제를 사용해서 픽션과 리얼리티의 관계를
풀어 가는 것이다.[4] 이상은 자신의 심리적 놀이를 통해서 그의 작품
을 개연성 있는 현실에서 분리시킨다. 이러한 그의 시도는 기존 문
학의 존재론적 위상을 전복시키며 픽션문학의 허구성을 적나라하게
드러내는 장치가 된다. 이상은 글쓰기를 통하여 삶의 의미를 찾아간
다고 볼 수 있지만 동시에 삶의 의미를 글쓰기로 해체시킨다고 할
수도 있다.

 이상의 소설에 대한 논의는 대략 네 가지로 연구의 갈래를 나누어
볼 수 있다. 첫째, 상당수의 연구가 작가의 삶과 밀착되어 연구되어

---

3) 우한용, 『한국현대소설담론연구』, 삼지원, 1996, 134쪽.
4) 퍼드리샤 워, 김상구 옮김, 『메타픽션』, 열음사, 1992: 54-86쪽.

왔다. 이상의 삶 자체가 異常한 것이 그 주된 이유라고 여겨진다.5)
둘째, 작가와 작품 사이에 기반을 둔 이러한 연구는 80년대 들어와
심리학이나 정신의학의 방법론으로 이어진다.6) 셋째, 작품 내재적인
분석으로 구조주의적인 텍스트 분석이 여기에 속한다. 텍스트의 정
치한 분석을 토대로 이상 문학의 내적 원리를 찾아내고 있다.7) 넷
째, 이상을 해석하는 주요한 도구로 상호텍스트성을 들 수 있다.8)

　최근에는 놀이성으로 이상 소설의 글쓰기의 생산과정을 다루는 논
문이 등장하고 있다. 이경수는 이상이 소설텍스트를 통해서 현실을
은폐하고 제2의 가상현실을 모의한다고 보고 있다. 이상은 소설에서
기호놀이를 통해 자신을 다르게 만들어 실제세계를 벗어나려고 한
다. 이상은 소설텍스트에서 하나의 인물로 등장하여 현실세계를 복
잡하고 모호한 가상공간으로 대체한다. 이상은 가면을 쓰고 죽음에
맞선다. 이때 이상은 공포에 떨고 있는 존재에서 벗어나 현실을 조
롱할 수 있게 된다. 따라서 이상 문학은 본질적으로 하나의 놀이 행
위이다.9)

　이상의 작품 중에서 분석 대상이 된 <동해>와 <실화>는 작품구성
과 제목부터가 새로운 해석을 요하고 있다. 각 절에 소제목을 부치
고 있는 <동해>는 일련의 사진을 연상시킨다. 사진에 알맞은 제목과

---

5) 고은, 『이상평전』, 민음사, 1974.
　　김윤식, 『이상연구』, 문학사상사, 1987.
6) 김종은, 『이상의 理想과 異常』, 문학사상, 1974, 7.
　　조두영, 『이상의 인간사와 정신분석』, 문학사상, 1986, 11.
7) 곽진석, 「탐색담의 유형과 구조적 해석」, 『한국 문학과 기호학』, 문학과 비평사, 1988
　　김승희, 「이상시 연구」, 서강대박사, 1991.
　　임병권, 「1930년대 한국 모더니즘 소설의 양가성 연구」, 서강대박사, 2001.
　　황도경, 「이상의 소설공간연구」, 이대박사, 1999,
　　이화경, 「이상소설에 나타난 주체와 욕망연구」, 전북대박사, 2000.
8) 김주현, 「이상소설의 글쓰기 양상」, 서울대박사, 1998.
　　유광우, 「이상문학텍스트의 구현방식과 의미 연구」, 충남대박사, 1994.
9) 이경수, 「이상 텍스트 생성 과정 연구」, 서울대석사, 1997. 29쪽. 57쪽.

그 안의 일련의 사건들은 영화적 구성을 가지고 있다. 나는 데이비
드 보드웰의 다중영상(multiple frame)이라는 용어에 주목하기로 한
다. 이 방식은 그 자체의 화면 차원과 형태를 지닌 둘 이상의 상이
한 영상이 한 화면 안에 나타나도록 하는 것이다. 초창기 영화에서
이 기법은 통화의 장면에 많이 쓰였다. 다중영상을 큰 범주로 놓고
그 안의 방법적 차원으로 교차편집이나 몽타주를 풀어봄 직하다. 사
실 두 단편 소설 모두 복합적으로 이러한 기법이 혼재되어 나타나고
있기 때문에 한 작품의 변별적 특징으로 끌어가기엔 무리가 있다.
따라서 시선의 문제와 시·공간의 문제로 논의는 귀결되어야 한다.
<동해>와 <실화>는 현재와 과거가 교차되면서 진행되고 있다. 이는
영화에서 사용하는 교차적 편집(cross-cutting)10)의 기법과 동일한 것
이라 할 수 있다. 교차편집은 한 장소에서 일어나는 하나의 사건에
서 다른 장소의 다른 사건으로 반복 교차됨으로써 우리에게 인과율,
시간, 공간에 대한 무제한적인 정보를 제공한다. 그러므로 교차편집
은 일종의 공간적 비연속성을 초래하지만, 그러나 인과율과 시간적
동시성의 느낌을 주면서 사건을 결합한다. 이상 소설은 이 교차편집
에 의해 공간적 연속성과 시간적 연속성이 침해받지만 사건의 인과
성은 보다 잘 규명될 수도 있다. 따라서 영화적인 글쓰기 방식, 즉
교차적 편집으로 이 두 작품을 읽어 간다면 작품의 시선 문제와 시,
공간의 문제가 한층 분명해질 수 있을 것이며 기호와 상징에 의한
담론 분석은 영상성 속에서 작가가 구현하고자 하는 것에 보다 더
근접할 수 있을 것이다.

---

10) 데이비드 보드웰·크리스틴 톰슨 지음, 주진숙·이용관 옮김, 『영화 예술』,
이론과 실천, 1993: 333-335쪽.

2) 다중영상(multiple frame)의 시선으로 바라보다

<사람이 비밀이 없다는 것은 재산 없는 것처럼 가난하고 허전한 일
이다.> - 1장 - (p.357)[11]   <실화>

<실화>의 주요 기법인 몽타주는 개개의 등장인물이 <자신의 전기
를 팔에 끼고> 등장했던 시기의 수법과 유사하다. 그것은 <시간의
부등성>과 초점화 또는 관점의 변화에 의해 끊임없이 복잡해지는
<착오적 시간>을 사용해 그동안의 시간을 처리하는 것을 말한다. 따
라서 몽타주에 의한 동시성은 독서의 흐름을 거슬러서 재구성한다.
일련의 연속적인 요소로 이루어진 통상적인 구문은 유의미한 병치로
대체되고 초점화와 관점이 중심적인 주인공과의 관계를 끊게 되면
서사의 선조성은 다양한 서사로 세분화된다.[12] <실화>는 현재와 과
거가 동시에 교차편집되고 서울과 동경이 동시에 교차편집되는 몽타
주 기법을 특징으로 하고 있다. 소설에서 보여지는 몽타주와 교차편
집을 다중영상(multiple frame)으로 바라볼 수 있다. 즉 상이한 영상
을 한 화면에 나타나도록 하는 기법인데 이상의 소설의 시간과 공간
의 자유로운 이동이 한 화면에 다른 영상들을 보여주는 것과 같기
때문이다. 이 소설은 전체 9장으로 구성되어 있다. 에피그램으로 시
작하는 1장을 제외한 여덟 개의 장은 연상 작용에 의해 그 연결이
자연스럽다. 즉 동경의 이야기에서 나오는 하나의 사물이 자연스럽게
서울의 장으로 연결되고 있다. 동경을 배경으로 2, 4, 6, 8, 9장이 펼
쳐지고 사이사이 3, 5, 7장에서는 서울이 등장한다. 따라서 순환적이

---

11) 김윤식 엮음, 『이상문학전집2』, 문학사상사, 1991, 357쪽.
    이후 작품인용은 페이지만 명시하기로 한다.
12) 미셸 피가르, 조중권 옮김, 『문학 속의 시간』, 부산대 출판부, 1989: 82 - 85쪽.

면서 동심원적인 구조를 보여준다. 동심원적 구조를 통해 볼 때 1장은 제외된다. 즉 동심원의 중앙은 5장으로 과거 부분에 해당하며 서울을 배경으로 진행되는 이야기이다. 그 밖으로 그려지는 둘째 원은 4장과 6장인데 현재의 시간이며 동경의 이야기이다. 세 번째 원은 3장과 7장으로, 과거이며 서울에 해당한다. 네 번째 원은 2장, 8장 9장으로 현재에 속하며 동경을 무대로 한다. 그렇다면 이 양파처럼[13] 형성된 작품의 의미망이 궁극적으로 지향하는 세계란 동경의 세계가 아니라 서울이었음을 간파할 수 있다. 이것은 김기림에게 보내는 서신들을 통해 우리는 그가 추구한 세계가 서울이었음을 알게 된다.[14]

<실화>의 1장은 영화의 첫 부분에서 관객에서 알려주는 경구와도 같은 목소리를 지니며 작품 전반을 이끌어 가는 역할을 한다. 다중영상에서 교차적 편집은 제2장에서 가장 잘 드러나고 있다. 낫표의 대사는 들리는 목소리로 괄호 안의 대사는 내면의 목소리가 그 뒤를 잇는 독백으로 처리된다. 이는 작가가 영상성을 고려한 것임에 분명하다고 생각된다. 낫표(「 」)의 대사가 여섯 번 진행되며 괄호( )의 독백 역시 여섯 번 진행된다. 따라서 시나리오로 치면 여섯 장면의 대화였음을 짐작할 수 있다. 그 외의 부분에서도 간헐적으로 영상성이 보이지만 2장이 가장 두드러지고 있다.

---

13) 작품의 8장에서 계집의 얼굴을 양파에 비유한다. 즉 동심원적 구조는 양파적 상상구조에 해당한다.
   "계집의 얼굴이란 다마네기다. 암만 베껴 보려므나. 마지막에 아주 없어질지언정 정체는 안 내놓느니"
14) 김윤식, 『이상문학전집3』에서 확인된다. 이상은 동경에 대한 느낌을 김기림에게 여러 차례 서신을 보내 보여주고 있다.
   ① "기어코 동경에 왔오. 와보니 실망이오. 실로 동경이라는 데는 치사스런 데로구료."(「사신」6)
   ② "표피적인 서구의 악취의 말하자면 그나마도 그저 분자식이 겨우 여기 수입이 되어서 '혼모노' 행세를 하는 꼴"(「사신」7)
   ③ "제전도 보았오. 환멸이라기에는 너무나 참담한 일장의 난센스입디다. 나는 그 빽끼의 악취에 질식할 것 같아 그만 코를 쥐고 뛰어나왔오."(「사신」7)

　또한 <실화>의 몽타주 기법은 이상의 글쓰기의 또 다른 놀이의 형태라고 하겠다. 에피그램으로 시작하는 1장부터 내포작가는 내포독자에게 비밀이 없다는 것을 가난하다고 조롱한다. 그러나 역설적으로 그는 수필 「에피그램」[15]을 통해 이미 그의 비밀을 하나씩 누설하고 있다. 그는 자신의 비밀을 내포독자에게 알리고 싶어 하며 이미 알고 있으리라고 생각한다. 그가 이러한 경구를 소설의 전면에 내세운 이유는 놀이의 목적이기도 하면서 동시에 놀이의 결과물이 된다. 그렇다면 '비밀'이란 무엇인가? 수필에서 나타난 것처럼 한 여인을 가운데 두고 '나'와 친구 사이에서 이런저런 논의를 벌이는 일을 기술한 것에 불과하다면 작품의 의의나 재미는 없어지고 신변잡기적인 넋두리에 지나지 않게 된다. 꽃의 이미지, 서울과 동경의 설정, 경구의 반복, 당시의 작가들에 대한 이야기 등을 종합적으로 고찰해 볼 때 이 작품은 단순한 이야기로만 치부해 버릴 수 없다. 작품이 던진 경구의 의미가 무엇인지 알기 위해서는 그가 작품에서 어떤 놀이를 채택하고 있는지 살펴볼 필요가 있다.

　이상의 텍스트는 현실과 허구가 공존하는 양상을 보이며 그것의 구분도 매우 모호하다. 그의 텍스트의 가장 중요한 모티프는 에로스(사랑의 신)와 타나토스(죽음의 신)에 대한 욕망이라고 말할 수 있다. 사랑을 얻기 위하여 또는 죽음을 극복하기 위하여 이상의 글쓰기는 진행된다. 작품 <동해>는 <날개>, <종생기>와 함께 읽혀지는 작품으로 내용상 처음에 해당된다. 실증적인 측면에서 보자면 <날개>는 금홍과의 삶을 다룬 것이며 <실화>, <동해>, <종생기>는 변동림과의 사랑과 애정을 형상화한 것이다. 그러나 내용의 전개를 볼 때 <동해>를 연애편이라고 한다면 <날개>는 결혼편, <종생기>는 파혼

---

15) <아무도 모를 내 비밀>이라는 글을 통해 친구 S와 연이라는 여인을 가운데 두고 이러저러한 논쟁을 벌이는 것에 대해서 쓰고 있다. 김윤식, 『이상문학전집3』, 문학사상사, 1991, 179−181쪽.

편이라고 이름 붙일 수 있을 것이다. 내용이 조금 다르게 변형되고 있지만 이 세 작품은 같은 이야기를 패러프레이즈하고 있다는 느낌을 준다. 이러한 반복성은 이상의 체험이 소진해서 일상 언어로 직접 재현이 불가능하기 때문에 메타언어를 통한 상호 텍스트적 글쓰기를 모색한 것이라 평가받기도 한다.16) 메타언어17)는 은유를 비롯한 감성적 언어 일반을 극복하려는 노력에서 나온 것이라 할 수 있다. 따라서 형이상학적 의미를 가진다.

<동해>에서 <1. 觸角-촉각이 이런 情景을 圖解한다.>, <2. 敗北 시작-이런 정경은 어떨까?>, <3. 乞人反射-이런 정경마저 불쑥 내어놓는 날이면>, <4. 走馬加鞭-이런 느낌이다.> 등으로 시작되는 네 개의 장은 하나로 읽혀진다. 이는 네 장의 사진을 보여주고 그 안의 서사적 이야기를 보여주는 것 같다. 그것은 마치 동영상으로 처리되는 것 같은 느낌을 주기도 하는데 특히 1장과 2장은 같은 이야기를 하나는 현실로 하나는 꿈으로 처리한다. 1장에서 나는 정갈한 방에 누워 있다. 내 옆에 한 젊은 여자가 있고 나는 누구인가 열심히 연구한다. 여인은 서슬이 퍼런 칼 한 자루를 꺼낸다. 이것은 자객의 이미지를 불러들이면서 일시에 공포스러운 분위기를 조장하게 된다. 그러나 나쓰미깡을 깎기 위함을 알고 순간 분위기는 반전된다. 임이는 윤에게서 왔다. 가짜 결혼반지라는 것을 가지고 임이의 거짓 정조를 밤의 시간적 배경을 이용해 속기로 한다. 2장에서 <이런 정경>은 이발소의 정경이다. 이발사의 칼은 1장의 <임재는 刺客입니까?>를 클로

---

16) 김주현, 『이상 소설 연구』, 소명출판, 1999. 127쪽.
17) 논리학에서 비롯된 메타언어의 개념은 언어학과 기호학에서 다양하면서도 모호하게 쓰이고 있는데, 크게 볼 때, 그 쓰임새는 두 가지로 나뉜다. 첫째는 자연어의 재귀적 기능 또는 메타 언어적 기능을 '메타언어'로 보는 것이고, 둘째는 언어학을 자연어에 대한 언어로 보아 '메타언어'로 간주하는 것인데, 논리학적 메타언어, 메타 언어적 표상, 언어학 용어, 메타 언어적 기능, 메타 언어적 담화 등을 지칭한다. 김상환, 『해체론 시대의 철학』, 문학과 지성사, 1996, 306쪽.

즈업시킨다. 그런데 싹둑싹둑하던 이발사의 소리가 나쓰미깡을 깎는 임이와 오버랩되어 겹치면서 이발소는 나의 신방이 되고 나는 엊저녁에 결혼한 사실을 자각한다. 이는 영화에서 전경과 후경의 거리감을 창출하는 전심공간 장면화(deep space mise-en-scene)[18]에 속하는 테크닉을 서사화한 것이라 할 수 있다. 이 기법은 카메라의 가까운 영상 면과 먼 곳이 현저한 차이가 나도록 강조하여 장면의 요소들을 배치한 상태를 말한다. 특정한 영상 면에 초점이 맞추어질 수도 있고 모든 영상 면에 초점이 맞추어질 수도 있다. 작품 <동해>로 돌아오면 어제 결혼한 사실은 카메라 먼 쪽에 잡혀 있고 현재는 이발소의 정경이 동시에 보이는 것이다. 그러나 임이의 홀연한 출현은 시간의 착오를 가져온다.

<동해>의 <TEXT>라는 제목으로 구성된 6장은 <실화>의 제2장의 다중영상의 기법을 보여주고 있는 이상만의 독특한 글쓰기의 정수라 할 수 있다. 하나의 화면에서 진행되는 대사와 그와 동시에 또 다른 화면을 설정하게 해 준다. <실화>의 제2장이 대사와 동시에 다른 화면에서의 독백하는 인물을 상정하고 있다면 <동해>는 대사가 진행되는데 또 다른 화면에서는 그것에 대해 평을 해 주는 기법인 것이다. 이것을 소설이론에서는 서술자와 내포작가라는 틀로 분석해 왔다. 소설의 기법이든 영화적 기법이든 지향하고자 하는 것은 동일한 진리일 것이다. 즉 서로 다른 층위의 목소리를 전면에 부각시키면서 의미를 평하는 방법으로 작품의 주제를 나타내고자 함을 알 수 있다. 소설적 맥락으로 보면 앞부분은 서술을 보여주고 뒤에는 評이라는 형식으로 구성되고 있다. 즉 서술자는 이야기하며 그 서술에 대해 내포작가는 다시 평가를 하는 것이다. 서술자와 내포작가가 동시에 공존하는 양상을 띠고 있다. 작가는 서술자로 하여금 자기가

---

18) 보드웰 위의 책, p.219-220.

하고자 하는 이야기를 전개시키고 내포작가로 하여금 다시 서술자의 말을 분석하게 하는 수법을 구사한다. 이것은 이상의 작품에서 내포작가층의 놀이성을 보여주는 적절한 예에 속한다. 남녀의 사랑에 대한 이야기를 하나의 TEXT로 보면서 글을 전개시킨다.

> 「불장난 - 정조책임이 없는 불장난이면? 저는 즐겨합니다. 저를 만나주시나요? 정조 책임이 생기는 나잘에 벌써 이 불장난의 기억을 저의 양심의 힘이 抹殺하는 것입니다. 믿으세요.」
> 評 - 이것은 분명히 다음에 서술되는 같은 임이의 서술 때문에 임이의 영리한 거짓부렁이가 되고 마는 일이다.(p.277)

<동해>

인용된 부분은 임이라는 작중화자와 비평가이면서 내포작가인 나와의 대화이다. 임이는 자신이 벌이는 연애에 대해 <정조책임이 없는 불장난>이라고 정의하면서 거기에 양심이 있을 수 없다고 말한다. 이것에 대해 평자는 임이를 영리한 거짓부렁이로 여긴다고 서술한다. 정조책임이 있을 때에도 특수한 전술로 감쪽같이 모르게 부드럽게 불장난을 칠 수 있다면 용서될 수 있다고 말하면서 자신은 죄나 고통을 알기 때문에 그러한 불장난이 어렵다고 말하는 임이에 대해 내포작가인 나는 임이의 잠재의식의 탄로현상을 보면서 그러한 말이 거짓이라고 생각한다. 그러나 불장난을 못하는 것이 아니라 안하는 것이라는 것을 강조한다. 스스로 자각된 연애라고 생각하기 때문이다. 나는 19세기식 남자의 정조관념을 서술하면서 육체에 대한 질투가 교양이 아니며 본능이라고 말한다. 여기에서 본능과 교양은 서로 대립되는 세계인데 본능은 정희의 정조책임이 없는 불장난이고 교양은 글 쓰는 의식을 가진 자기 자신을 말한다. 정희의 사랑에 대한 본능에 맞서 나는 교양인의 글쓰기, 즉 <지식의 구매>를 택한다.

3) 충돌의 몽타주(Montage)에 의해
시·공간은 재구성되었다

    자신의 비밀의 예술관을 드러내기 위해서 영화적 기법인 시간과
공간이 충돌하는 몽타주19)를 사용하고 있다. 충돌의 몽타주라는 것
은 서로 이질적인 부분들을 결합시켜 새로운 의미를 생산한다는 것
이다. 1930년대 이전의 소설에서는 찾아볼 수 없었던 다양한 서술기
교의 시도와 함께 의식의 흐름을 바탕으로 한 시간 변조의 서술기법
은 <구인회> 동인이었던 박태원과 이상에게서 처음 시도되었다.20)
특히 이러한 충돌의 몽타주를 시, 공간에 집중적으로 시도한 작품이
바로 <동해>와 <실화>이다. 이 작품들에는 선조적인 일련의 스토리
라인이나 점진적으로 발전하는 갈등구조가 존재하지 않는다. 따라서
일상적인 서사의 틀은 무너지고 있다. <실화>에서 설정된 놀이의 시
간은 현재의 12월 23일 밤부터 12월 24일 새벽 1시까지의 시간과
과거, 즉 두 달 전의 시간인 10월 23일부터 24일까지의 시간을 말한
다. 현재의 시간은 동경이라는 공간을 배경으로 진행되며 과거의 시
간은 서울을 배경으로 진행된다. 즉 시간과 공간의 몽타주가 충돌되
어 제시되고 있기 때문에 영상성의 개념이 없다면 이 작품은 이해되
기 어렵게 된다. 이러한 과거와 현재라는 두 차원의 배경설정은 그
가 진행시키는 놀이의 방법을 효과적으로 전달하기 위함인데, 즉 동
경에서 서울을 회상하며 자신과 연이의 관계를 회상한다는 것이다.
여기에서 연이는 단순한 한 여인이라기보다는 서울에서의 자신의 삶
을 나타내 주고 자신이 상실한 예술혼의 표상이다.

---

19) S. Einsenstein, 정일몽 옮김, 「몽타주 방법」, 『영화의 형식과 몽타주』, 영화
    진흥공사, 1994.
20) 이중재, 『<구인회>소설의 문학사적 연구』, 국학자료원, 1998. 284쪽.

2장과 3장의 파이프의 연상에 의한 서로 다른 두 공간을 교차시키는 오버랩 기법, 3장과 4장의 꽃의 이미지를 교차시키는 방법, 4장과 5장에서도 국화를 매개로 하는 이동전환, 6장은 4장의 동경거리가 이어져 나오고, 7장은 5장의 서울의 의식이 그대로 이어지며, 8장은 6장의 동경의 어느 술집에 있는 나의 모습이 그대로 이어지며, 9장은 다시 1장의 경구와 맞물리면서 배경은 2장의 12월 23일 아침으로 끝난다. 따라서 서술자에게 과거와 현재의 구분은 무의미하다. 과거에 서울의 의식이나 현재의 동경의 의식은 같다. 현재의 동경은 과거의 서울이며 과거 서울은 지금의 동경일 뿐이다. 과거를 조금만 변경해도 현재에 중대한 영향이 미치기 때문에 과거의 서울의 시간은 현재의 동경의 시간과 실질적으로는 동일하다. 따라서 과거의 연이와 현재의 C양은 본질적으로 같은 인물이며 S는 C군과 일맥상통한다. 여기에서 보이는 놀이, 즉 심리게임은 나에 의해서 서술되는 연이와의 갈등이다. 그러나 연이는 내포작가인 나에 의해서 서술될 뿐 정말로 등장하는 인물이라고 보기에는 무리가 있다. 나의 의식 속에서 서술되는 인물이며 글을 읽는 내포독자만이 나와 연이의 관계에 대해서 고민하게 된다.

2장에서 나는 C양이 말하는 낫표(「 」)로 된 대사를 듣는다기보다는 그냥 흐르게 방관하면서, 혼자만의 생각에 빠져 괄호( )표로 자신의 이야기를 한다. 이것을 다중영상의 교차편집으로 보았다. 그러나 여기에는 시간과 공간의 몽타주도 함께 들어 있다고 보아야 한다. 과거의 대사에 현재의 독백화면이 보이는가 하면 현재의 대사에 과거의 독백화면이 보이기도 한다. 공간 역시 서울을 떠난 것과 일본에 도착한 것이 충돌되어 제시되고 있다. 따라서 이것을 영화적 방법으로 처리한다면 나는 혼자서 C양의 말을 듣고 그 소리는 말이 되기보다는 귓가에서 이명처럼 윙윙거리고 나는 나의 의식 속의 이야기에 골몰한다. 따라서 C양과 나의 대화는 계속 교차되면서 들리

지 않게 처리된다. C양의 대사와 나의 의식 속의 파편화된 대화를
살펴보면 다음과 같다.

> 「연예를 했어요! 고상한 취미-우아한 성격-이런 것이 좋았다는 여자의
> 유서예요-죽기는 왜 죽어-선생님-저 같으면 죽지 않겠습니다-죽도록 사
> 랑할 수 있나요-있다 지요-그렇지만 저는 모르겠어요」(C양의 대사) (p.357)

> (나는 일찍이 어리석었더니라. 모르고 연이와 죽기를 약속했더니라. 죽
> 도록 사랑했건만 면회가 끝난 뒤 대략 二十分이나 三十分만 지나면 연이
> 는 내가 「설마」하고 만 여기던 S의 품안에 있었다.) (나의 독백) (p.357)
> <실화>

C양의 말은 나의 의식에서만 의미를 갖고 진정한 대화를 이끌지
못한다. 한 청년을 사랑하던 여자가 유서를 쓰고 죽었다는 말은 연
이와 나의 죽음을 걸고 한 사랑의 맹세를 떠올리게 한다. 그러나 C
양의 이야기에 나오는 여자와는 달리 죽기는커녕 설마하고 의심하던
S의 품안에 그녀는 있는 것이다. 나는 나만의 비밀을 가지고 나의
생각에 몰입한다. 그때 C양은 「선생님-뭘-그렇게 생각하십니까-
네-담배가 다 탔는데-아이-파이프에 불이 붙으면 어떻게 합니까
-」라는 말과 함께 장면을 서울의 S에게로 전환시킨다. 이때 내포작
가는 영상의 혜택인 공간의 구애를 받지 않고 과거의 서울에서 사유
를 계속한다. 시간의 역전은 파이프 하나로 자연스럽게 전환되고 있
다. 1장의 첫머리에서 비밀이란 과거로의 전환이 자유로움을 전제로
해야만 성립한다. 이 첫머리의 가설은 놀이의 출발점의 약속으로서
현재 C양 앞의 나와 과거 연이 앞에 나로서의 역할놀이(role play
game)를 강요하며 과거의 시간과 공간으로 이행을 통해 시·공간의
이동을 자유롭게 해 준다.
　3장은 2장과는 다르게 낫표(「　」)의 대사가 주를 이루고 있다. 그

리고 제2장에서 독백으로 처리되는 갈호의 담론이 표면으로 드러난
다. 즉 3장은 파이프에 불이 붙어 있으면서 빙그레 웃고 있는 S의
모습으로부터 시작된다. 여기에서 S가 말하는 箱은 나와는 같은 사
람이지만 현재의 서술하는 나가 아닌 서술되는 과거의 나이다. 내포
작가인 나와 서술자인 상과 실제작가 김해경이 일치되는 부분이다.
S는 상에게 연이와의 이별을 종용한다. 나의 EPIGRAM이라는 글을
이미 읽었고 따라서 나의 비밀도 이미 잘 알고 있는 사람이다. 나는
S에게 재산이 없는 가난한 사람인 것이다. S의 말을 듣고 나는 연이
를 심문한다. 그리고 한번 以上의 관계를 실토받고 '서슬이 퍼런 면
도칼'을 생각하고 이미 죽이지도 않은 연이의 미래의 시체가 썩는
것을 생각한다. 이때 시간은 미래에서 서술되는 이야기이며 현재 나
는 국화 한 송이 없는 연이와의 방을 둘러본다. 이것은 현재 동경의
나의 시간에서 두 달 전의 이야기인 10월 23일 밤과 24일 새벽에
일어난 일이다. 그러나 나의 동경의 의식과 과거 서울의 의식은 아
무런 변화가 없기 때문에 이러한 장치는 반복을 통해 비밀을 강조하
는 수법이라고 할 수 있다.

① 二十三日밤 열시부터 나는 가지가지 재주를 피워가면서 연이를 拷
   問했다.
② 二十四日 東이 훤-하게 터올 때쯤에야 연이는 겨우 입을 열었다.
   아-長久한 時間!
③ 나는 일찌감치 면도를 하고 손톱을 깎고 옷은 갈아입고 그리고 例
   年 十月 二十四日경에는 사체가 며칠 만이면 썩기 시작하는지 곰
   곰 생각하면서 ……
                                              <실화>

2장에서 3장은 동경에서 서울로, 12월 23일에서 10월 23일로, 공
간과 시간의 변화가 이루어진 장이다. 상과의 대화가 두 달 전 서울

에서 이루어졌다는 것은 논리적으로 아무런 문제가 없다. 그런데 연이를 고문한 시간이 23일과 24일이라는 것에는 문제가 있다. 인용문 ①과 ②에서처럼 연이를 고문한 시간은 서울의 시간과 동경의 시간이 거의 동시 상황이며 연이의 고백을 듣고 나서 미래의 시간에 연이를 죽이는 것은 10월 23일의 일이고 24일부터는 사체가 썩는 것에 대해 상상한다. 여기에서 시간의 착오가 온다. 즉 연이를 죽이는 일과 사체가 썩는 것을 서술하는 서사작업이 예상(prolepsis)에 해당한다면 과거 서울의 스토리는 현재 동경의 시점보다 먼저 일어난 사건으로 현재 동경에서 회상(analepsis)하는 것이라 정의할 수 있다.21) 12월 23일의 현재의 나의 상태와 10월 23일의 과거의 일이 뒤엉켜서 서술되고 있다. 연이에게 고문한 시간은 10월 23일이어야 하고 연이를 죽이는 것은 과거에 자행되어야 하며 사체가 썩는 것은 현재의 동경의 상상이어야 한다. 이러한 시간의 착오는 그에게 서울과 동경의 구분이나 현재나 과거의 구분이 크게 의미를 가지지 못하고 그것이 하나의 현상으로 인식된다는 것을 의미한다.

① 신부가 홀연히 나타났다. 5월철로 치면 좀 더웁지나 않을까 싶은 양장으로 차렸다. 이런 임이와는 면식이 없는 것이다.(p.264)
② 초가을 옷이 늦은 봄옷과 비슷하였다. 임이 말을 신용하기로 하고 임이가 단 한번 윤에게-(p.264)

<동해>

작품 <동해>에서 1장과 2장의 시간은 하루 차이가 난다. 그러나 ①과 ②의 진술로 볼 때 임이는 초가을 때 나가서 늦은 봄에 돌아왔다는 것으로 이해해야 할 것이다. 그러나 임이의 옷은 그때와 지금이 비슷하다는 것인데 이는 임이의 속임수와 서술자의 의도적인 시

21) 제라르 즈네뜨, 권택영 옮김, 『서사담론』, 교보문고, 1992. 38-67쪽.

간착오의 장치인 것이다. 그렇다면 1장과 2장의 의미를 다시 정리할 수 있다. 즉 어제 돌아온 임이는 한 젊은 여인으로 묘사되고 여인은 칼을 꺼내 나쓰미깡을 깎았고 여기에서 나는 자객의 이미지를 떠올린 것이며 그러한 단상이 오늘 이발사의 칼에서 자객을 떠오르게 한다. 오늘의 이야기는 꿈이었고 그 꿈속에서 나는 어제 내가 결혼한 사실에 대해 자각한다. 이러한 이야기를 앞뒤 섞어가면서 이야기하면서 내포작가인 나는 자신의 신세를 설명해야 한다고 말한다.

> 가만 있자. 나는 잠시 내 신세에 대해서 釋明해야 할 것 같다. 나는 이를테면 적지 아니 참혹하다.
> 지난 가을 아니 늦은 여름 어느 날―그 역사적인 날짜는 임이는 잘 기억하고 있을 것이다 만―나는 윤의 사무실에서 이른 아침부터 와 있는 임이의 가련한 좌석을 발견한 것이다……그때 그 옷이다.(p.264)
>
> <동해>

나의 설명에 의해 1장과 2장의 전반부의 퍼즐은 풀린 셈이다. 그 가을에 윤을 찾아간 임이가 지금 봄에 같은 차림으로 자기의 신부가 된 것이다. 그러니 나는 참혹할 수밖에 없다. 신부는 赤手空拳으로 홀연히 외출한다. 임이는 나의 아침을 준비하기 위하여 나간다. 돌아온 임이에게서 牛乳내가 난다는 것이 이 제목의 모티프인 童孩인데 이는 아이의 순수성을 정희의 거짓과 혼합하여 정희가 아이의 해골과 같다는 섬뜩한 제목인 <童骸>로 변화된다. 즉 정희에게 속아서는 안 된다는 것이다. 이 여인은 <처녀대로 있기는 성가셔서 말하자면 헐값에, 즉 아무렇게나 내어주신 분>이기 때문이다. 아이의 순수함은 없어지고 아이의 해골만 가진 것이다.

3장과 4장은<乞人反對>, <走馬加鞭>이라는 사자 성어로 자신의 임이에 대한 불안감을 역설적으로 나타내 주고 있다. <걸인반대>란 사람을 애걸하지는 않는다는 것으로 자신이 임이에게서 애정을 바라지는 않는다는 것을 말하는 것이다. 그러한 자신의 생각을 더 확고하게 하는 장이 <주마가편>, 즉 달리는 말에 채찍을 가하는 형상이다. 나는 윤의 집에서 임이를 발견하고 그녀의 안색을 살피게 된다. 이처럼 <동해>에서도 과거와 현재가 충돌되는 몽타주처럼 제시되며 의미망을 생성하고 있다.

4) 상징(symbol)과 기호(sign)를 통해 영상성을 구현하다

<실화>에서 3장에서 4장으로의 이동과 4장에서 5장으로의 이동에서 클로즈업되는 소도구는 국화라는 꽃의 이미지를 부각시키는 시점화면(point of view shot)이다. 보드웰에 의하면 시점화면은 카메라의 가까운 영상 면과 먼 곳의 현저한 차이가 강조되도록 장면화의 요소들이 배치된 상태, 특정한 영상 면에 초점이 맞추어질 수 있으며 모든 영상 면에 초점이 맞추어질 수도 있다. 따라서 독자는 주인공이 바라보는 카메라의 앵글에 의해 국화를 확대해서 바라보게 된다. 3장에서 <이 방에는 가을이 이렇게 짙었건만 국화 한 송이 장식이었다>라고 서술하는 서울의 장면이 4장의 <그러나 C양의 방에는 지금 -고향에서는 스케일으로 지친다는데-국화 두 송이가 참 싱싱하다.>라는 동경의 장소로 이어진다. 또한 4장 마지막 부분에서 <내 방에는 화병도 없다. 그러나 나는 두 송이 가운데 흰 것을 달래서 왼편 깃에다가 꽂았다. 꽂고 나는 밖으로 나왔다.>라는 구문은 일본의 자기 방안 정경인데 바로 5장의 서울의 <국화 한 송이도 없는 방안을-한번 둘러보았다.>로 이어진다.

국화꽃의 이미지를 오버랩시키면서 서울과 동경을 대비시키는 작가가 궁극적으로 지향하는 것이란 제목 <失花>의 의미와도 관련된다. 국화라는 꽃은 공간을 이어주기도 하고 공간을 이동시키기도 하는 상징체로 쓰이고 있다. 그렇다면 '꽃'은 무엇을 상징하며 어떤 기호적 속성을 가지고 있는지가 규명될 때 제목의 의미와 영상성의 실현이 가지는 작품의 의미는 매우 유기적인 역할을 하게 된다. 그렇다면 '꽃'은 무엇이며 '꽃을 잃었다'는 의미의 제목인 <실화>는 어디가 중심이 된 서술이며 무엇을 말하고자 함인지 중요한 상징성을 띠게 된다. 서울에서 꽃은 원래부터 존재하지 않았다. 3장과 5장의 서울 부분에서 꽃은 존재하지 않았고 4장에서만 존재했다. 즉 동경의 장소에서만 꽃이 존재했다는 것인데 그렇다면 꽃의 상징성은 새로운 예술관을 펼쳐 보고자 한 작가의 욕망이라고 할 수 있다. 따라서 꽃을 잃었다는 것은 동경에서 좌절된 욕망을 상징하는 사유의 부산물이라 할 수 있다. 그는 김기림에게 보낸 서신들에서 밝히고 있듯이 현재의 암담한 곳에서 도피처를 찾고자 동경에 갔었다. 그곳에서 C양과 C군을 보게 된다. 그들과의 대화 속에서 나는 연이를 다시 떠올리게 되고 여러 가지의 모습으로 변신을 하는 연이에게서 일종의 좌절감을 맛본다.

제1장의 <사람이 비밀이 없다는 것은 재산 없는 것처럼 가난하고 허전한 일이다.>의 서두가 다시 제9장의 마지막 문장으로 처리되고 있는 것과 마지막 장에서 C양이 준 백국을 잃어버린 것이 무엇을 나타내는 상징인지에 대한 규명은 제목 실화의 기표와 기의를 밝히는 중요한 실마리가 될 것이다. 결국 동경과 서울을 오가며 이상이 추구하고자 한 것은 자신의 예술관을 보여주는 것이다. 9장의 시간은 2장과 마찬가지로 12월 23일의 일이다. 동경과 서울을 넘나들던 의식이 다시 본연의 자신으로 돌아온 것이다. 따라서 12월 23일의 일 중 4장에서 C양의 집에 들른 것은 23일 아침 편지 두 통을 받고

나서의 일이다. 나는 4장에서 C양이 준 백국을 옷에 꽂는다. 유정과 연이에게 온 편지를 보고 나는 나의 향수를 C양에게 말하지만 그녀는 부질없다고 꾸짖는다. 그리고 나서 백국을 준 것이다. 그러나 오전 1시 신숙역에서 꽃을 잃어버린다. <어느 장화가 짓밟았을까. 그러나－검정 외투에 조화를 맨, 땐서 한 사람, 나는 이국종 강아지올씨다.>라고 말하면서 <꽃을 잃었다>는 제목을 다시 상기시켜 준다. 이것이 의미하는 기의란 자본주의의 이단자로 생활 대신 예술의 미적 근대성을 추구하려던 모더니즘적인 자신의 예술관을 상실했다는 것이라고 할 수 있다. 그러나 그는 여전히 패배한 사람이고 싶지가 않은 것이다. 자신이 간직하는 비밀을 폭로하기 싫다는 표면적 의미를 던지면서 오히려 자신의 예술관을 드러내고 있는 것이다. 따라서 국화로 전개되던 비밀이란 자신의 예술관이라고 할 수 있으며 독자로 하여금 역설적으로 더욱 강하게 인지시키고 있다.

<동해>는 7장으로 구성되어 있고 각 장마다 주제어를 제시하는 제목이 붙어 있다는 점에서 <실화>와는 다른 구성을 하고 있는 작품이다. 여기에서 우리는 기존의 어휘규칙을 파괴해서 얻어내는 새로운 의미생성의 방법을 찾아보게 된다. <동해>가 일상적으로 사용이 되면 '童孩'라는 글자로 쓰이고 '아이'라는 의미로 읽힌다. <子>대신에 <骨>을 씀으로써 '어린이의 해골'이라는 뜻이 된다. 이렇게 생경한 어휘의 사용은 이상 문학에서 흔하게 일어난다. <지주회시>에서 踟躕의 사용이나 발 없는 돼지 걸음인 豕의 사용이 그러하며 <鳥瞰圖>를 <烏瞰圖>로 바꿔 까마귀라는 새의 상징성을 보여주는 것도 이러한 규칙 파기에 속한다. 이러한 기표의 손상으로 얻어지는 새로운 기의의 창출은 이상이 추구하는 문학의 목적이 된다. 기표는 의미를 가지지 않고 의미를 구별시키기만 하며 거기에 대응하는 기의의 의미는 다양해질 수 있다. 기의는 기표와 독립적으로 존재하지 않으며 기표의 변화에 따라 의미를 달리한다. 기표들의 다양한 유희

에 의해 작품 <동해>는 퍼즐게임 같은 인상을 준다.

이 작품의 6장 <TEXT>에서 제시하는 것처럼 이 글은 '自覺된 戀愛'에 속한다. 임이라는 여자가 나와 친구 윤을 왔다 갔다 하면서 펼치는 애정행각이 작품의 내용인데 이러한 아슬아슬한 행각을 나는 1장에서 觸角으로 나타내고자 한다. 이 작품은 촉각, 시각, 미각을 작품의 주 모티프로 삼아 의미 파괴와 의미 창출의 상징적 놀이를 전개시킨다. 1장부터 4장의 연결은 <이런 정경>이라는 동일한 어휘의 사용으로 이루어진다. <이런 정경>을 통해 나와 임이의 관계를 감각적으로 나타내고 있다. 5장과 6장은 따로따로 존재하는 장들이다. 5장에서는 나, 임, 윤 등의 항변이 각각 드러나며 6장의 TEXT는 앞의 담론에 대해서 평을 하는 방식을 취하고 있다. 따라서 5장과 6장의 목소리는 실제작가, 내포작가, 서술자의 목소리가 혼재해서 나타나는 다성성을 가진다. 7장에서는 반어와 역설을 통해 새로운 의미생성의 놀이적 양상을 벌이고 있다.

> 내 얼굴은 담박 잠잠하다. 할말이 없다. / DOUGHTY DOG / 을 꺼내 놓고 스프링을 감아준다. 한 마리의 그레이하운드가 제 몸짓만이나 한 구두 한 짝을 물고 늘어져서 흔든다. 죽도록 흔들어도 구두대로 개는 개대로 鋼鐵의 위치를 변경하는 수사 없는 것이 딱하기가 짝이 없고 또 내가 더럽다. / DOUGHTY / 는 더럽다는 말인가. 초조하다는 말인가. 이 글자의 위압에 참 나는 견딜 수 없다.(p.271)
>
> <동해>

나는 윤과의 관계를 청산하지 못하는 임이에게 자신이 마치 DOUGHTY DOG인 것만 같다. 즉 스프링을 감아주면 꼭두각시처럼 움직여대는 것이 자신의 무능력을 상징하는 것 같다는 것이다. DOUGHTY는 '용감한'이라는 뜻을 가졌는데 동음이의어로 DIRTY를 연상시킨다. <더럽다는 말인가>는 언어의 PUN을 보여주고 있으며 자신이 임이와 윤의 관계에서 느끼는 질투를 더럽다고 표현한다. 동시에 원래의 의미 <용감하다>를 <초조하다는 말인가>라고 반어적으로 처리하고 있다. <용감한 개>는 자신의 질투에 의해 <더러운 개>가 되며 아내를 빼앗길 줄 모르는 <초조한 개>가 되는 것이다. 따라서 DOUGHTY DOG라는 기표가 나타내는 기의는 다양하게 확대된다. 다양해지는 기의가 나타내는 것은 서술자의 분열의식을 보여주는 것이라 할 수 있다.

    <顚跌>은 '넘어진다'라는 뜻을 가진 어휘인데 정희의 본능과 나의 교양 사이에서 넘어질 것 같다는 것이다. 나는 황막한 세상에서 기력을 탕진한 것 같은 느낌을 받는다. 나는 자결의 판결문을 받게 된다. 그것은 자신과 임이의 관계에서 좌절된 자신의 잠재의식이다. 나의 자살을 짐작하는 T군은 <자네가 주머니에 칼을 넣고 댕기지 않는 것으로 보아 자네에게 자살하려는 의사가 있다는 걸 알 수 있지 않겠나>라고 역설적인 수사법을 사용한다. 또 <의사가 죽으려 드는 사람을 부득부득 살려가면서도 살기 어려운 세상을 부득부득 살아가니 익살맞지 않소?>라고 언어의 유희를 구사한다. T는 나에게 서슬 파란 칼을 쥐어준다. 이 칼의 일차상징은 임이와 윤에게 복수하라는 것이며 이차상징은 어리석은 나의 자살을 뜻한다. 그러나 이것은 복수나 자살이 아니라 나쓰미깡을 깎아 먹는 칼을 의미하며 허무한 반전의 역설미를 가지며 이 작품의 시점화면이 되고 있다.

    (복수하라는 말이렸다)
    (윤을 찔러야 하나? 내 결정적 패배가 아닐까? 윤은 찌르기 싫다.)
    (임이를 찔러야 하지? 나는 그 독화 핀 눈초리를 강막에 영상한 채 왕래하다니)
    내 심장이 꽁꽁 얼어들어 온다. 삐드득 삐드득 이가 갈린다.
    (아하 그럼 자살을 권하는 모양이로군, 어려운데 어려워, 어려워, 어려워)

　　내 비겁을 조소하듯이 다음 순간 내 손에 무엇인가 뭉클 뜨듯한 덩
어리가 쥐어졌다. 그것은 서먹서먹한 표정의 나쓰미깡, 어느 틈에 T군
은 이것을 제 주머니에 넣고 왔던구(p.282)

<동해>

　　나는 자각된 연애를 주제로 진행되는 글의 마무리를 통해 자신과
임이의 연애를 반어와 역설의 언어놀이를 통해 심리적 갈등을 보여
준다. 이발관, 칼, 자객의 촉각적 이미지를 사용해서 나쓰미깡이라는
미각을 나타내준다. 나쓰미깡이 표상하는 것은 윤을 죽이고 싶은 욕
망과 자살하고자 하는 충동이다. 사랑과 죽음의 열망이 하나의 사물
인 나쓰미깡으로 집중되는 것인데 이상의 글쓰기의 특징이라 하겠
다. 어린아이의 순수성을 잃어버린 임이의 애정행각은 어린이의 해
골을 상징하고 이러한 임이의 이미지는 자객 이미지에서 나쓰미깡이
라는 감각적인 이미지로 전환한다. 죽고자 하는 사람에게 나쓰미깡
을 깎기 위한 칼이 주어진다는 것, 즉 심각한 것과 사소한 것의 결
합이 이 작품의 역설의 미학이라고 하겠다.
　　이상의 두 작품 <동해>와 <실화>를 영상성과 기호와 상징으로 읽
어 보았다. 1930년대라는 시대적 담론을 읽기 위한 하나의 시도라고
볼 수 있다. 이상이 일본에 가서 작품을 쓸 당시는 일제치하의 문화
정책이 가장 극에 달했던 시기였다. 이 당시 일본의 영화는 황금기
를 구사하고 있었다고 한다. 혹독한 경제 불황, 군국주의 이데올로기
의 부상과 국제적 침략, 유성영화의 점진적 출현, 그리고 변사의 소
멸 등을 보여주는 이 시기의 혼란스러움 자체가 영화 문화를 활발하
게 하는 데 기여했다고 한다.[22) 이상의 문학은 수많은 압축파일을
가지고 있고 그것을 읽어 내는 코드 역시 다양하다. 필자는 이상의
작품을 심리적 놀이로 풀어 본 바가 있다. 놀이와 게임이 이상의 압

---

22) 보드웰, 위의 책 566쪽.

축파일을 읽어 가는 하나의 시도였듯이 영상성 역시 1930년대의 사회적 담론을 읽어 가는 시도라고 할 수 있다. 1930년대 일본의 영화와 이상의 글쓰기 방식은 추후에 더 집중적인 연구를 필요로 한다고 생각하며 다음 과제로 남긴다.

2. 로드무비 '길'에 대한 시선으로
'박태원'과 '이효석' 읽기
―〈천변풍경〉과 〈메밀꽃 필 무렵〉 다시 읽기

1) 읽는 것을 통해 바라보기를 시도하다

소설에 나타난 영화적 기법에 대한 논의는 소설의 구성양식과 담론의 진행 양식의 기법에서 제기되고 있다. 이효석은 영화화된 〈화륜〉뿐만 아니라 〈출범시대〉의 시나리오를 쓸 정도로 영화에 관심이 많았으며 심지어 한 잡지에 "영화에서 소설의 스토리 전개의 기법을 배울 수 있다[23]"고 말하고 있다. 우한용은 이효석의 소설은 장르적으로 소설이라고 부르는 데 무리가 있다고 지적하고 있으며 인물들의 운명과 길의 상징성이 장돌뱅이의 삶과 관련되어 있다고 본다. 특히 〈메밀꽃 필 무렵〉은 시각과 청각을 염두에 둔 시나리오적 담

---

23) 이효석, 「문화문답」의 답변, 『이효석 전집』, 창미사, 1983, 298쪽.

론의 특성을 다분히 가지고 있고 이효석의 글쓰기는 이미지적 글쓰기의 정수로 읽혀질 수 있음도 지적하고 있다. 이상과 함께 30년대의 일부 작품의 서술상의 실험성을 영상성이라는 개념으로 정의할 수 있다. 영화는 서사를 바탕으로 전개되는 장르이기 때문에 서사적 속성이 강하게 드러나고 있다. 따라서 역으로 영화가 보편화되지 않았던 시대의 소설에서는 영상매체의 속성들이 잉태되고 있음을 볼 수 있다. 영화적인 기법을 소설에 활용한다는 것은 서사의 기법에 일종의 변화가 일어났음을 의미한다. 즉 서술의 기법에서 시각적인 효과가 극대화되어 활용되고 있다는 것인데 이는 소설의 서사를 장면화로 바라보게 하는 요소가 되는 것이다.

영화와 서사의 관계에 대해서 두 매체가 서로 비슷하게 영향을 주고받았다고 주장하는 견해는 일견 타당해 보인다. 따라서 박태원, 채만식, 이효석, 한설야, 김남천, 최명익, 이상 등의 주로 1930년대 작가들의 작품에 나타난 실험적인 양식들을 영상성이라는 고리로 묶어 봄직 하다. 실제로 박태원, 채만식, 백철, 한설야 등의 많은 당시의 작가들이 자신의 영화체험을 고백하거나 영화기법이 지닌 혁신적 성격에 주목하여 이를 문학에 수용할 여지를 타진하기도 하였다.[24]

박태원의 경우 도시를 소재로 다양한 기법을 실험적으로 사용한 모더니즘의 대표작가라고 할 수 있는데 <소설가 구보씨의 일일>과 <천변풍경>의 작품에서 장을 분할하여 소설을 전개시키고 있다. 이는 시나리오의 장과 시퀀스를 나타내고 있는 기법이다. 즉 영화적인 장면화 기법을 활용한 것이라 할 수 있다. 이상과 마찬가지로 몽타주가 주로 사용되고 있는데 이상의 기법과는 다소 다르다고 할 수 있다. 이상의 몽타주가 시간과 공간의 수직적 확장과 수평적 확장을 동시에 구사하고 있다면 박태원은 시간을 현실에 두고 공간의 몽타

---

24) 김경수, 「한국 근대소설과 영화의 교섭양상 연구」, 『서강어문 제15집』, 1999, 182쪽.

주를 주로 사용하고 있다. 이는 도시의 산업화와 그에 따른 생활의 변화를 연대기적으로 또는 평면적인 기법으로는 현실을 적절히 반영하기 어려웠기 때문에 가져온 기법이라 할 수 있다. 이는 1930년대 세계영화의 조류인 미국 영화의 평면적인 영속성(continuity) 개념이라기보다는 양대 조류를 이루는 소비에트의 충돌의 몽타주(montage)에 해당한다.25) 박태원의 소설에서 카메라적 서술의 특징은 외부세계를 연상에 의해 제시하지 않고 공간의 인접성을 잘 살리고 있다. 이는 당시의 세태, 즉 서민들의 삶의 모습을 주관적인 서술로써 진술하기보다는 보다 객관화시키려는 지표인 것이다.

박태원은 '오버랩'이라는 영화기법에 관심이 있었고 소설에 그것을 시도해 보고자 하였다. 그는 1934년 조선중앙일보에 <표현, 묘사, 기교>라는 글에서 다음과 같은 글을 썼다. "이 새로운 예술, 영화는 그 역사가 지극히 새로운 것임에도 불구하고, 짧은 시일에 그렇게도 비상한 진보를 우리에게 보였다. 그와 함께, 그것은 우리가 배울 제법 많은 물건을, 특히 그 수법, 그 기교에 있어 가지고 있다. 나는 그중에서도 특히 '오버랩'의 수법에 흥미를 느낀다. 그리고 나는 나의 작품에 있어, 그것을 시험해 보았다."라고 직접적으로 오버랩 기법의 차용을 밝힌 바 있다. 당시의 박태원의 작품에 대해서 "카메라 아이식(최재서)", "모자이크식(임화)", "파노라마식 묘사(김남천)" 등의 평가가 있었다.26) 오버랩과 몽타주가 박태원의 소설에 등장하는 주된 이유는 당시 도시의 산업화로 인한 생활의 변화를 다양한 시각과 목소리로 전달하고자 함이었다. 이는 이효석의 글쓰기와 비교해서 볼 수 있다. 박태원이 바라보는 카메라 앵글과 이효석이 바라보는 카메라 앵글은 분명히 다르게 재현되고 있다. 특히 박태원의 <천

25) 김소희, 「일제시대 영화의 수용과 전개양상」, 『한국일보』 75집, 1994, 여름, 245쪽.
26) 손화숙, 「영화적 기법의 수용과 작가의식-<소설가 구보씨의 일일>과 <천변풍경>을 중심으로」, 『박태원의 소설연구』, 깊은샘, 1995, 208−225쪽.

변풍경>이 카메라아이의 방식이라면 이효석의 <메밀꽃 필 무렵>은 이미지 클로즈업 방식이 두드러지고 있다고 말할 수 있다.

박태원과 이효석의 소설 담론 기법을 함께 다루고자 하는 주된 첫 번째 이유는 동시대의 '길'에 대한 성찰을 들 수 있다. 길을 중요한 모티프로 바라보고 있는 영화 <서편제>에서도 길에 대한 단상을 지적하고 있는데, 길이란 인물들의 터전이자 헤매는 공간이다.27) 길은 탈출과 도피, 추적과 쫓김의 통로이고 고단한 삶의 의미이며 삶의 생태적 집결지이고 추억을 되씹게 하기도 하고 미래를 설계하게도 한다. 박태원은 천변이라는 길을 통해서 도시공간을 병치시키고 있으며 그에 따른 담론 기술도 외부의 시선을 이용하고 있다. 따라서 <천변풍경>은 당시의 삶의 생태를 알 수 있는 르포영화와 같은 기능을 한다. 그에 반해서 이효석의 <메밀꽃 필 무렵>의 길은 내부시선에 의해서 길이란 자연스럽게 과거와 현재를 이어주는 징검다리와 같은 기능을 한다. 달밤의 길에서 허생원은 추억을 생각하고 달밤의 길의 정경은 한편의 엽서를 방불케 한다. 이는 길이라는 매체를 이용해서 허생원의 추억이 아름답게 재현되는 것이라 할 수 있다. 이것은 <천변풍경>의 사실적 재현보다는 신비롭게 아름다움을 전해주는 서정영화의 정수라고 할 수 있다.

두 번째 이유는 영화적 기법의 차이를 들 수 있다. 이 두 소설 모두 영상성이 실현되고 있다는 것에는 재론의 여지가 없는 듯하다. 그러나 <천변풍경>은 '카메라아이', '오버랩', '몽타주' 기법이 두드러지고 <메밀꽃 필 무렵>은 '오버랩'과 '클로즈업'이 주로 사용되고 있다. 이는 두 소설이 다루고자 하는 영역이 조금 다른 데서 오는 것이라 볼 수 있는데 박태원의 경우는 공적 공간의 담론 기법이 필요했고 이효석의 경우엔 사적 공간의 담론 기법이 필요했을 것이다.

---

27) 김지석, 「길, 실패한 꿈의 기록-임권택론」, 『한국 영화 읽기의 즐거움』, 책과 몽상, 1995, 89-177쪽.

세 번째 이유는 영상성을 구현하는 소설 내의 상징성을 들 수 있다. 파노라마식으로 삶의 양태를 조명하는 <천변풍경>에서 도시와 천변의 상징성과 길의 기호성은 작품 해석에 중요한 열쇠가 된다. 근대성이 안착하는 의미에서의 천변의 상징성과 자신의 정체성을 확인시켜 주는 <메밀꽃 필 무렵>의 시골 밤길의 상징성을 비교함으로써 상징과 기호를 통해 영상성이 어떻게 구현되는지 밝힐 수 있을 것이다.

2) 두 작가에게 '길'은 다른 시각을 주었다

시대의 변화와 시대의 풍경을 가장 잘 보여주는 것은 '길'일 것이다. 산업화의 가장 큰 상징성은 신작로가 아스팔트로 되고 자그마한 하천들이 사라져 가는 것이라 할 수 있다. 두 작가의 작품 <천변풍경>과 <메밀꽃 필 무렵>은 서사의 시작을 길에서 풀어갔고 또한 길에서 매듭을 짓고 있다. <천변 풍경>은 50개의 절로 이루어져 있다. 주로 공간과 공간을 병치시키는 방법으로 서술의 가닥을 풀어 가고 있다.

'청계천의 빨래터', '이발소', '거리', '식당', '천변풍경' 등 제목으로 단 여러 공간의 이름들을 보더라도 작가는 도시공간을 모자이크식으로 병치하고자 하였음을 알 수 있다. 이러한 공간 병치를 위한 작가의 시선이 외부로 향해 있어야 하는 것은 당연한 귀결로 보인다. 이는 영화적 기법이 문학에서 언어적으로 모방되고 있음을 말하는 것이라 할 수 있다. 따라서 몽타주라는 기법이 동원되어야 하는데 몽타주는 내적 독백의 표현을 보다 용이하게 해 주는 장치가 되며 작가의 움직임을 보다 원활하게 해 주는 역할을 한다.[28] 최재서 역시 이 부분에 대해서 언급하고 있다. <천변풍경>의 작가는 작품

안에 있지 않고 밖에 존재한다고 말한다. 작가는 자기의 뜻에 의해
서 움직이지 않고 스토리를 따라가면서 인물을 조정하기보다는 인물
이 움직이는 데로 카메라를 회전시키고 있다는 것이다.[29]

"정이월에 대독 터진다는 말이 있다. 딴은 간간히 부는 천변 바람이
제법 쌀쌀하기는 하다. 그래도 이곳, 빨래터에는, 대낮에, 볕도, 잘 들어,
물 속에 담근 빨래꾼들의 손도 과히들 시럽지는 않는 모양이다."(제1절)

"소년의 관찰에 의하면, 그의 중산모는 그의 머리 둘레에 비하여 크
도 적도 않은 것임에 틀림없었다. 그러나 신사는, 결코 그것을 보는 사
람의 마음이 편안할 수 있도록 깊이 쓰는 일이 없었다."(제2절)

"창수는, 우선, 개천 빨래터로 눈을 주었다. 한 이십 명이나 모여든
빨래꾼들, 그들의 누구나 꺼리지 않고 제섬대로들 지절대는 소리와,
또 쉴 사이 없이 세차게 놀리는 방망이 소리가, 그의 귀에는 무던이나
상쾌하다."(제3절)

대표적으로 1절부터 3절까지의 서술의 형태를 살펴보기로 하자. 1
절의 모습은 관찰하고 있는 대상을 카메라에 담으려는 듯하며 2절에
서도 역시 '관찰에 의하면'이라고 명시하고 있을 정도로 천변에 등
장하는 인물들을 관찰하는 일에 몰두하고 있다. 3절에서는 2절의 시
선을 다시 돌린다는 맥락으로 카메라의 앵글이 이발소에서 다시 개
천 빨래터로 향하고 있음을 보여주고 있다.
이효석의 <메밀꽃 필 무렵>은 '여름장' 날로부터 소설은 시작된다.
이야기의 시간이라고 해야 하룻밤이 고작이다. 여름밤에 봉평 장에서

28) 김경수, 「한국 근대소설과 영화의 교섭양상 연구」, 『서강어문 제15집』, 1999.
183쪽.
29) 최재서, 「리얼리즘의 확대와 심화」, <조선일보>, 1936. 10. 31.

대화 장까지의 산길을 가는 이야기라고 할 수 있다. <천변풍경>이 외부 시선의 몽타주를 이용하고 있다면 <메밀꽃 필 무렵>은 하나의 사건마다 과거의 시간으로 돌아갔다가 다시 현재로 돌아오는 서술기법을 구사하고 있다. 짐을 싸서 장소를 이동하려는데 조선달의 말은 과거와 현재를 오버랩시키는 구실을 한다.

"계집 목소리로 문득 생각난 듯이 조선달은 비죽이 웃는다."

이러한 서술은 허생원이 주막에서 동이를 혼나게 한 과거와 오버랩되고 그때의 일이 클로즈업으로 제시된다. 오버랩은 두 영상이 겹치는 것으로 현재의 화면은 축소되고 다음 화면은 클로즈업되는 속성을 가진다. 허생원은 그때 동이를 보면서 아비도 없는 선머슴이라고 호되게 야단을 친다. 이러한 허생원의 비난에 한마디도 대꾸하지 않는 동이의 뒷모습은 허생원에게 측은한 마음으로 크게 자리잡는데 이러한 영상적 기법이 바로 클로즈업에 해당한다고 할 수 있다. 나귀 역시 과거와 현재를 이어주는 기능을 한다. 이 당나귀는 이십 년이나 같은 주막에서 잠자고, 같은 달빛을 젖으며 장에서 장으로 함께 이동한 평생배필이다.

"반날 동안이나 뚜벅뚜벅 걷고 장터 있는 마을에 거지반 가까웠을 때, 거친 나귀가 한바탕 우렁차게 울면―더구나 그것이 저녁녘이어서 등불들이 어둠 속에 깜박거릴 무렵이면, 늘 당하는 것이건만 허생원은 변치 않고 언제든지 가슴이 뛰놀았다"

위의 인용문처럼 당나귀의 울음소리는 내부시선에 의한 과거와 현재를 오버랩시키는 또 다른 장치인 것이다. 당나귀의 울음소리와 달밤의 분위기는 "그런 이야기"를 허생원에게 자연스럽게 오버랩시킨다. 이때 허생원의 인생에 있어서 단 한번의 로맨스가 전개된다. 달밤의 로맨스는 회상의 오버랩 속에서 크게 자리를 차지하고 성서방네 처녀의 영상은 그에게 클로즈업되는 것이다. 따라서 이러한 상상을 제공해 주는 산길이란 허생원에게 단순한 길이 아니다. 그에게 있어서 길이란 삶을 숨 막히게 하는 황홀한 곳이다.

> "대화까지는 팔십 리 밤길, 고개를 둘이나 넘고 개울을 하나 건너고 벌판과 산길을 걸어야 한다. 길은 지금 긴 산허리에 걸려 있다. …… 산허리는 온통 메밀밭이어서 피기 시작한 꽃이 소금을 뿌린 듯이 흐뭇한 달빛에 숨이 막힐 지경이다."

나귀의 울음소리로 허생은 과거의 사랑을 다시 보게 되고 그에게 길이란 늘 추억과 같은 곳이다. 그에게 길은 옛 처녀와만 바꿀 수 있는 소중한 것이다. "옛 처녀나 만나면 같이나 살까 …… 난 거꾸로 질 때까지 이 길을 저 달을 볼꺼야"라는 말이 그것을 입증해 주고 있다. 마지막으로 길은 동이를 통해 제시된다. 자신의 내밀한 길인 산길을 벗어나서 큰길로 나왔을 때 허생원은 동이를 보게 된다. 동이를 통해 그의 어머니가 오버랩되고 어머니가 아비 없는 자식을 가져 쫓겨나는 것이 청자인 허생원을 통해 이미지 클로즈업되고 있다. 조선달과 나귀가 저 멀리 사라지고 동이와 허생원만이 크게 초점화되는 익스트림 롱 쇼트는 허생원과 동이의 관계를 더욱 긴밀하게 엮어준다.

> "나귀와 조선달은 재빨리 거의 건넜으나 동이는 허생원을 붙드느라고 두 사람은 훨씬 떨어졌다."

인용문에서처럼 이 화면이 겹치는 오버랩과 인물과 주변의 환경이 잘 드러나고 인물이 주변 환경에 녹아 있는 상태가 잘 드러나는 익스트립 롱 쇼트[30]는 허생원과 동이가 필연적으로 가까운 혈육이라는 암시를 해 주고 있으며 동이의 왼손잡이는 이러한 맥락에서 클로즈 업되어 더욱 효과를 보이고 있다. 익스트립 롱 쇼트는 롱 테이크의 기법 중 특히 긴 장면처리의 하나라고 할 수 있다. 롱 테이크란 영상 미학으로는 하나의 쇼트가 지속되는 시간이 다른 시간보다 길 경우에 사용된다. 시선의 문제는 초점화(focalization)의 문제이기도 하다. 내러티브가 '말하는 것'이라면 초점화란 '보는 것'을 말한다. 즈네트와 미케 발이 초점화를 시각에 국한한 데 반해 리먼-케넌은 시각을 인지적이고 정서적이고 이데올로기적인 태도까지 확장한다. 여기에서의 시선을 따진다면 즈네뜨와 발의 초점화에 귀결된다고 볼 수 있다. '길'에 대한 시선의 차이는 공간을 병치시키는 방법에 의해서 구현되고 있다.

3) 영상성을 부각하기 위해 다른 담론을 이용하다

<천변풍경>은 공적 담론의 기법을 구사하고 있다. 이는 사적일 수 있는 이야기까지 공적으로 바라보는 담론 기법을 말한다. 거기에는 카메라아이의 기교를 통해서 동일 시간에 공간만을 이동하는 기법이라 할 수 있다. 전체적으로 조망하면 장마가 끝나고 비 개인 날 아침의 풍경을 동시적으로 서술하고 있다는 것을 들 수 있다. 같은 절뿐만이 아니라 절을 걸쳐서도 나타나는 지배적인 담론 기법인 것이

---

30) 김일영, 「'미장센' 원리의 소설적 적용」, 『현대소설연구 22호』, 2004, 6.

다. 같은 시간대에 현존하는 도시인들은 형태는 다르지만 일종의 불행을 공유하고 있다. 그러나 이러한 고통이 공유되는 것만은 아니다. 한쪽에서는 행복을 경험할 수도 있고 다른 쪽에서는 불행을 경험할 수도 있다. 천변의 풍경을 나타낸다고 해서 카메라아이나 몽타주[31]만 이용되는 것은 결코 아니다. 인물의 불행을 이야기하거나 행복을 이야기할 때는 오버랩이나 클로즈업 기법도 적절히 사용되고 있다.

예를 들면, 3절과 4절에는 불행의 이야기가 병치되고 있고, 29절과 30절, 31절은 다양한 애정행각을 몽타주 형식으로 보여주고 있다. 또한 같은 시간 안에 반대의 사건을 병치시키기도 한다. 5절에서는 이쁜이의 행복을 보여주는 반면 6절에서는 신전집의 몰락을 보여주고 있으며 47절과 48절도 상반된 시댁의 모습을 보여주고 있다. 47절에서 외면당하는 며느리를 그리고 있다면 48절의 며느리는 사랑을 듬뿍 받고 있다는 것이다. 이러한 모든 사건들이 같은 시간 안에 펼쳐지고 있다는 점이 카메라아이를 통한 몽타주 기법의 효과라 하겠다. 즉 비동시적인 것을 동시적으로 처리하기 위해서 몽타주는 적절한 기법이 되고 있다. 이러한 몽타주는 내밀한 사적인 영역보다는 공적 담론, 달리 말하면 객관적 진술을 용이하게 한다고 하겠다.

또한 1장의 <청계천 빨래터>와 17장의 <샘터 문답>은 카메라아이 기법이 드러난 대표적인 장면이라고 할 수 있다. 이외에도 영상성을 실현시키는 담론의 특징으로 컷과 컷백, 클로즈업, 숏의 개념이 자주 이용되고 있음을 알 수 있다. <천변풍경>의 이러한 담론 기법의 효과는 당시의 일상적인 삶을 다양하게 전개시킴으로써 일상의 반복이

31) 이상면, 「문학과 영화의 몽타주-에이젠슈테인의 몽타주이론과 하이쿠의 관계」, 비교문학 31집, 240쪽.
   푸도프키과 에이젠슈테인은 모두 몽타주가 이미 문학과 연극 등에서도 존재하고 있다고 보았으며, 심지어 에이젠슈테인은 문학작품으로부터 몽타주의 원리에 대한 자극을 얻었음을 여러 에세이에서 분명히 밝혀 놓고 있어서 문학과 영화이론 연구자들에게 관심을 불러일으킨다.

삶의 지속성을 가져다주는 원동력임을 제시하기 위한 장치라고 보인
다. 과거에도 천변 중심의 삶이 벌어졌었고 현재에서 이와 같이 다
양하게 펼쳐지며 미래에도 계속될 것이라는 의미를 던져주고 있다.
2장 <이발소의 소년>과 8절의 <선거와 포목전 주인>과 15절 <어느
날 아침>에서는 주관적 시점인 시점화면을 이용해서 가까운 영상
면과 먼 곳의 현저한 차이를 나타내고 있으며, 또한 애정행각의 몽
타주로 보여진 19장 <어머니>와 20장 <어느 날의 삽화>와 21장
<그들의 생활 설계>에서는 오버랩 기법이 잘 드러나고 있다. 2장
<이발소의 소년>에서 제시되는 시점화면과 20장 <어느 날의 삽화>
오버랩 부분은 아래 인용문에서 확인될 수 있다.

> <이발소의 소년>의 시점화면
> 오늘도 소년은 신사의 뒷모양을, 그가 배다리를 건너 골목 안으로 사
> 라질 때까지 헛되이 바라보고 나서, 고개를 돌려 천변 너머 맞은편 카
> 페로 눈을 주었다.
> 밤이 완전히 이르기 전, 이 '평화'라는 옥호를 가진 카페의 외관은
> 대부분의 카페가 그러하듯이, 보기에 언짢고, 또 불결하였다. 그나마 안
> 에서 내어비치는 전등불이 없을 때, 그 붉고 푸른 유리창은 더구나 속
> 되었고, 창 밖 좁은 터전에다, 명색만으로 옹색하게 옮겨다 심은 두어
> 그루 침엽송은, 게으르게 먼지와 티끌을 그 위에 가졌다.

> <어느 날의 삽화>의 오버랩
> 이편에서 잠깐 이러한 일이 있었을 때, 하숙옥 문 앞에는 그 중년 부
> 인이 그저 떠나지 않고 오락가락하고 있었다.
> 만약 이발소 소년이 장수와 그러한 수작을 주고받은 그 뒤에, 즉시
> 호스를 둘둘 말아 들고 이발소 안으로 들어가는 일없이, 잠깐 눈을 돌
> 려 그를 보았다면, 그는 틀림없이 또 눈을 신기하게 반짝거리며,
> "그, 신전집 마나님이 서울 올랐군요?"
> 그래 이발소 안에 한 개의 뉴스를 제공할 수 있었을 것이다.

<메밀꽃 필 무렵>은 <천변풍경>처럼 길을 따라 전개되는 담론이라고 할 수 있다. 그러나 이효석의 길은 많은 사람들의 이야기를 담지 않는다. 오직 허생원을 위해서만 길은 존재하며 의미를 가지게 된다. 허생원에게 길은 자신만의 비밀을 알고 있는 나귀와 더불어 평생의 동반자 같은 역할을 한다. 위의 <천변풍경>을 공적 담론이라고 칭한 것은 천변사람들의 삶의 진술이 서술자와는 조금 거리가 있는 시선에서 쓰이고 있다는 것이다. 천변풍경이 뉴스의 글이라면 <메밀꽃 필 무렵>은 비밀 연애담을 담고 있는 일기쯤으로 봐도 무방하다고 생각된다. 따라서 일기는 지극히 사적인 범주의 직접적인 감정을 이야기하는 사적 담론이라고 보아야 할 것이다. <메밀꽃 필 무렵>의 사적 담론은 오버랩과 클로즈업을 동반한다.

만약 여기에 '카메라아이식'과 같은 이야기 형식이 채택된다면 우리가 <메밀꽃 필 무렵>에서 느낄 수 있는 낭만성은 사라져 버리고 말 것이다. 허생원에게 길은 고독이자 인내며 또다시 위로가 된다. 자신의 신세에 여자는 인연이 없다며 서글퍼하던 허생원의 한탄이 과거의 추억과 오버랩되고 동시에 클로즈업되는 달빛과 함께 비밀스런 연애담이 은밀하게 내뱉어져 나오는 것을 통해 알 수 있다.

"뒤에도 처음에도 없는 단 한번의 괴이한 인연! 봉평에 다니기 시작한 젊은 시절의 일이었으나, 그것을 생각할 적만은 그도 산 보람을 느꼈다."
"달밤이었으나 어떻게 해서 그렇게 됐는지 지금 생각해도 도무지 알 수 없어."

위의 진술처럼 은밀한 허생원의 비밀을 털어놓기 위해서 사적 담론의 기법을 가져오고 있다. 듣는 사람으로 하여금 무엇인가 기대하게 만드는 화법이라고 할 수 있다. '그렇게 됐는지'는 매우 사적인 영역의 담론 기법이라고 할 수 있다. 이러한 진술이 있고 나서 장면은 옛날의 그렇게 되었던 사건으로 오버랩 된다. 지금 말하는 시점의 길 풍경은 이십 년 전의 산허리로 오버랩되며 장면이 클로즈업된다.

> "밤중을 지난 무렵인지 죽은 듯이 고요한 속에서 짐승 같은 달의 숨소리가 손에 잡힐 듯이 고요한 속에서 짐승 같은 달의 숨소리가 손에 잡힐 듯이 들리며, 콩 포기와 옥수수 잎새가 한층 달에 푸르게 젖었다."

자신의 사적 공간은 서정성이라는 장면묘사와 함께 서술되고 있다. 허생원의 내면을 적절히 제시하기 위해서 사용된 오버랩과 동시에 장면이 확대되어서 보이는 클로즈업 효과는 영상성을 재현하는 담론 기법이라고 할 수 있다. 또한 김경수의 지적대로 <메밀꽃 필 무렵>의 과감한 생략과 발 빠른 전개를 통한 언어로 진술되지 않은 심리적인 정보, 즉 동이와의 만남을 계기로 허생원의 내면에서 진행되는 자기 확신의 과정과 회고의 행위 같은 것을 전달하는 서술전략 등은 다분히 영상적인 담론의 또 다른 예라고 할 수 있다. 이와 같은 읽기는 영상적인 이미지를 함께 읽어 가는 독서 능력을 필요로 한다.

4) 상징은 영상성을 더욱 강화시킨다

퍼스의 삼원론, 즉 도상(icon), 지표(index), 상징(symbol)은 영화의 유용한 기호의 범주이다. 즉 이미지와 사운드의 유사성은 도상의 기호로, 실재와의 화학적 기입을 통해서는 지표의 기호로, 말하기와 글쓰기는 상징의 기호로 쓰인다. 또한 언어학의 랑그의 개념을 움베르토 에코는 약호(code)로 파악한다. 약호란 일련의 메시지들 안에서 항상 작동하는 차이와 조응의 체계로 규정된다. 다시 말하면 약호란 모든 체계화된 관습의 집합, 단위의 선택과 배열을 위한 목록의 집합을 말한다. 자세히 살펴보면 지표는 그것이 가리키는 대상의 일부분으로 또는 인과관계를 지닌 것으로 나타나고 그렇게 인식된다. 도상은 지시대상과 '닮음'의 관계에 있는 기호이다. 이런 의미에서 모든 사진, 무엇인가를 모사한 그림, 영화 등은 모두가 기본적으로 도상의 특성을 지닌다.

상징은 지표나 도상과는 달리 기호와 지시대상 사이에 어떠한 직접적인 관련성이 없이, 오직 사회성원들 사이의 약속에 의해서 어떤 것을 표현하는 기호를 말한다. 이 세 가지는 확연하게 구분되기보다는 복합적으로 서로 작용하고 있다. 박태원과 이효석의 담론에서 영상성을 획득하기 위해 세 요소 중에서 특히 상징이 어떻게 드러내고 있는지 살펴볼 수 있다.

<천변풍경>의 상징성은 천변과 도시를 통해서 구현되고 있다. 여기에 등장하는 도시의 많은 사람들은 특수한 개인으로서의 의미가 아니라 도시의 특성을 담고 있는 사회적 집단의 상징성을 띠고 있다. 시골에서 온 아이, 이발소의 소년, 민주사의 우울, 여급 하나코, 금순의 생활, 시집살이, 영이의 비애, 손주사와 그의 딸 등에서 보이는 많은 인물들이 각양각색의 삶을 모자이크처럼 이 소설을 꾸미고 있다. 도시는 다양하고 인습과 풍습의 과거와 현재가 난잡하게 혼합되어 있으며 근대적이고 전근대적인 사고방식이 혼재해 있는 매우 복합적인 공간이다. 따라서 모자이크식과 카메라아이식 영상 담론은 도시를 나타내는 데 적절하게 보인다.

도시 천변에서의 사계절이 변화하는 것을 천변의 다양한 생활을 통해서 그려내고 있다는 평가를 받고 있다. 하지만 정작 천변과 도시의 상징성은 엄밀히 검토되지 못하고 있다. 이것을 해결하기 위해서는 여기에 등장하는 삼십여 명의 인물들과 그들의 삶을 면밀히 검

토해야 한다. 인물을 바라보는 작가의 카메라아이식 서술에는 가치가 개입되지 않고 있다. 도시 인물은 크게 경제적 약자인 서민층과 경제적 강자인 중산층으로 나뉜다. 점룡이네, 이쁜이네, 만돌이네, 금순이네, 술집 여급 하나코와 기미코는 천변 도시의 가난한 군상들이다. 이들은 천변의 하류에 속한다고 해야 할 것이다. 깨끗하고 좋은 물이 천변의 상류에 머물러 있다면 이들은 도시화의 수혜에서 조금은 멀리 떨어진 천변의 하류에서 살아야 하는 사람들이다. 그러나 이들에게는 생활의 곤궁함이 미화될 수 있는 인정이 남아 있다는 것을 카메라는 놓치지 않고 있다. 반대로 천변의 상류, 즉 도시화의 혜택을 받고 있는 중산층의 경우를 들어서 서민들의 인정과는 다른 세계를 보여주고 있다. 대표적인 사람은 한약방 주인, 민주사, 종로은방 주인, 포목전 주인 등이 여기에 해당하는데 자본주의의 수혜자들이며 도시의 중심에 있는 사람들이다. 이들은 사회적 지위와 권력을 지향하고 물질주의적인 사고를 가지고 있다. 또한 인생의 쾌락을 중요시하고 비도덕적인 사람들이 많으며 윤리적으로 타락한 군상들이다. 이들에게는 서민들이 가지는 삶의 따뜻함이 없다.

이 소설에서 주목할 것은 도시화 속에 나타난 인물의 변화 중에서 여성의 변화를 두드러지게 그리고 있다는 점이다. 이는 근대의 도시화가 여성성의 변화라는 상징적 의미를 가지고 있음을 함축하고 있다. 따라서 전통이 붕괴되고 도시화된다는 것은 여성의 변화를 상징적으로 바라보게 해 주는 열쇠 같은 역할을 해 준다고 할 수 있다. 작품에 등장하는 점룡모친, 만돌어멈, 하나코, 이쁜이, 금순이 등의 새로운 세대의 여인들이 그다지 행복한 삶을 살지 못하고 있다. 이는 도시라는 것의 상징성이 지극히 남성적이라는 것을 보여준다고 하겠다. 행복하지 않은 여인들의 원인은 근대화된 도시에서도 여전히 반근대적인 남성 중심의 가부장제가 이들의 삶을 지배하고 있기 때문이다. 도시 여인들의 불행이 전근대적인 유물의 잔재라면 돈과

물질만을 숭배 시하는 민주사와 포목전 주인은 도시화의 삐뚤어진 부작용으로 드러나고 있다. 도시의 상징성만큼이나 천변의 상징성도 무척 다의적이다. 거의 대부분의 문명의 발달이 강을 중심으로 이루어졌다는 사실은 도시의 삶을 형상화하기 위한 가장 적절한 공간으로서 천변공간이 의미를 지닌다는 것을 입증한다.

이러한 대조적인 사건과 인물들을 아무런 가치평가 없이 르포형식으로 서술하고 있다. 이는 1930년대라는 삶을 가장 잘 보여주기 위해 사용된 소설적 기교임에 틀림없다. 도시의 상징성을 묘사하기 위해서 천변이라는 공간을 외부시선으로 관찰하고 있으며 여기에 공적 담론의 형식인 카메라아이나 몽타주 기법은 더욱더 효과적이라 할 수 있다.

<메밀꽃 필 무렵>에서는 시골과 산길 속 달밤의 상징성에 주목해 볼 수 있다. 이 작품에서 시골의 산길과 달밤은 허생원의 삶을 상징적으로 보여주는 보조물들이다. 여기에서 공간의 깊이가 잘 드러난 영상이 공간의 동질성을 확보한다는 딥포커스의 장치가 효과적으로 드러난다. 달밤이라는 공간과 밤길이라는 공간의 일체감이 소설 담론의 딥포커스를 이루고 있다. 이러한 시골 밤길의 속성은 변화를 함축할 수밖에 없는 도시와 천변의 속성과는 좀 다르다. 도시는 흐르는 강처럼 늘 흐르면서 변화해야만 한다. 그러나 시골의 장터란 5일마다 열리기 때문에 떠돌이의 삶을 유지시켜 주는 정거장 역할을 해 주고 있다. 또한 달밤 역시 30일을 기준으로 변화하고 변함없이 그 밤이 돌아오기 때문에 이 역시 순환적이고 운명적인 장돌뱅이의 삶과 유기적으로 잘 들어맞는 상징성을 지니고 있다. 허생원은 봉평에서 대화로 움직여야 하는데 과거의 그날도 봉평에서의 일이었다. 또한 작품의 중요 배경이 되는 달밤 역시 현재와 과거를 운명적으로 연결시켜 주는 상징성을 지니고 있는 것이다. 그렇다면 시골 장터의 상징성은 운명을 그대로 수용하게 하는 역할을 하며 달밤의 상징성

은 낭만적 사랑, 생명의 탄생, 소망성취 등등 다양한 의미를 지닌다
고 할 수 있다. 그러한 달밤에 허생원은 일생의 단 한번 사랑을 하고
자신의 유일한 피붙이를 만나게 되는 것이다. 천변과 도시의 상징성
이 변하는 것에 초점이 맞추어져 있다면 시골 장과 달밤의 상징성은
변하지 않고 영원한 것에 맞추어져 있다고 해야 좋을 것이다. 도시
길의 욕망과 시골 길의 욕망은 도시와 시골의 상징성과 같은 의미의
궤를 가진다고 할 수 있다.

박태원과 이효석의 작품은 영화적 기법의 소설적 수용이라는 데
성공을 거둔 작품이라 할 수 있다. 이는 구인회 작가들이 문학을 더
이상 정치 도구나 계몽의 수단이 아닌 그 자체가 고유한 존재를 가
지고 있는 자율적 존재라는 의식을 반영[32]한 예라고 할 수 있다. 박
태원의 도시공간을 병치시키기 위해 외부의 카메라 시선을 잘 사용
해서 도시의 세태변화와 도시인의 문화 풍속도의 변화를 적절히 그
려내고 있다. 이효석 역시 소설이라고 하기에는 너무 짧고 시적인
작품을 과거와 현재를 병치시키는 내부의 응시, 즉 이미지 클로즈업
으로 인해 소설의 형상화에 성공하고 있음을 볼 수 있다.

---

32) 서준섭, 『한국모더니즘 문학연구』, 일지사, 1991, 35-49쪽.

3. 인물 재현의 미장센으로 '채만식' 읽기

—〈태평천하〉다시 읽기

1) 채만식은 미장센을 고려했을까

채만식의 문학에서 담론에 대한 고찰은 이미 다방면으로 진행되어 왔었다. 그러나 그의 작품 <태평천하>에서 내포작가가 청자, 즉 내포독자의 존재를 숨기고 희곡이나 촌극의 형식을 빌려서 대화체 소설을 시도하는 문체에 대해서는 아직 논의가 더 필요한 듯하다. 특히 그의 대표작 <태평천하>의 실험적인 담론을 영상적 기법의 일환으로 파악하고 동시대 구인회 작가들의 담론에서 드러나는 영상적 기법과의 연관성도 아울러 함께 고찰함으로써 채만식의 새로운 다시 읽기가 가능해질 것이다.

지금까지 진행된 채만식의 소설연구에 대한 대략적인 흐름을 살펴보는 과정을 통해서 앞으로 전개시킬 논의가 타당성을 가질 수 있는지 검토할 수 있겠다. 채만식의 문체는 크게 여섯 가지 정도로 논의되고 있다. 첫째, 현실 묘사 리얼리즘의 한계를 극복하기 위하여 풍자, 반어의 정신과 기법을 추구했고, 설화자의 개입, 전통적 장르와 어조의 패러디적 사용, 구어의 대담한 활용 등 여러 문체 요인과 기법들이 풍자, 반어의 효과를 풍부하게 하는 데 기여하였다. 둘째, 당시 리얼리즘 소설은 작가나 설화자의 개입을 피하고 현실을 객관적으로 재현하는 보여주기에 충실하고자 한 데 비해, 그는 스스로 개입하고 설화자를 적극적으로 끌어들이는 이야기하기의 힘과 효과를 한

껏 살리고자 했다. 셋째, 고대소설의 설화체와 판소리 구연방식과 현장성을 채용하여 해학적이고 극적인 분위기를 조성하고 담화에 변화와 활력을 주었다. 넷째, 화자와 대화를 나누는 청자의 존재를 숨기고 희곡, 촌극 장르의 형식을 빌려서 대화 소설을 시도하는 등 문체에 대한 강한 실험정신이 나타난다. 다섯째, 그의 문체는 구어와 입담, 숨겨진 작가의 노출 경향, 풍자와 반어의 태도와 어조, 대화의 활용 등의 특성을 지닌다. 이러한 특성들은 특히 중기 작품에 두드러진다. 여섯째, 구어 · 속어 · 방언 등의 일상어가 문학어나 문체 기법의 일환으로 적극적으로 활용되며 고사성어 · 속담 · 서양어 · 일본어 등 다양하고 이질적인 언어 요소들이 섞여 혼음효과가 나타난다.[33]

우리는 텍스트의 언어를 단순한 지시 대상으로 인식하지 않고 텍스트 속에 발현되는 언어를 하나의 통시세계로 환원시켜 사회적 사상의 약호로 간주함으로써 그 속에 드러나고 있는 이데올로기를 읽어 낼 수 있다. 또한 텍스트의 담론과 대화의 과정은 사회적 상황을 떠나서는 문학이 존재할 수 없다는 것을 함의하는 것이다. 이러한 맥락에서 보면, <태평천하>는 풍자와 패러디를 통해서 시대에 대해 비판의식을 던진 작품으로 평가받을 수 있다. 풍자란 있어야 할 것을 바탕으로 있는 것의 본질을 우스꽝스럽게 폭로함으로써 사회적, 윤리적 비판을 가하는 것이다. 그것은 이상과 현실, 본질과 외관의 차이를 날카롭게 의식하는 정신의 산물이다. 일제강점시대처럼 <있는 것>이 매우 견고하거나 폭력적 억압에 의해 강요되고, 또한 <있어야 할 것>을 제시하기 어려운 상황일 때, 풍자의 기법은 교묘하고 복잡해진다.[34] <태평천하>의 풍자성은 <설화문학의 특징>을 십분 발휘한 데서 그 장점이 있다고 하겠다. 즉 누가 어떤 위치에서 어떤 고지의 경로를 통하여 독자에게 이야기를 전달하느냐에 의해 설화문

---

33) 김홍수, 「문체 특성-치숙을 중심으로」, 『채만식 문학연구』, 한국 문학사, 1997.
34) 최시한, 『가정 소설 연구』, 민음사, 1993, 275쪽.

학의 효과는 새롭게 발휘된다.[35] 풍자성과 함께 고려되어야 할 코드
는 연행되고 있다는 것인데 여기에서 나는 이 부분의 특성을 영상적
인 담론이라고 규정하고자 한다.

<태평천하>의 서술자는 마치 무대의 단상에 윤직원을 올려놓고
윤직원의 부조리를 풍자하는 듯 보인다. 이는 한 사람을 단상에 올
려놓고 여러 사람이 질문하는 <원놀이>의 속성을 가지고 있는데 여
러 가지 사건을 가지고 윤직원을 비판하는 것이라 할 수 있다. 마치
모노드라마의 화자가 윤직원의 집을 다양하게 보면서 초점을 바꾸어
가면서 서술하는 형식을 취하고 있다. 이는 연극적인 속성과 카메라
의 기법이 합일된 영상성의 실현이라고 할 수 있다. 이러한 영상기
법을 미장센이라고 칭할 수 있는데 '사건을 무대화하는 것'이라는
의미로 원래 연극적 기법으로 쓰이다가 영화 화면에 나타나는 것을
통제한다는 의미로 사용하고 있다. 이러한 지적은 이 용어가 연극적
기법과 영화적 기법이 겹치는 지점에 있다는 의미로 읽을 수 있으며
세팅, 조명, 의상, 그리고 극중인물 등이 그러한 접점에 자리하고 있
다.[36] 미장센을 장면화라는 용어로 바꾸어 말할 수 있는데 이 소설
에서 장면화의 연극적 기법과 영화적 기법의 관련은 문자 서술을 영
상적 담론으로 읽어 가게 해 주는 요인으로 작용하며, 또한 이러한
연극적 기법과 영상적 기법의 차용 때문에 <태평천하>는 소설의 일
상적인 나레이터를 벗어나고 있음을 알 수 있다. 판소리의 이야기꾼
을 등장시켜서 이야기의 서사성을 강조하기보다는 상황에 대한 보여
주기 형식의 항변 성격을 지닌다. 이 소설의 구조 역시 판소리의 구
조와 유사하다는 것은 극 의식의 수용이 판소리 양식의 수용으로 변
형되었다는 것을 입증한다.[37]

---

35) 김홍기, 『채만식 연구』, 국학자료원, 2001, 151쪽.
36) 데이비드 보드웰, 크리스틴 톰슨 지음, 주진숙, 이용관 옮김, 『영화예술 Film
   Art』, 이론과 실천, 1993, 188쪽.

여기에서는 인물 재현의 기술에 있어서 영상적 기법이 어떻게 활용되고 있는지 살펴보고 하루 동안의 사건이 어떻게 배치되고 있는지 미장센의 개념으로 살펴볼 수 있다. 그러한 영상적 담론 기법의 효과로써 놀이적 담론의 유용성이 인물을 나타내는 미장센 효과의 경계기준이 될 수 있다. 첫째, 가치의 전가치화라는 의미내용을 나타내기 위해서 쓰이는 담론의 놀이는 부정을 강조하는 언술을 보여주고 있으며 동시에 인물을 등장시키고 나타내는 것도 부정적인 궤를 같이하고 있다는 점이다. 둘째, 판소리 연행의 언술로 인물의 풍자성을 더 잘 드러내 주며 인물은 그 언술 안에서 움직이는 판소리의 인물을 재현하고 있다는 점이다. 셋째, 구수한 입담처럼 보이는 비속어, 즉 카니발적 언어구사가 인물의 재현을 보다 효과적으로 배치시키고 있다는 점이다. 위에서 제시한 세 가지의 언어적 속성과 인물 재현 방식은 명확히 구분되기보다는 조금씩 교집합을 이루고 있다. 하지만 여기에서 논의하고자 하는 것은 공통의 요소를 최대한 배제시킨 차집합에 대해서 각각의 특성을 살피고자 하는 것이다. 세 가지 언어적 놀이기법과 그와 맞물리는 인물 재현의 미장센의 관계를 자세히 살핌으로써 채만식 소설의 영상성을 언어적 담론에 기대어 풀어 볼 수 있을 것이다.

2) 가치의 전가치를 통해 인물 미장센을 실현하다

가치의 전가치화 놀이에서 윤직원은 언어의 의미를 전도시키면서 상대방을 속이고 나아가 억지스러운 주장을 한다. 따라서 서술자의

---

37) 우한용, 「채만식 소설의 담론 특성에 관한 연구」, 서울대 박사, 1991.

목소리와 논평보다는 작중인물들의 화법을 이용해 윤직원의 부정적
인 측면을 부각한다. 즉 부정의 부정을 강조하는 변증법적 인식론에
근거하고 있다. 풍자는 비리와 모순에 가득 찬 세계를 보여줌으로써
현상의 근원적인 병폐를 인식하도록 하며, 더 나아가 그것의 전반적
인 시정과 개선을 촉구하는 데 목적이 있다.38) 그러나 이러한 언어
전도에 의한 유희는 <태평천하>를 한바탕의 입담으로 연상시키며
허무주의적인 느낌을 준다는 부정적 견해39)가 있다. 다음의 세 인용
문의 대화는 그러한 예를 잘 보여주고 있다.

　　① “인력거 쌕이 몇푼이당가?”
　　② “그저 처분해 줍사요!”
　　③ “으응! 그리여잉? 그럼, 그냥 가소!”
　　④ “그럼, 내일 오랍쇼니까?”
　　⑤ “내일? 내일 무엇하러 올랑가?”
　　⑥ “저어, 삯 말씀이 올습니다. 헤……”
　　⑦ “아니 여보 이 사람아……자네가 아까 날더러, 처분대로 허라구 허
　　　잖있넝가?”
　　⑧ “네에!”(p.44－45)40)

　여기에 인용된 대화는 서로 소통되지 않는 구조를 보인다. 윤직원
이 속임수를 쓰면서 상대방의 반응까지 짐작하는 타락한 놀이자라면
인력거꾼은 자기가 속고 있다는 것도 모르는 바보 형에 속하는 인물
이다. ①에서 내포된 의미는 내가 돈을 줄 의사가 있다는 것이다. ②
는 돈을 받는 데에는 조금의 의심이 존재하지 않으며 지체 높아 보
이고 호인처럼 건장하신 어르신이니 자기가 실제 받아야 하는 삯보

38) 홍기삼, 「풍자와 비판정신」, 『태평천하』, 문학사상사, 2001, 17쪽.
39) 김윤식, 『한국현대 극작가론5 채만식』, 한국예술학회편, 태학사, 1996, 58－59쪽.
40) 채만식, 『태평천하』, 문학사상사, 1993. 이후는 작품의 페이지만 인용하기로 한다.

다 후하게 주리라는 기대가 담겨진 진술이라고 볼 수 있다. 그런데 ③에서 이들의 이전 대화가 동상이몽이었다는 것을 알게 된다. <많이 주시겠지>라는 인력거꾼의 기대는 '그냥 가소'라는 말에서 무너지기 시작한다. 이때부터 이 둘 사이의 대화는 다른 곳을 보면서 이야기했다는 결론을 얻게 된다. 여기에서 물러설 수 없다는 생각에 인력거꾼은 윤직원의 말을 못 알아듣는 척하면서 다른 대안을 내놓게 된다. 이를테면 <왜요? 왜 안주고 그냥 가라고 하나요?>라는 식의 답변을 벗어나 조금 지능적으로 돌려서 <내일 올랍쇼?>라고 묻는 것이다. 이 말이 무슨 뜻인지 알면서도 <무엇하러 올랑가?>라고 말하면서 의뭉을 떤다. ⑦과 ⑧에서는 자기들의 본 마음을 직접 노출시켜서 대립하는 양상을 보인다. 이러한 의사소통 장애는 당시의 혼란한 가치관을 보여줌으로써 합리적인 대화가 존재하기보다는 우격다짐으로 자기의 잘못된 가치관만 앞세우는 사회의 언어적 담론을 보여주는 수사법이다. 이처럼 작가는 언어의 수사적 놀이와 윤직원의 뻔뻔스러움을 장면화시키는 기법을 통해서 현실의 불합리와 부정을 드러내 독자로 하여금 긍정을 판단하게 하는 전략을 구사하고 있다.

<無賃乘車奇術> 편에서도 이러한 비합리적이고 억지스런 대화가 제시된다. 윤직원 영감은 춘심이와 명창대회를 가기 위해 버스를 타게 된다. 윤직원은 기이한 술수로 버스비를 내지 않는다. 잔돈이 없다는 억지로 버스 안내양을 속이는 장면의 클로즈업은 인력거꾼에게 속임수를 쓰는 것과 비슷한 언어유희를 보인다. 마치 이 장면은 버스 안의 다른 사람들에게는 어두운 조명이 깔리고 윤직원과 안내양에게만 밝은 조명이 비추고 있는 효과를 보이고 있다.

① "그걸 어떡허라구 내놓세요? 거스를 돈 없어요!"
② "그럼 어떡허넝가? 이것두 돈은 돈인디……"
③ "누가 돈 아니래요? 잔돈 내세요?"

④ "잔돈 읎어"

⑤ "지금 주머니 속에서 잘랑잘랑 소리가 나는데 그리세요? 괜히……"

⑥ "으응, 이거?……"

⑦ "이건 못쓰는 돈이여, 사전인데……정, 그렇다면 못쓰는 돈이라도 그
   냥 받을티여?"(p.56)

윤직원은 위의 인용문에서 버스 안내양이 곤혹스러울 정도로 큰
돈을 내놓는다. 거스름돈을 달라는 안내양의 말에 "이것두 돈은 돈인
디"라는 변명을 한다. 이러한 의도를 간파한 안내양은 계속해서 잔돈
을 요구하지만 윤직원 역시 막무가내로 잡아뗀다. ③에서 안내양은
"할아버지 속셈 모를지 아세요?"라는 말이 숨겨져 있는데, ④의 윤직
원은 "절대로 버스비 못 내겠다"라는 의미가 들어 있다. 따라서 주머
니의 동전소리는 이들 간의 갈등을 해결해 줄 도구인데, 윤직원의
"못쓰는 돈"이라는 말에 버스 안내양은 속아 넘어갈 수밖에 없다.

<西洋國 名唱大會>에서도 마찬가지의 언어유희와 인물 재현의 영
상성이 엿보인다. 즉 사건의 서사성은 의미를 지니지 않는다. 하나하
나 떨어진 인물의 장면화된 화면이 조화의 몽타주가 되어 서사를 이
어주는 고리가 되고 있다. 가치를 뒤집어 놓음으로써 말하고자 하는
바를 명확히 전달하는 전가치화의 장면들이 따로 따로 충돌하는 이
미지로 드러나지 않고 서로 조화를 이루어 의미를 강화시킨다. 명창
대회에 도착한 윤직원은 춘심이의 표 값을 아끼기 위해 10전으로 춘
심이를 꼬드기고 자신은 하등표와 상등표를 자의적으로 해석해서 무
지한 영감 흉내를 낸다. 윤직원은 하등표를 사서 상등석에 앉아 있
다가 서두리꾼에게 지적을 받는다. 서두리꾼은 영감의 오해를 지적
하고 안내하려고 하지만 윤직원의 의도는 처음부터 계획적인 것이었
다. 고정된 언어의 기표와 기의를 자의적으로 해석함으로써 자신의
언어유희를 실현시킨다.

① "여긴 백권석인데요, 노인은 홍권을 사셨으니깐 저 위칭 홍권석으로
   가셔야 합니다"
② "아니, 이건 하등표요! 나넌 오십 전 주구 하등표 이놈 샀어! 자, 보
   시요!"
③ "그러니깐 말씀입니다. 노인 말씀대루 하면 여긴 상등이거든요."
④ "예가 상등이라? 그러구 저 높은 디 이칭이 하등이라?"
⑤ "네에."
⑥ "그래두 그렇잖습니다. 여기선 예가 상등이구, 저 이칭이 하등입니다."
⑦ "거참! 그럼, 예는 우리 죄선이 아니구, 저어 서양국이요? 그렇길래
   이렇기 모다 거꾸로 되지?" (pp.60-61)

①에서 서두리꾼은 자리가 잘못된 것에 대해 지적해 주고 있지만
윤직원은 아래쪽은 아래하 下等表임을 강조한다. ②에서 윤직원은
무지한 노인 행세를 하기 시작한다. 그러나 자기가 있는 곳이 상등
이라고 지적하는 말에 ④의 인용처럼 사회적 언어의 기표와 기의를
내세운다. <예가 상등이라? 그러구 저 높은 데가 이칭 하등이라?>라
고 말하면서 상대방을 일시에 바보 취급한다. 이미 속이자고 작정한
윤직원은 상황에 따른 언어의 기표와 기의 관계를 의도적으로 무시
한 상태이기 때문에 아래와 위의 바뀜을 조선과 서양의 비유로 비약
시킨다. <조선이 아니구 서양이요?>라는 ⑦의 인용문은 언어의 의미
를 전도시켜 상대방을 속이는 놀이에 해당한다. 자기 자신의 이익을
위해 의도적으로 언어의 의미를 거꾸로 해석하면서 오히려 상대방을
몰아세우면서 <그렇길래 이렇기 모다 거꾸로 되지?>라고 말한다. 이
말의 함축은 자기 자신은 정상인데 다른 사람이 비정상이라는 논리
이다. 그런데 오히려 이러한 대화 양상을 통해 독자는 윤직원에게서
놀부 같은 이미지를 가지게 되며 시대의 불합리성을 읽게 된다. 반
민족적이고 반민중적인 인물에 대한 통쾌한 비판을 반어적 구성과
문체로 펼쳐놓고 있다.41)

3) 판소리 연행 기법으로 인물 미장센을 시도하다

<태평천하>는 고대소설의 설화체와 판소리의 구연방식과 현장성을 채용하여 해학적이고 극적인 분위기를 조성하여 담화에 변화와 활력을 주었다.[42] 윤직원을 등장시키는 방법은 판소리의 창자가 구연하는 어투로 보여진다. 즉 해설자인 실제작가의 목소리가 생생하게 들리는 대목인데, 이로 인해 독자는 해설자 바로 앞에서 이야기를 듣는 느낌을 받는다.

> 추석을 지나 이윽고, 짙어 가는 가을해가 저물기 쉬운 어느 날 석양.
> 저 계동의 이름난 장자 윤직원 영감이 마침 어디 출입을 했다가 방금 인력거를 처억 잡숫고 돌아와, 마악 댁의 대문 앞에서 내리는 참입니다.……
> 이십팔 관하고도 육백 몸매!……
> 윤직원 영감은 옹색한 좌판에서 가까스로 뒤를 처들고 자칫하면 넘어 박힐 듯싶게 휘뚝휘뚝하는 인력거에서 내려오자니 여간만 옹색하고 조심이 되는 게 아닙니다.(p.41)

이와 같은 묘사로 시작되는 <태평천하>는 창자가 <해가 저물기 쉬운 어느 날 새벽>이라는 명사형의 힘 있는 호흡으로 시작하면서 <-입니다>라는 서술체를 보이면서 과장과 풍자의 어법을 구사하고 있다. <처억>이라는 부사어의 사용으로 윤직원이 매우 자기 과시적이고 이기적인 사람이라는 느낌을 주며, <여간만>이라는 부사어의 사용으로 윤직원의 고집스러운 면모를 보여주고자 했다. 이러한 두 부사어가 윤직원을 묘사하는 데 빠진다면 윤직원을 효과적으로 등장시키지 못할 것이다.

---

41) 이선영, 「20세기 한국 문학의 특성과 과제」, 『실천문학』, 1998년 가을호, 36-38쪽.
42) 김홍수, 「문체 특성-치숙을 중심으로」, 『채만식 문학연구』, 한국 문학사, 1997. 36-37쪽.

판소리에서 창자가 요약해서 이야기해 주는 특성이 가장 돋보이는 장은 4장 <우리만 빼고 어서 亡해라>라고 이름 붙인 곳이다. 이 장에서는 부친 윤용구의 치부과정을 보여주고 있으며 화적대들에게 부친과 자신이 당한 사건을 풍자적으로 그리고 있다. 자신의 아버지를 죽인 화적대를 향해 절규하는 대목은 언어적 풍자성이 두드러진다.

> 윤두꺼비는 피에 물들어 참혹히 죽어 넘어진 부친의 시체를 안고, 땅을 치면서,
> 「이놈의 세상이 어느 날에 망하려느냐!」고 통곡을 했습니다. 그리고 울음을 진정하고는, 불끈 일어서 이를 부드득 갈면서, 「오냐, 우리만 빼놓고 어서 망해라!」고 부르짖었습니다. 이 또한 웅장한 절규였습니다. 아울러 위대한 선언이었습니다.(pp.81 - 82)

화적대를 향한 분노는 뒤에 가서는 사회주의를 추구하는 사람들에 대한 분노로 이어진다. 이러한 발상은 역사에서 자기는 아무런 혜택을 받지 못하고 오히려 당하기만 했다는 피해의식인데 <이놈의 세상이 어느 날에 망하려느냐!>라고 절규하는 데까지는 엄숙함과 비장감이 흐른다. 그러나 그러한 절박한 상황에 <우리만 빼고 어서 망해라!>라는 말은 청자에게 실소를 머금게 한다. 통곡하는 와중에도 자신의 안위만을 걱정하고 있다는 것은 큰 담론을 외치다가 갑자기 너무나 미시적인 담론으로 들어와 버린 허망함이라고 하겠다. 그런데 그러한 진술을 창자는 <웅장한 절규>와 <위대한 선언>으로 격상시킨다. 즉 왜곡된 절규와 선언을 웅장하고 위대하다고 반어적으로 기술함으로써 풍자성은 획득된다. 식민지 부르주아의 삶이 지닌 부정적 모습을 그 현실의 본질과 역사성에 비추어 비판한 작품[43])으로 평

---

43) 양문규, 「1930년대 후반 채만식 소설의 리얼리즘 문제」, 『채만식 문제의 재인식』, 소명출판, 1999, 104 - 105쪽.

가받는 근거가 되는 대목이다. 윤직원의 부패한 필생의 사업을 내포
작가의 목소리로 장중하게 기술한다. 그의 판소리의 문체는 문법적
차원에서만 가치가 있는 언문일치가 아니라 등장인물이나 해설자의
목소리를 통해 작가와 독자가 직접 만나고 있다는 느낌을 준다.[44]
따라서 모든 장면의 초점은 무대 위에 선 윤직원에게 쏠리고 있다.

> 윤두꺼비가 이윽고 세상이 편안한 뒤엔, 집안의 문벌 없음을 섭섭히
> 여겨 가문을 빛나게 할 필생의 사업으로 네 가지 방책을 추렸습니다.
> ① 맨 처음 족보에다 도금을 했습니다.
> ② 족보는 아무튼 그래서 득실이 상반이었고, 그 다음은 윤두꺼비 자
>   신이 처억 벼슬을 한자리했습니다.
> ③ 그다음, 윤직원 영감이 집안 문벌을 닦는 데 또 한 가지의 방책은
>   무어냐 하면, 양반 혼인이라고 좀 더 빛나는 사업이었습니다.
> ④ 그 다음 마지막 또 한 가지가 무엇이냐 하면, 이게 가장 요긴하고
>   값나가는 품목입니다. 집안에서 정말 권세 있고, 실속 있는 양반
>   을 내놓자는 것입니다. 군수 하나와 경찰서장 하나……

<태평천하>의 풍자성은 윤직원의 잘못된 필생의 사업이 그 원인으
로 작용하고 있다. 판소리의 창자는 한 인물을 묘사할 때 청자에게 직
접적으로 설명해 준다. 여기에서 창자는 네 가지 사업이 어떻게 실패
하고 있는지 설명해 준다. 윤직원이 재산가로 득세하는 과정을 조롱
하는 어투로 들려준다. 구한말 혼란했던 시절에 화적패에게 아버지를
죽이게 하면서까지 지켜온 재산이기에 그는 어떠한 일이 있더라도 재
산을 지켜야 하는 것이다. 신흥자본가인 윤직원은 재산을 보호하기
위해 신분상승을 꾀한다. 그러한 과정에서 네 가지의 사업은 반드시
이루어져야 하는 것이다. 그가 구상하는 첫 번째, 족보를 꾸미는 일과

---

44) 김영민, 「한국소설의 문체와 근대성의 발현」, 『채만식 문학의 재인식』, 소명
    출판, 1999, 70-71쪽.

두 번째 자신의 벼슬획득은 돈으로 무난히 해결하게 된다. 그러나 세 번째부터는 윤직원의 생각을 벗어난다. 자식들을 양반규수와 혼인시키는 일은 왜곡된 인물들을 양산하는 결과를 가져온다. 맏며느리 고씨는 31년간의 고된 시집살이를 한 여인이지만 시아버지의 신임을 얻지 못하고 집안 살림의 전권을 아직도 시아버지에게서 물려받지 못한 인물이다. 남편과의 관계도 무척 좋지 않은 생과부이다. 서울 아씨로 나오는 자기의 딸은 찢어지게 가난한 집이지만 양반가라는 허울 때문에 시집을 보낸다. 그러나 청상과부가 되고 마지막으로 종수의 처는 양반가 출신이면서 시아버지 보필도 잘하는 편이다. 그러나 남편은 군수 일을 빌미삼아 시골에서 첩을 데리고 산다. 생과부의 신세를 면하지 못한다. 종학의 처는 양반가 출신이지만 학교 근처에도 가지 못한 인물이며 예쁘지도 않다. 종학은 이혼을 요구하기 때문에 이 여자의 삶도 지난하다. 이러한 여자들에 대한 묘사를 다음과 같다.

> 이렇게 이 집안에는 과부가 도합 다섯입니다. 도합이고 무엇이고 명색 여인네치고는 행랑 어멈과 시비 시월이만 빼놓고는 죄다 과부니 계산이야 순편합니다. 이렇게, 생과부, 통과부, 때과부로 과부 모를 부어놓았으니 꽃모종이나 같았으면 춘삼월 계절을 기다려 이웃집에 갈라주기나 하지요, 이건 모는 부어놓고도 모종으로 갈라줄 수도 없는 인간모종이니 딱한 노릇입니다.(p.91)

인간모종의 딱한 노릇을 판소리의 반복창법, 즉 <생과부, 통과부, 때과부> 등으로 리듬감을 실어서 희화시키고 있다. 또한 인간을 꽃모종보다도 가치 없는 것으로 가치 전도시킨다. 이 부분은 앞의 가치의 전가치화의 인물 재현에 속하는 교집합이라고 할 수 있다. 집안의 수많은 과부들은 윤직원의 세 번째 사업이 실패한 것이라는 것을 풍자적으로 보여준다. 양반이 되기 위한 윤직원의 잘못된 사업이

가지는 결과는 가족의 붕괴라는 결과를 초래했다. 이 부분에서는 판소리에서 인물들이 등장하고 퇴장하는 기법과 창자에 의해서 조명이 비추어지는 인물이 각각 순서대로 제시되는 판소리 인물 재현의 방식에 주안점이 주어지고 그 지점이 앞의 가치의 전가치화라는 부분의 차집합이 되는 것이다.

그리고 네 번째 군수 하나와 경찰 하나의 꿈은 허망하게 끝나고 만다. 군수를 시키기 위해 종수에게 많은 돈을 들이지만 그것이 오히려 종수를 타락하게 만드는 요인이 된다. 종수는 군수자리를 핑계 삼아 윤직원에게 아무런 가책도 없이 돈을 뜯어내서 향락을 즐긴다. 경찰서장으로 기대를 받는 종학 역시 사회주의를 한다. 그러한 사회주의를 반영하면서 다음과 같이 말한다.

> "화적대가 있너냐아? 부랑당 같은 수령들이 있너냐? …… 재산이 있대야 도적놈의 것이요, 목숨은 파리 목숨 같던 말세넌 다 지나가고오 …… 자 부어라, 거리거리 순사요, 골골마다 공명한 정사, 오죽이나 좋은 세상이여……남은 수십만 명 동병을 하여서, 우리 조선놈 보호히여 주니, 오죽이나 고마운 세상이여? …… 으응? …… 제 것 지니고 앉어서 편안하게 살 태평 세상, 이걸 태평천하라구 하는 것이여, 태평천하! ……"(p.268)

윤직원에게 세상은 고마운 것이며 자기의 재산을 지켜 주는 순사는 세상을 태평하게 해 주는 안전장치인 것이다. 윤직원의 역사의식과 현실인식이 자기중심적이고 탐욕적이라는 것을 보여주면서 동시에 작가는 올바른 역사의식을 반어적으로 피력하고 있다. 4장 <우리만 빼고 망해라>는 윤직원 영감의 부친을 묘사하는 방법에 있어서 독자와 수수께끼 놀이를 구사한다.[45] 자기가 한 말을 부정함으로써 듣는 사람으

---

45) 우한용, 위의 논문, 90-191쪽.

로 하여금 "그러면 뭐냐"라는 마당극의 관객참여기법을 구사한다.

    얼굴이 말처럼 길대서 말대가리라는 별명을 듣던 윤직원 영감의 선
친 윤용구는 본시 시골 토반이더냐 하면 / 그렇지도 못하고, / 그렇다면
아전이더냐 하면, / 실상은 아전질도 제법 해먹지 못했습니다. / …… 그
런데, 그런 게 다 운수라고 하는건지 어느 해 연분인가는 난데없는 돈
2백 냥이 생겼더랍니다. / 시골은 2백 냥이면 서울 돈으로 2천 냥이요,
그때만 해도 웬만한 새끼부자 하나가 왔다 갔다 할 큰 돈입니다.(p.65)

이 부분은 서술자, 즉 창자가 혼자서 말하는 단조로움을 깨고 청
자를 적극적으로 개입시킨다. 즉 "윤용구가 본시 토반이더냐 하면"
이라는 말을 통해 윤용구가 어떤 사람이었는지 알고 싶은 충동을 일
으키고 "그렇지도 못하고"라고 하면서 1차 정보를 준다. "그렇다면
아전이더냐 하면"이라고 말해 또다시 환기시킨다. 이 질문에 2차 정
보가 제공되는데, "실상은 아전질도 제법 해먹지 못했습니다."고 말
하면서 궁극적인 답은 마지막에 가서 제공한다. 즉 이것은 자기가
말한 것을 부정하면서 앞에 독자를 끌어들이는 마당극의 화법이라고
할 수 있다. 그러나 독자에게 돌아오는 답은 전혀 논리적 근거를 가
지지 못하는 답이 되고 만다. 연쇄적 질문의 톤으로 볼 때 합리적인
대답이 나와야 함에도 불구하고 "난데없는 돈 2백 냥"이라는 비합리
적인 대답이 나온다. 이는 갑이냐 을이냐 병이냐의 질문에 갑자기 A
라고 대답한 꼴이다. 이러한 수사적 담론은 논리적인 설명이 불가능
한 시대상황을 은유한 대화법이라고 읽을 수 있다. <해저무는 萬里
長城>의 장에서 윤직원은 장수를 위해 오줌으로 눈을 씻고 어린아
이의 오줌을 아침마다 마신다. 이러한 비정상적인 행위는 진시황의
영생불사와 대비를 이루면서 희화된다. 그러나 그의 만리장성에 대
한 희망은 기울어간다.

만 리의 장성을 높이 쌓아, 나라를 천치로 더불어 길이길이 지키고,
나는 불사약을 먹어 이 나라의 주재자로 이 영광을 무궁토록 누리고
…… 하자던 진시황과, 만석꾼의 가산을 더욱 늘려 가면서 천지로 더불
어 길이길이 지키고, 양반을 만들어 가문을 빛내되, 나는 오줌을 먹고
보건 체조를 하고 보약을 먹고 하여, 이 집안의 가장으로 이 영광을 무
궁토록 누리고 하자는 윤직원 영감과, 그들은 조금도 서로 다를 바가
없는 것입니다. (p.247)

서술자는 이 부분을 통해 윤직원이 가산을 늘리고 자신의 만수무
강을 위해 노력하는 행위를 청자로 하여금 비웃게 하는 언어전략을
구사한다. 그것은 진시황이 불사약을 구하려고 하지만 모든 인간처
럼 죽어갔다는 사실을 독자에게 환기시키면서 <오줌을 먹고 보건
체조를 하고 보약을 먹는> 윤직원을 비웃는다. 판소리의 창자는 청
자들에게 그 인물을 직접 비판하기보다는 비유나 열거를 사용함으로
써 청자를 자신의 이야기에 동감하도록 한다. 따라서 <그들은 조금
도 서로 다를 바가 없는 것입니다.>라고 하는 표현은 <윤직원도 진
시황만큼이나 탐욕스럽고 어리석은 인물입니다.>로 다시 읽혀질 수
있다. '조금도'라는 독특한 어투는 인물의 풍자성을 더욱더 부각시키
면서 독자를 끌어들인다.

윤직원 영감의 네 가지 사업은 모두 좌절되는데, 그중에서 네 번
째 꿈의 좌절은 이 작품에서 윤직원을 풍자하기 위해 가장 효과적이
다. <亡秦者는 胡也니라>에서 윤직원의 희망인 군서기감 종수의 타
락과 경찰서장감 종학의 사회주의는 이 작품의 주제를 더욱 부각시
켜 주는 요소이다.

진나라를 망할 자 호(오랑캐)라는 예언을 듣고서, 변방을 막으려 만리장
성을 쌓던 진시황, 그는 진나라를 망한 자 호가 아니요, 그의 자식 호혜임
을 눈으로 보지 못하고 죽었으니, 오히려 행복이라 하겠습니다.(p.267)

진나라를 망한 자는 호(오랑캐)가 아니라 자식 호해임을 알고 자식을 죽인 진시황과 군수와 경찰서장의 꿈을 실현시켜 줄 것이라고 믿었던 종수와 종학의 배신을 당한 윤직원은 서로 파행된 욕망을 보여주는 기표이다. 진나라를 망하게 한 것이 자식 호라는 것을 말해 주면서 창자는 오히려 진시황이 윤직원보다 더 행복하다고 말한다. 자신이 속은 줄도 모르고 행복하게 죽는다는 것은 이미 속은 것을 알아버린 윤직원이 더 불행하다는 풀이이다. 여기에서 판소리 창자의 목소리는 작가의 말과 일치되고 있다. 즉 작가의 발언과 창자의 목소리가 정확하게 구별되지 않는다. 이러한 경계선의 유동성과 모호성은 의도적인 것이다. 말의 유형과 유형, 언어와 언어, 세계관과 세계관 사이의 경계와 같은 유동성과 모호성은 희극적 문체의 기본적인 속성이다.46)

4) 카니발적 언어놀이에 의해 인물 미장센을 실현하다

중세의 사회적 하층계급의 문학은 유럽소설의 발전에 지대한 중요성을 지니게 되는 뚜렷한 세 가지 인물유형을 등장시킨다. 악한, 광대, 바보의 구분이 거기에 해당하는데, 이들은 자신의 특별한 소세계, 즉 자신의 크로노토프를 창조한다. 이들의 존재는 직접적인 의미가 아니라 은유적인 의미를 가진다. 따라서 이들의 삶은 가면극 배우들이다. 특히 악한은 그를 현실에 묶어두는 일정한 유대를 가지고 있다고 할 수 있지만, 광대나 바보는 이 세상 사람이 아니다.47) 윤

---

46) 미하일 바흐친, 전승희 옮김, 『장편소설과 민중언어』, 창작과 비평사, 1988, 120-121쪽.

직원은 악한에 속하는 유형이라고 할 수 있다. 윤직원은 식민지시대에 자기만의 부와 안위를 추구하는 이기적인 사람인데, 그가 시대를 서술하는 언어는 상스럽고, 풍자적이어서 카니발적인 특성을 갖는다.

축제에서 무대화되는 유쾌한 상대성은 웃음의 문화 자체, 즉 지배문화의 지위에 영향을 준다. 축제의 틀 속에서 유쾌한 상대성은 자신에 대해 웃는 웃음으로서 실현된다. 웃음이 일련의 순환에서 자신의 자유로운 시간과 공간을 획득할 때, 웃음은 파괴적인 힘이 아니라 생산적인 힘으로 전개된다. 공식적 문화가 민중문화에 일시적으로 융화되는 것은 재생의 과정을 초래하며, 이것은 축제의 희화적인 반-규범에 의해 전도된 가치와 위계의 개념을 작동하도록 동력을 부여한다. 이렇게 해서, 웃음의 문화는 공식적 제도의 화석화된 잔해를 부활시키고 재생시켜서, 그것을 소위 공식 문화에 다시 돌려준다.[48]

태평천하의 화자는 등장인물들의 위에 서 있는 권위적 존재가 아니라 관객과 무대의 구별이 없이 스스로를 웃음의 대상에 포함시킨 민중 축제의 광대의 위치에 서있다. 하층민과 같은 비속한 언어를 쓰면서도 예술에 대한 지식이 상당하며 한문문학에 해당하는 고사성어를 자유자제로 사용하는 양면적인 인물은 판소리나 탈춤의 광대에 속한다.[49] 중세의 공식문화에 대한 반발로서 신체의 하부를 과장한 바흐친은 신체의 낮은 이미지를 통해 권위적인 중세의 정신과 대적하고 새로운 문화 질서를 재생산하려고 했다. 즉 하향에 해당하는 매장, 씨뿌리기, 신체의 배설기, 성기는 부정과 동시에 그 무엇의 탄생, 생성이란 양가적 의미를 가진다. 민중 축제에 나오는 희화화, 익살, 모욕, 불경스러움, 희극적 왕관 씌우기 등은 신체적 하향성과 맞

47) 미하일 바흐친, 전승희 옮김, 『장편소설과 민중언어』, 창작과 비평사, 1988, 120-121쪽.
48) 레나테 라흐만, 여홍상 옮김, 「축제와 민중문화」, 『바흐친과 문화이론』, 문학과 지성사, 1995, 78-79쪽.
49) 김동환, 『한국 소설의 내적 형식』, 태학사, 1996, 97-99쪽.

닿아 있기에 부정적이면서도 생성의 강렬한 욕구를 반영하게 된다. 상소리의 다양한 장르인 저주, 욕설, 대중적 언어도 생성을 위한 부정이기 때문에 그 건강성을 획득한다.[50) 윤직원의 여성 편력은 다음과 같이 희화되고 있다.

> 시골서 살 때에 첩을 둘씩 얻어 치가를 시키고 동네 술에미가 은근한 게 있으면 붙박이로 상관을 않고 지내고, 또 촌에서 계집애가 복슬복슬한 놈이 눈에 띄이면 다리 치인다는 핑계로 데려다가 두고서 재미를 보고, 두루 이러던 것은 고만 두구라도, 서울서 올라와서 지난 10년 동안 첩을 갈아 센 것만 해도 무려 10여 명은 될 것입니다. 기생첩이야 가짜 여학생 첩이야, 명색 숫처녀 첩이야, 가지각색이었겠지요. 모두 일년 아니면 두어 서너 달씩 살다가 갈아세우고 하던 것들입니다.(p.138)

<태평천하>의 윤리관은 비정상적이라고 할 수 있다. 윤직원을 비롯해서 작중인물들의 윤리적 파탄은 일상적인 형상으로 드러나고 있다. 윤직원의 파행적인 여성편력을 작중화자는 마치 독자에게 고자질하듯이 또는 판소리 창자가 서술하듯이 열거한다. <-고>, <-보고>, <-라도>, <-것만> 등의 열거기법을 사용해 작품의 의도를 강화시킨다. 이 부분은 앞의 가치의 전가치화의 인물 재현, 판소리 연행에 의한 인물 재현과 교집합을 이루는 부분이라고 할 수 있다. 서로 겹쳐지는 부분의 교집합을 빼고 여기에서는 비속어를 중심으로 전개하는 카니발적 언어의 인물 미장센이라는 차집합에 주목하고자 한다.

<기생첩이야>, <가짜 여학생 첩이야>, <명색 수처녀 첩이야> 등으로 의미의 점층 화법을 구사하면서 민중축제에 나오는 불경스러움을 한층 강화시켜 윤직원의 인간됨을 희화시킨다. 또한 <될 것입니다>와 <하던 것들입니다>라고 서술함으로써 독자를 자기의 말속에 동참하

---

50) 바흐친, 김욱동 옮김, 『대화적 상상력』, 문학과 지성사, 1988, 234쪽.

게 하는 기법을 구사한다. 상대방에게 "이러이러 했단다"라고 말하는
전략을 구사해서 듣는 청자, 즉 독자는 매우 가까이에서 듣게 된다.
이와 같은 담론은 전통적인 윤리와 결합된 개념을 극도로 다양한 시
리즈로 희화시키는 라블레의 개념에 비추어 본다면 <성 시리즈>로
환치될 수 있다. 성 시리즈는 노골적인 외설에서부터 미묘하게 감추
어진 애매한 표현에 이르기까지 다양하게 전개된다.

네 번째 사업인 군수감인 손자 종수가 서울로 올라와 여학생 오입
을 하기 위해 나누는 대화를 통해 카니발적 언어놀이가 진행되는 것
을 살펴보면 윤직원의 여성 편력의 전력이 손자에게도 그대로 이어
지고 있음을 볼 수 있다.

> "그땐 말끔 은근짜들뿐이지만, 시방은 이 사람이 오는 기집들이 모두
> 상당하네! …… 여학생을 주문하든 꼭꼭 여학생을 대령시키구 과불 찾
> 으면 과불 내놓고, 남의 첩, 옘집 여편네, 빠쓰걸, 여배우, 백화점 기집
> 애, 머어 무어든지 처억척 잡아오지!"
> "또 희떠운 소리를! …… 아니 그래, 과부면 과부라는 걸 무얼루다가
> 증명허우? 민적 등본을 짊어지고 오우? 여학생은 재학 증명서를 넣구
> 오구, 빠스걸은 가방을 타고 오우?"(p.227)

여기에서도 윤직원의 경우와 마찬가지로 손자 종수에게 여자란 돈
으로 살 수 있는 물건에 지나지 않는다. 즉 인간을 하등하게 폄하함
으로써 세태를 비판하자는 속셈인데 여러 종류의 여자를 열거함으로
써 성을 담론화시키는 카니발적인 언어놀이를 통한 인물미장센을 달
성시킨다. 이 부분 역시 가치의 전가치화의 인물 미장센과 교집합을
이루고 있지만 그 언어의 카니발적 사용에 주목해서 인물 재현을 보
고자 한다. 위의 인용문에서 두 사람의 대화는 당시의 윤리적인 파탄
을 여러 종류의 비정상적인 여자들을 열거함으로써 희화시킨다. <머
어 무어든지 처어척 잡아오지?>라는 말은 신뢰를 주지 못하는 말이

다. 그래서 대답에 <무얼루다가 증명허우?>는 사실 여자의 종류가 아무려나 상관없다는 의도를 깔고 있다. 이는 여성의 성을 하등하게 취급함으로써 카니발적 언어놀이를 시도하는데 이러한 시도는 윤직원과 며느리들의 왜곡된 대화에서도 그대로 보여진다. 윤직원의 수전노 같은 왜곡된 발언과 욕설, 며느리들이 시아버지에게 대드는 말씨는 카니발적 언어의 전형으로 당시 사회의 규범과 질서를 떨어뜨려 새로운 사회지향의 의미로 재생산된다.

<人間滯貨와 동시에 品不足問題>에서 윤직원은 손자 경손과 춘심에게 속임을 당한다. 물자배급은 여자를 말함인데 자기 집에 넘쳐나는 여자를 인간 체화라 칭하면서 자기에게 하나도 돌아오지 않는 바깥세상의 여자를 품부족이라 표현한다. 이러한 대조는 '슬픈 정상'이라고 표현된다.

> 아무려나 이래서 조손간에 계집애 하나를 가지고 동락을 하니 노소 동락 일시 분명하고, 겸하여 규모 집안다운 계집소비 절약이랄 수도 있겠습니다.
> 그렇지만, 소비 절약은 좋을지 어떨지 몰라도, 안에서는 여자의 인구가 남아돌아가고 (그래서 한숨과 불평인데) 밖에서는 계집이 모자라서 소비 절약을 하고 (그래 칠십 노옹이 예순 다섯 살로 나이를 야바위도 치고, 열다섯 살 먹은 애가 강짜도 하려고 하고) 아무래도 시체의 용어를 빌려 오면, 통제가 서지를 않아 물자 배급에 체화와 품부족이라는 슬픈 정상을 나타낸 게 아니랄 수 없겠습니다.(p.211)

<노소동락>과 <소비절약>이라는 말의 기표는 긍정적인 의미를 함의한다. 그러나 부정적인 맥락에 인용해 결국엔 의미를 희화시킨다. 즉 <노소동락>이라는 긍정적인 말을 <조손간에 계집애 하나를 가지고 동락을 하니>라고 의미를 전도시키거나 윤직원의 수전노를 <집안다운 계집소비 절약>이라는 언어유희로 의미를 희화시킨다. 이 부분의 인

물 재현은 성에 대한 카니발적인 언어유희에 초점을 맞추어 보고자
하였다. 앞의 논의들과의 교집합이 존재하지만 성에 대한 비속적인 언
어유희가 바로 카니발적 언어유희의 차집합으로 독해될 수 있다.

영화적 글쓰기에 쓰이고 있는 담론의 특징을 살펴보는 것으로 채
만식의 문체를 다시 읽어 보는 것은 서사매체와 영상매체의 초기 관
계를 풀어나가는 하나의 실마리가 될 수 있다. 앞에서 논의된 이상,
박태원, 이효석과 함께 채만식 역시 연극적인 인물 장면화의 기법을
통해서 영상적인 효과를 거두고 있음을 살펴볼 수 있었다. 채만식
<태평천하>의 인물 재현은 위의 세 가지 인물 미장센들을 서로 조화
시키는 조화의 몽타주로 이해될 수 있다. 푸도푸킨은 영화에 있어서
몽타주의 기법이 화면을 충돌시키는 것이 아니라 화면을 연결시키는
조화에 강조점을 두었다. <태평천하>의 윤직원이라는 인물의 불합리
성을 보여주는 방법으로 각각의 다른 인물 재현의 미장센은 하나의
의미로 엮어지는 몽타주가 되고 있는 것이다. 인물 재현에 대한 미장
센과 그것을 효과적으로 돕고 있는 언어놀이의 양상은 채만식 문학
을 영상적 담론으로 읽어 가는 데 일조할 수 있음을 살펴보았다.

4. 몽타주와 이중노출 시선으로 '최명익' 읽기
─〈비오는 길〉, 〈심문〉 자세히 읽기

영상적 기법은 주로 30년대라는 시대적 배경을 컨텍스트로 하고
있다. 이 시대는 이재선의 지적대로 문학이 다원화의 길에 접어든

때이며 작가들의 관심이 수평적 영역과 수직적 영역으로 확산될 때이고 어느 시대보다도 도시의 삶과 생태에 관심을 보이는 때이다. 영화의 탄생은 도시라는 공간의 형성과 밀접한 관련을 가진다. 우리나라에 처음 등장한 영화는 1919년 김도산의 <의리적 구토>라고 할 수 있고 그 후 나운규의 <아리랑, 1926>이 대중화되었고 나도향의 <벙어리 삼룡이>가 1929년에 나운규 프로덕션에서 제작되기에 이른다. 이러한 문학과 영화의 상관성 속에서 영화는 무성영화의 시대에서 발성영화로 발전을 거듭한다.[51] 이 시기가 바로 1935년에서 1940년인데 영상적 소설의 다양한 기법 시도는 이러한 문화적 맥락에서 이해될 수 있을 것이다. 영화 초기에 문학에 일어났던 기술 기법 변화는 영상성이라는 카테고리로 묶여질 수 있다. 영화적인 기법을 소설에서 활용할 수 있는 것은 서사문법의 변화 때문이라고 할 수 있다. 특히 소설의 장면화라는 용어로 서사의 영상화를 정의될 수 있는데 이는 시간예술로서의 언어예술에서 시각적인 효과를 극대화시키면 시간의 무화를 가져오고 장면으로 나타나는 이미지를 형성하게 되는 것을 말한다.[52] 따라서 영화와 문학은 서사의 기법 면에서 밀접한 관련을 가지기 때문에 영화는 초기부터 문학과의 영향을 주고받는 교섭 장르일 수밖에 없다. 1937년 나운규는 이태준의 작품 <오몽녀>를 영화화하였고 1939년 이광수의 <무정>도 영화화된다. 따라서 이 시기 많은 작가들의 글쓰기는 의식적이든 무의식적이든 영상성을 띠고 있음을 볼 수 있다.

문학이 말로 된 언어라면 영화는 시각적 언어이기 때문에 시각적 '에스페란토'나 '상형 문자적 언어'[53]로 표현되기도 한다. 따라서 문

---

51) 호현찬, 『한국 영화100년』, 문학사상사, 2000, 29쪽, 50-55쪽, 70-71쪽.
52) 우한용, 『한국 현대 소설 담론 연구』, 삼지원, 1996, 134쪽.
53) 로버트 스탬 외, 이수길 외 옮김, 『어휘로 풀어 읽는 영상기호학』, 도서출판 시각과 언어, 2003, 57쪽.

학의 영상성 구현이란 언어로 시각화를 시도한 것이라 할 수 있다. 문학이나 영화는 둘 다 서사를 바탕으로 하는 구조이다. 이는 영화가 보편화되지 않았던 시절에 소설에서 이미 영화적 기법을 충분히 잉태하고 있음을 함의한다. 소설을 읽는 독자들은 의식의 흐름이라는 문학적 용어가 영화의 기법과 유사하다는 것을 느끼게 된다. 영화적인 기법을 소설에 활용한다는 것은 정통 서사의 서술기법에 일종의 변화를 보여주는 것이라 할 수 있다.

여기에서는 선행 연구의 연구된 작가들 이외에 실험적인 글쓰기를 시도했던 최명익을 대상으로 그의 작품에 나타난 영상적 담론의 논의를 전개하고자 한다. 최명익의 <비오는 길>에서는 병일, 사진관이 칠성, 기생 난홍이 등을 동시적인 몽타주 형식으로 보여주고 있다. 이는 에이젠슈테인의 충돌의 몽타주라기보다는 프랑스 유파의 정신적 몽타주에 해당하며 변증법적인 사고를 보여주기보다는 동시성을 보여주려고 한 것이라 볼 수 있다.54) 그의 또 다른 작품인 <심문>에서는 죽은 부인과 현재 사랑하는 여자와의 이미지를 몽타주와 이중노출 기법으로 보여주면서 자신의 의식의 흐름을 전개시킨다.

최명익은 일제시대에 지식인의 좌절된 암울한 삶과 허무주의를 그린 작가로 의식의 흐름과 심리소설이라는 범주로 이상과 자주 비교되는 작가이다. 조동일은 지식인의 불안적 요소로 그의 작품을 전후 사전은 뚜렷하지 않은 복잡한 상황에서 정상에서 벗어난 의식이 서로 엉키는 양상이라고 정의한다.55) 그의 작품에 나타난 주인공들은

54) 수잔 엠 드 라코트, 이지영 옮김, 『들뢰즈: 철학과 영화-운동 이미지에서 시간 이미지로의 이행』, 열화당, 2004, 64-67쪽.
   몽타주를 네 가지로 구분해서 정의하고 있다. 교차편집에 의한 통일성의 회복을 강조하는 그리피스 몽타주, 충돌적 상황을 보여주고 변증법적 통일을 강조하는 에이젠슈테인의 변증법적 몽타주, 동시성을 보여주려고 하는 프랑스 유파인 강스의 정신적 몽타주, 독일유파의 표현주의적 몽타주 등으로 분류한다.
55) 조동일, 『한국 문학 통사5』, 지식 산업사, 1994, 474쪽.

현실에 적응하기를 거절하는 불행한 지식인들로 암울한 내면세계를 가지는 공통성이 있다. <비오는 길>은 박태원의 <천변풍경>과 이효석의 <메밀꽃 필 무렵>처럼 길을 주 무대로 한 소설이다. 영화로 치자면 로드무비인 셈인데 최명익의 길은 박태원이 길을 나타내던 카메라아이, 파노라마, 모자이크 식과는 상당히 다르며 이효석의 클로즈업이나 오버랩 기법도 아니다. 여기에서는 두 작가의 요소가 복합적으로 그려진다. 도시의 세태를 나타내고 있기는 하지만 박태원처럼 많은 도시인들을 파노라마식으로 관찰하는 것이 아니며 주인공의 내밀한 심리가 베어있는 사적 사유의 공간에 더 관심을 두고 있다. 몽타주의 기법이 보이는데 여기에서 쓰인 몽타주는 에이젠슈테인의 충돌적 이미지의 변증법적인 방법이라기보다는 오히려 동시성을 강조하는 프랑스 학파의 몽타주에 해당한다. 작품은 병일이라는 인물이 비오는 날 길을 걷다가 우연히 사진관 처마 밑에서 비를 피하는 것이 발단이 되는 소설이다. 병일은 내키지 않지만 사진사와 가끔씩 약주를 마시게 되고 돌아오다가 근처에 사는 기생 난홍이가 인력거를 타고 오는 것을 보게 된다. 그러다 자신과는 다른 세계관을 가진 사진사에게 거리를 두기 위하여 사진관에 발길을 끊었는데 어느 날 사진관 문이 열리지 않는 것을 목격하게 된다. 사진사의 안부가 궁금하던 차에 병일은 신문의 발표내용을 보게 되고 전염병 사망자 안에 이칠성이라는 사진관 주인이 끼어 있음을 확인한다. 또한 밤길을 돌아오다가 어느 사내가 난홍이를 애타게 부르는 소리를 듣고 자신의 집에 와서 심하게 열이 난다. 작품에서 보이는 몽타주는 크게 두 부분에서 볼 수 있다. 첫 번째는 익명의 사람들의 몽타주로서 병일에게는 무의미한 관계에 있는 사람들의 모습만 제시되고 다음은 존재의 실체가 분명히 명명되고 있으며 병일에게 의미화된 관계를 가지는 인물들의 몽타주를 보인다. <비오는 길>에서 주인공은 무의미화고 공허한 마음을 다잡는 방법으로 또다시 비 오는 길을 걷게 된다. 이는 지식인의

모습을 당대의 삶의 형상들에 병렬시킴으로써 각각의 재현된 삶의
모습에서의 상징성을 읽어 가게 해 주는 영상적 담론 기법을 구사한
다. 작품 전반부에 이름이 명명되지 않았던 인물들의 무의미한 몽타
주와 작품 후반에 이름이 직접적으로 명시되면서 병일과 관계를 가
지는 의미화된 몽타주를 보이고 있다. 이처럼 몽타주는 영화의 전유
물이 아니라 그 이전에 존재했던 사유체계가 될 수 있다.[56]

  <사진사>-<아씨>-<병일>의 무의미화된 몽타주

  <사진사에 대한 묘사> 때리는 빗방울에 눈을 껌벅이면서 맹꽁맹꽁
올 적마다 물에 잠긴 흰 뱃가죽이 흐물거리는 청개구리를 눈앞에 그려
보았다. 청개구리 뱃가죽 같은 놈! 문득 이런 말이 나오며 병일이는 자
기도 모를 사진사에 대한 경멸감이 떠올랐다.
  <아씨에 대한 묘사> 병일이는 늙은 인력거꾼이 잡고 선 초롱불에 기
생의 작은 손등을 반쯤 가린 남길솜과 둥그런 허리에 감싸 올린 옥색
치마 위에 늘어진 붉은 저고리 고름을 보았다 …… 병일의 머릿속에는
어릴 때 손가락을 베였던 의액이 풀잎이 생각난다.
  <병일의 모습> 하숙방에 돌아온 병일이는 머리맡에 널려 있는 책을
모아 쌓아서 베고 누웠다. 그는 천장을 쳐다보며 2년래로 매일 걸어 다
니는 자기의 변화 없는 생활의 코스인 (오늘 밤 비오는)길에서 보고 들
은 생활면을 다시 한번 바라보았다.[57]

  <이칠성>-<난홍이>-<병일>의 의미화된 몽타주

  <난홍이> 어느덧 좁은 골목에 들어섰을 때에 빗물이 맺혀 듣고 있
는 동그란 문등이 달린 대문을 두들기며 "난홍이 난홍이"라고 부르는
사람이 보였다.

---

56) 요하임 페히, 임정택 옮김, 『영화와 문학에 대하여』, 민음사, 1997, 265쪽.
57) 신형기 책임 편집, 『최명익 단편집 비 오는 길-<비오는 길>』, 문학과 지성
    사, 2004, 60-63쪽.

　　<병일> 머리를 숙이고 도망하듯이 하숙으로 달려온 병일이는 이불
을 뒤쓰고 누웠다. 신열이 나고 <u>전신이 떨렸다.</u>
　　<이칠성> 평양에 장절부사가 유행하여 사망자 다수라는 커다란 제
목이 붙은 기사를 읽어 내려가다가 부림P병원에 수용되었다가 죽었다
는 사람의 씨명 중에 <u>이칠성</u>이라는 세 글자를 보았다.

　　작품 전반에 보이는 세 이미지는 서로 연관된 서사라인을 가지고
있다기보다는 각각의 이야기를 몽타주 형식으로 동시에 보여주고 있
다. 전반에 보인 무의미화된 의미망을 형성하는 상징과 기호는 사진
사와 기생의 현실적인 삶의 모습들로 보인다. 병일의 책읽기는 사진
사의 세상 살아가기와 경제적으로 더 잘 살아보려는 장래의 꿈과는
대조를 보이고 아씨와 인력거꾼의 대화에서 부를 축적하는 것 또한
병일의 초라한 삶을 보여주기 위한 장치라고 할 수 있다. 여기서 동
시적 몽타주란 <흰 뱃가죽이 흐물거리는 청개구리>를 연상시키는
사진사의 모습과 <의액이 풀잎>을 연상시키는 아씨의 모습이다. 이
들은 병일에게 의미를 주지 못하는 일상의 상징이자 병일을 초라하
게 만드는 세상의 상징인 것이다. 따라서 병일에게 사진사는 이름을
얻지 못한 무표화된 청개구리이며 역겨운 인생살이의 표상인 것이
다. 따라서 그는 <선득선득하고 번질번질한 청개구리의 흰 뱃가죽을
핥은 듯이 입안에 깨끔한 침이 돌아서 발걸음마다 침을 뱉었다. 그
리고 숨결마다 코앞에 서리는 술내가 역하여서 이리저리 얼굴을 돌
리는 바람에 그의 발걸음은 비틀거렸다. p.60> 아씨 역시 병일의 지
루한 삶과는 대조적으로 금전적 삶에 대한 욕망에 가득 차 보이며
이 역시 병일에게는 이름이 없는 무의미화된 존재일 뿐이다. <갓 깬
병아리 같은 솜털이 있을 기생의 얼굴>을 상상하고 인력거꾼과 돈
과 집에 대해서 이야기하던 모습에서 <어릴 때 손가락에 베었던 의
액이 풀잎>을 생각한다. 의액이 풀잎이란 억새를 나타내는 것으로

생긴 것은 어리고 연하게 보이지만 날카로움을 가지고 있어서 손을 벨 수 있는 것을 상징하고 있다. 그러한 상징체들은 병일의 삶에 아무런 <변화>를 가져다주지 못하지만 지식인의 삶을 더욱 초라하게 만든다. 병일은 스스로에게 <내게는 청개구리의 뱃가죽만한 탄력도 없고 의액이 풀잎 같은 청기도 날카로움도 없지 않은가? p.64)라고 자책한다. 그러나 사진사와 아씨는 병일의 변화 없는 생활의 코스에 비치어질 뿐 병일에게는 무의미한 것이 되고 만다.

　하지만 작품 후반으로 가면서 비 오는 길을 다시 가다가 병일은 사진관의 문이 닫힌 것을 보고 이유를 궁금해 하게 되고 그 아씨의 이름이 난홍이임을 알게 된다. 난홍이는 거리에서 그녀를 부르는 사람을 외면하고 나와 보지도 않고 결국 포기하고 돌아선 남자와 얼굴을 마주하고 병일은 집으로 와서 이불을 쓰고 전신을 떨면서 앓는다. 또한 사진관이 문을 열지 않은 이유가 주인 이칠성이 전염성에 사망했기 때문이라는 것을 알게 된다. 병일에게 작품 전반에 아무런 의미를 주지 못한 무의미한 존재들은 익명으로 등장하지만 작품 후반으로 이동하면서 이름을 얻어 간다. 전반부의 몽타주가 병일의 생활에 변화를 주지 못했다면 후반의 몽타주는 관계의 상실감을 온몸에 열이 난다거나 전신이 떨린다는 것으로 상징화시키고 있다. 즉 이름 없음에서 이름을 얻었다는 것은 이칠성과 난홍이가 병일에게 의미화되는 과정을 보여주는데 그는 사진사의 죽음을 <자기 앞에서 이야기를 들려주던 사람이 슬쩍 나가버린>것으로 인식하거나 난홍이를 부르는 소리를 듣고 와서 신열이 나고 있다. 또한 그는 사진사의 장례를 멀리서 바라보면서 자신의 삶에 대해서 생각하고 <노방의 타인은 언제까지나 노방의 타인이기를, p.79)를 바라게 된다.

　작품 <심문>의 주인공 역시 <비오는 길>의 주인공처럼 허무적인 지식인의 모습을 보여주고 있다. 이 작품에 등장하는 주인공들은 모두 무정부주의자들이라고 할 수 있다. 김명일이라는 인물은 상처한 후에 집을 처분하고 딸을 기숙사로 보내고 자신은 하얼빈으로 친구를 만나러 가는 길이다. 그는 열차에서 만난 여옥이라는 문학소녀이면서 모델을 하는 여인을 만나게 되지만 자신의 죽은 부인 혜숙의 모습을 자꾸 떠올린다. 이러한 명일의 태도에 어느 날 여옥은 그의 곁을 떠나버리고 사회주의 운동가였지만 지금은 폐인이 되어 버린 옛 예인을 찾아 하얼빈으로 가버린다. 친구를 만난 김명일은 하얼빈에서 여옥을 만나지만 그녀의 생활은 마약과 가난과 공포에 찌들어 있었다. 그녀의 애인 현혁은 한때 사회주의 운동가였지만 지금은 아편중독자가 되어 버렸고 심지어 아편을 얻기 위해 여옥을 명일에게 양도하기에 이른다. 여기에 배신을 느낀 여옥은 생을 포기하기로 한다. 결국 여옥은 김명일에게 유서를 써 놓고 자살을 선택한다. 이 작품의 영상적인 담론 기법은 작품 안에서도 자주 명시하는 이중노출이라고 할 수 있다.

1. 이중의 관찰과 이중의 인상으로 갈피를 잡을 수 없는 몽타주가 현황히 떠오르는 캔버스 위에 애써 초점을 맞추어 한붓 한붓 붙여가노라면, 나타나는 것은 눈앞의 여옥이라기보다, 내 머리 속의 혜숙이에 가까워지므로 나는 화필을 떨어치거나 던질밖에 없었다.
처음 그런 때 여옥이는 어데가 편찮으세요? <중략> 그러한 여옥이는 비록 그 얼굴은 내 붓끝 앞에 정면하고 있지만 그 마음은 늘 내 눈앞에서 외면하는 것이 분명하므로 나는 더욱 갈팡질팡하게 되어 마침내는 화를 내서 찢어지라고 화폭을 뭉갤밖에 없었다.[58]

2. 낮에 보는 여옥의 인당과 귀에 혜숙의 그것을 이중노출로 보는 환상을 버리고 여옥이 그대로 사랑해야 할 것이다. 여옥이도 나의 처지와 심정을 이해하므로 결혼을 전제로 하는 사이는 아니지만, 그러니만치 나는

---

58) 신형기 책임 편집, 『최명익 단편집 비 오는 길-<심문>』, 문학과 지성사, 2004, 172 - 173쪽.

더욱 인격적으로 여옥의 열정을 받아들이고 사랑하여야 할 것이었다.[59]

3. 나는 여옥이의 유서를 읽고 다시 침실로 들어갔다.
  <u>한 점의 티나 가는 한 줄기 주름살도 없는 여옥의 인당을 들여다보</u>
<u>면서 죽은 내 처 혜숙이의 그것을 다시 보는 듯이 반갑기도 하였다.</u>
  그 영롱한 인당에 그들의 아름다운 심문(心紋)이 비쳐 보이는 것이다.[60]

위에 제시된 세 부분은 대표적인 이중노출 기법(double exposure)
이다. 이중노출이란 두 가지 화상이 한 필름에 나타나는 현상으로 주
인공이 회상할 때 두 화면이 겹치는 장면을 말한다. 이 겹치는 지점
에서 이전의 화면이 차차 사라지는 것을 디졸브(dissolve)현상[61]이라
고 칭하기도 한다. 김명일은 여옥이라는 인물을 바라볼 때 아내 혜숙
의 얼굴을 떠올리고 있는데 이 영상적 기법은 작품을 전반적으로 끌
어가고 있다. 지식인의 삶의 허무는 이상을 상실한 데서 오는 것인데
김명일의 허무의 상징은 아내, 즉 혜숙의 상실이라고 할 수 있다. 여
기에서 혜숙의 상실이라는 기의는 명일이 아내가 죽자 집을 처분하
고 조국을 떠나 하얼빈으로 간다는 점에서 조국을 잃어버린 것을 나
타내 주는 기표라고 할 수 있으며 이러한 기표와 기의의 의미작용
때문에 혜숙의 모습을 자꾸 떠올리게 하는 여옥이는 현실의 김명일
에게 의미화되지 못하고 마는 것이다. 크리스티앙 메츠에 의하면 기
표는 조각나지만 기의는 연속적이고 전체적이고 단절되지 않는 것으
로 지각된다.[62] 여기에서 혜숙을 상실한 기표, 여옥을 상실한 기표,

59) 신형기 책임 편집, 『최명익 단편집 비 오는 길-<심문>』, 문학과 지성사, 2004, 175쪽.
60) 신형기 책임 편집, 『최명익 단편집 비 오는 길-<심문>』, 문학과 지성사, 2004, 220쪽.
61) 데이비드 보드웰, 크리스틴 톰슨, 주진숙, 이용관 옮김, 『영화예술』, 이론과 실천, 1993, 585쪽.
62) 로버트 스탬 외, 이수길 외 옮김, 『어휘로 풀어 읽는 영상기호학』, 도서출판 시각과 언어, 2003, 87쪽.

현혁의 피폐한 삶의 기표, 명일의 무목적성이라는 기표들은 조국 상
실이라는 단절되지 않는 기의를 계속적으로 보여주고 있는 것이다.

　이중노출이 나타난 세 부분을 살펴보면, 처음 여옥의 얼굴 그림을
그리다가 아내의 얼굴이 이중으로 노출됨을 경험하고 화필을 던져버
리고, 다음으로는 자신의 이중노출로 여옥을 보는 것에 심히 반성을
하고 여옥 자체를 사랑해야 한다고 생각한다. 그러나 마지막 여옥의
주검을 보면서 여옥의 인당과 아내 혜숙의 모습을 겹쳐서 바라보는
것이다. 이는 지식인의 허무의 근원을 상징적으로 보여주는 의미화
과정이다. 즉 나라를 잃은 지식인이 지향할 곳은 그 어디에도 존재
하지 않는다는 의미작용이 방금 자살한 여옥과 오래전에 죽은 아내
혜숙의 이중노출로 드러나고 있는 것이다.

5. 오버랩 시선으로 '한설야' 읽기
─〈귀향〉 자세히 읽기

　한설야는 작품 〈귀향〉에서 유단천이라는 아버지와 아들 기덕이와
의 갈등과 화해를 그리고 있다. 아들의 세계를 이해하지 못하는 아
버지의 모습을 보여주면서 기덕의 이야기는 아버지와 새어머니의 이
야기 속에서 오버랩되어 재현되고 있다. 자주 사용되는 오버랩 기법
은 과거 이야기를 요약정리해서 서술했던 과거의 서사기법에서 벗어
나 영상적 재현의 특성을 가지며 동시성을 획득하고 있다.

　이 작품은 과거의 권위의 상징인 아버지와 사회주의 운동을 하는

아들의 갈등과 화해를 다룬 작품으로 당시 많은 작품들에서 세대 간의 갈등이 화해의 국면을 제시하지 못한 것에 비한다면 나름대로 모법적 답을 제시해 주고 있는 소설이라고 할 수 있다. 유단천으로 상정되는 구세대와 새로운 사상과 의지를 가진 대립 세대인 아들 기덕의 세계가 갈등을 보이면서 당시의 시대상을 제시해 주는 소설이라고 할 수 있다. 보다 엄밀히 말하면 이 작품의 세계는 과거와 현재의 다른 패러다임을 들 수 있다. 과거는 주로 오버랩 기법으로 제시되는 영상적 기법을 사용하고 있는데 여기에서 주된 대립 축은 아버지의 세계와 아들-딸의 세계이다. 과거의 아버지는 현재의 힘없고 초라한 늙은이가 아니라 아들과 딸에게는 넘어야 하는 하나의 장벽 같은 세계이자 맞서야 하는 이념인 것이다. 주로 과거의 갈등을 회상의 방식으로 전달하는데 그러한 회상으로 가는 담론 기법에 오버랩이라는 영상적 기법이 효과적으로 사용되고 있음을 볼 수 있다. 또한 이 영상적 기법에 기대어서 작품의 주제인 세대 간의 화해를 자연스럽게 끌어오고 있음을 알 수 있다.

<기복이를 회상하는 장면>
아버지가 달래고 으르고 해도 이 일에서만은 딸은 한번도 제 뜻을 굽히려는 성의를 보인 적이 없었다.
"안된다, 안돼, 양반은 한번 입을 떼면 다시 두말하는 법이 없다."
급기야 아버지는 아버지로서의 위엄으로 내리누르려고 하였다.
<중략>
"얘 기복아, 그러니 어쩌니, 오십 평생을 자기 맘대로 하시던 아버지가 자식한테 질려던, 집안 살림이 말 아니고 네 오래비가 저 모양인데 너까지 그래서 되겠니, 모다 제 팔자니라."
<중략>
"어머니, 걱정 마시우, 그 애가 학교(여자고보)를 졸업하면 제가 다 무사히 만들테니 염려마세요."

<u>그때에 있어서</u> 어머니와 기복이에게 가장 큰 힘이 되어준 것은 기덕이었다.[63]

<기덕이를 회상하는 장면>

"내버려둬요, 오줌은 산천 오줌이니까 하는 수 없지, 기덕이 놈도 열두세 살까지 자리에 오줌을 쌌다우."

<u>아버지는 기덕이가 어려서 사랑에 나와 자다가 오줌을 싸고는 아침에 몰래 이불을 뒷방에 가져다가 감추던 생각이 났다.</u>

"닮으란 글 재간은 안 닮고 ……"

<u>기덕이가 B전문학교에 다니던 때의 일이다.</u> 기도를 몹시 귀여워하던 그는 여름 방학에 귀향하였다가 다시 서울 올라가는 때 울며 매달리는 동생을 떼어버리기가 어려워서 기도가 모르는 사이에 정거장으로 나가버렸다. 그러나 두 시간도 다 못되어서 기덕이는 다시 집으로 돌아왔다.[64]

<기덕이를 회상하는 장면>

아버지는 실상 은근히 아내의 말이 고마웠다. 장근 수십여 년 동안 생모보다도 더 극진히 아홉 폭 치마가 좁다고 기덕이를 싸주는 아내와 그리고 그와 한가지로 일찍 한번도 계모에게 계모라는 설움을 느끼게 한 일이 없는 기덕이의 사이를 생각할 때 아버지는 새삼스레 눈물겨워졌다.

<u>기덕이가 아직 예닐곱 살 때의 일이다.</u> 어디서 연이 날려 와서 마당 앞 늙은 버드나무 가지에 걸린 것을 건지려고 기덕이가 사다리를 놓고 그리고 게바라 올라가서 흐늘거리는 가는 가지에 나비어 붙어 있는 것을 본 아내는 "애 기덕아 ……"까지 부르고는 뒤가 떨려서 말을 잇지 못하였다.[65]

---

63) 임형택 외 편집, 『한국현대대표소설선2-<한설야, 귀향>』, 창작과 비평사, 1996. 298쪽.
64) 임형택 외 편집, 『한국현대대표소설선2-<한설야, 귀향>』, 창작과 비평사, 1996. 304쪽.
65) 임형택 외 편집, 『한국현대대표소설선2-<한설야, 귀향>』, 창작과 비평사, 1996. 306쪽.

유단천은 딸 기복이를 박참봉 집과 사업상의 문제로 정략결혼을 시키려고 하지만 딸은 아버지의 세계에 굴복하기보다는 오빠 기덕이의 세계를 지향한다. 아버지 모르게 오빠를 따라 서울로 올라왔다가 아버지에게 끌려갔지만 다시 서울로 도망을 쳤다. 그리고 동경에 있는 친구에게 편지를 보내게 하여 아버지를 굴복시켰으나 얼마 못가서 병에 걸려 죽게 된다. <기복이를 회상하는 장면>에서 기복이의 완강한 거부와 부모의 협박과 설득 장면이 현재의 딸을 회상하는 장면으로 오버랩된다. <아버지가 달래고 으르고 해도 이 일에서만은 딸은 한번도 제 뜻을 굽히려는 성의를 보인 적이 없었다.>라는 말은 자연스럽게 그때의 갈등장면으로 화면을 옮겨 주는 역할을 한다. 여기에서 아버지는 단순한 부성의 아버지라기보다는 더 큰 장벽의 세계라는 의미를 가지는 기표가 된다. 위엄으로 자식을 굴복시켜서 자기가 원하는 곳에 결혼시키려고 하는 아버지는 혈육의 정까지 끊겠다고 협박하지만 아버지의 세계에 맞서 있는 기덕은 자기의 의부 여동생을 올바른 길로 이끌어주는 정신적 지주가 되고 있다. <그때에도 어머니와 기복이에게 가장 큰 힘이 되어준 것은 기덕이었다.>라는 말에서 기덕이 기복이의 보호처가 되고 있음을 알 수 있으며 기덕이 세상과 맞서고 아버지와 맞서는 것이 올바른 세계관에 기인한 것이라는 사실을 보여준다.

<귀향>은 서로 다른 세계의 갈등을 보여주고 그러한 갈등이 어떻게 풀릴 수 있는지 잠정적으로 제시해 주는 작품이라고 말할 수 있다. 이 과정에서 아버지의 질서와 아들이 지향하는 세계 사이에서 딸 기복은 희생이 되고 있다. 이렇게 희생된 딸은 아버지와 아들의 세계를 단절시키는 역할을 하고 어머니는 아버지의 질서와 아들의 세계의 가교로서 역할을 담당한다. 기복이의 죽음 이후 아들은 부모와의 인연을 끊고 감옥에서 출옥했다는 신문 기사에도 불구하고 집에 소식 한 자 전해 오지 않는다. 유단천의 가세는 기울고 더 이상

위엄을 가질 수도 없을 만큼 초라해질 때 어머니는 아버지와 아들을 연결하기 위해 영상적 담론 기법에 기대고 있다. 아버지는 아들 기도가 오줌 싸는 것을 보고 큰 아들의 어릴 때 일을 생각해 낸다. 기도를 사랑했던 큰 아들을 생각하는 오버랩된 장면은 아들에 대한 미움이나 증오가 사라지게 해 주는 역할을 하고 아내가 기덕이를 다치지 않게 나무에서 내려오게 했던 일을 회상하는 장면을 떠올린다. 유단천의 이러한 오버랩을 통한 과거 회상 기법은 자식을 용서하고 자식과 화해하고 싶은 욕망의 표출을 자연스럽게 보여준다.

오버랩을 통한 이야기 전개는 과거 사건과 현재 사건의 인과성을 보다 더 잘 연결시켜 주는 역할을 한다. 특히 이러한 서사기법이 효과적으로 사용되는 것은 현재의 갈등구조를 서술로 진술하는 것의 한계를 영상적 담론 기법으로 기술함으로써 시공간의 제약을 극복하는 효과적인 수단이 되고 있다. 결말에 가서 기덕은 기울어진 가세를 가다듬으면서 친정에 있던 아내와 아들을 데려오고 유단천도 옛날의 금전주의에서 벗어나 돈만이 행복의 수단이 될 수 없음을 피력한다. 이는 과거와는 현격하게 달라진 아버지의 세계관이며 이러한 변화를 이끌어 가는 데 필요한 서사장치로서 오버랩이라는 영상성이 주요한 역할을 한다. 이상 소설의 난해한 시공간의 개념이 영상적인 기법담론으로 풀어감으로써 시공간의 해석이 가능해진 것처럼 오버랩이라는 기법이 <귀향>의 대립된 세계와의 갈등과 화해를 자연스럽게 돌출하도록 작용한다고 하겠다.

6. 시퀀스 기법과 시퀀스 시선으로 '김남천' 읽기

─〈소년행〉 자세히 읽기

김남천은 〈소년행〉에서 영화 시나리오의 시퀀스와 클로즈업 등 다양한 영화적 개념을 도입하고 있다. 다섯 부분으로 나누어진 장들은 각각의 이미지를 잘 보여주는 제목이 붙여 있다. 누이를 생각하는 회상 부분은 영화의 플래시백과 오버랩 기법이 잘 드러나 있으며 그 안의 중요한 사건은 클로즈업시키는 서사전략을 구사하고 있음을 보게 된다. 최명익, 한설야, 김남천의 소설에서 영화적 기법으로 중요한 것은 마지막 장면을 처리하는 기술에 있다. 이는 서사의 전통적인 기법인 이야기 형식이 아니라 이미지 처리로 결말의 여운을 강조하고 있다는 점에서 영상적 담론의 예가 된다. 아울러 각각의 영상적 기법이 실현되는 기호론적 담론을 연구함으로써 영상적 글쓰기의 시도가 문학의 글쓰기에 어떠한 영향을 끼치고 있는지 살펴볼 수 있을 것이다.

〈소년행〉은 〈조광〉에 발표된 소설인데 일 년 전에 발표된 〈남매〉의 속편에 해당한다. 〈남매〉의 소년이 11살의 나이로 어른의 타락한 세계에 대립적으로 맞서는 역할을 한다. 이때 가출한 소년이 작품 〈소년행〉에서는 18살이 되어 등장한다. 그러나 이 소년의 정신적 지향점은 7년의 세월에도 불구하고 여전히 깨끗하고 청신한 것을 추구한다. 작가 김남천은 일본의 아세아주의를 강하게 비판하면서 고발문학의 선두에 선 작가라고 할 수 있다.[66] 이 작품은 약방 점원 생활을 하는 소년이 관찰자의 입장에서 현실을 바라보고 비판한다. 그

---

66) 김윤식, 김현, 『한국 문학사』, 민음사, 1973, 201쪽.

러던 소년에게 갑자기 누나의 편지가 등장한다. 기생노릇을 하는 누이가 서울에 올라왔으니 한번 들리라는 것이었다. 오랜만에 만난 누이는 속물로 변해 있었고 사회주의를 하다가 지금은 금강브로커 노릇을 하는 박병걸과 가까운 관계이다. 봉근은 이 둘에게 모두 거부감이 느껴지지만 기생 연화의 순수함에 끌려 누이의 집을 자주 방문하게 된다. 어느 날 손님에게 받은 상품권으로 연화를 위해서 콤팩트를 사고 누이에게 지갑을 사주기로 한다. 그러나 자기의 순수함이 연희에게 조롱감이 되는 것을 알게 된다. 모든 사람들이 연희에게 선물을 한 것을 비웃게 되고 급기야 봉근은 콤팩트를 던져버린다. 연희는 자신의 정성이 담긴 선물을 웃음거리로 만들어버린 것이다. 소년은 연희와의 관계를 청산하고 이전과 다름없이 자전거를 타고 일상으로 돌아간다.

　소년은 순수함의 상징으로 누이와 박병걸의 세계와 대조적이다. 여기에는 소년의 세계, 누이와 박병걸의 왜곡되고 타락한 세계, 거짓된 순순함의 세계인 연희라는 세 세계의 갈등구도를 보인다. 이 작품이 카프가 해산 되고 난 후의 사회상 속에서 창작되었다는 것을 상기한다면 이 작품은 서로 다른 세 인물의 구도를 통해 사회상의 단면을 제시하고자 한 것이라 독해할 수 있다. 그렇다면 순수함과 타락함을 보여주기 위한 담론 기법으로 이 작품이 시도하고 있는 것을 살펴볼 수 있다. 먼저 이 작품은 영화의 시퀀스를 연상시키는 기법을 사용해서 작 장면의 제목을 달고 있다. <1. 찾아온 여인네>는 자신을 찾아온 여인을 통해서 누이의 편지를 받게 되고, <2. 만단 사연>에서는 계화라는 기생 이름의 누이가 쓴 편지 내용을 인서트 시키면서 누이와 봉근의 과거 사건이 보이고, <3. 봄>에서는 연희라는 여자를 보면서 자신이 지향하는 순수함과 낭만적 감정을 이중노출의 기법으로 보여주고 있다. <4. 넘을 수 없는 개천>이라는 제목을 달고는 누이와의 과거 일을 이야기해 보면서 서로에게 다가가려고 하지만 박병걸의 등장은 소년에게 넘을 수 없는 개천을 느끼게 할 만큼 먼 인물인 것이다. 이 때 소년의 과거는 플래시백처럼 빠르게 동영상으로 기술되고 있다. <5. 내처 걷는 길>에서는 자신의 순정이 무너지고 자기의 연희에 대한 허상이 짓밟히는 것을 경험한다. 그러나 그는 다시 평상심을 되찾고 소년의 순순함을 잃지 않고 자전거를 타고 약 배달을 나간다.

하나의 시퀀스에는 많은 장면이 들어간다. 각 시퀀스에서 특별한 장을 중심으로 영상적 기술 담론이 이 소설의 주제적 상징성과 어떻게 부합되고 있는지 살펴볼 수 있다.

<1. 찾아온 여인네> - 오버랩과 이중노출

<u>연달아 어머니와 계부와 이복동생 관수의 모양이 화끈화끈 눈앞을 지나갔다.</u>

가게와 통한 문을 열고 약장 옆으로 나와서 마주보는 여자의 상반신, '멘소레담'과 물감 통속으로 비스듬히 유리좌장에 기대서서 물끄러미 전찻길을 내려다보다가 문소리에 놀라 봉근이 쪽을 바라다보는 콧날이 오똑하고 눈이 갸름한 젊은 여자, <u>그는 아무리 눈을 비비고 거들떠보아도 7년 전에 갈라진 자기의 누이 봉희는 아니었다.</u>[67]

<2. 만단사연>의 인서트와 클로즈업

<u>지금으로부터 달 반전에 봉근이는 누이에게서 한 장의 편지를 받았다.</u> 큰 봉투에 6전을 붙여서 뒷등엔 "산막역전 해동관내 김계향"이라고 하였다. 계향이란 물론 봉희의 기생 이름이다. 봉투는 누가 써주었는지 잉크로 제법 쭉쭉 갈겼는데 속은 줄친 편지 종이에 연필로 딱따구리 부작같이 씌어 있었다. 심한 사투리와 말 안 된 곳을 문맥을 통하게 고쳐 놓으면 <u>다음과 같아진다.</u>[68]

---

67) 임형택 외 편집, 『한국현대대표소설선4 - <김남천, 소년행>』, 창작과 비평사, 1996. 68쪽.
68) 임형택 외 편집, 『한국현대대표소설선4 - <김남천, 소년행>』, 창작과 비평사, 1996. 70 - 71쪽.

<3. 봄>의 이중노출

봉근이는 자기도 모르게 멍하니 이 여자를 쳐다보면서, 옛날 자기가 제일 믿고 제일 숭고하다고 생각했던 누이에게서도 찾아보지 못하였던 무슨 청신한 것을 발견하는 듯하였다. 이 청신하고 맑고 깨끗한 정서 속에 몸과 마음과 머리를 맡기고 싶었다. 이것은 봉근이가 어렸을 적부터 여태껏 그리워하고 또 호흡하고 싶었던 빛과 공기였기 때문이다. 얼마나 오랫동안 봉근이는 이 빛과 공기에 굶주리고 목말라 있었던가![69]

<4. 넘을 수 없는 개천>의 플래시백

공기가 이상하게 무거워진 것을 눈치 채고서인지 누이는 갑자기 웃으면서

"너 페양 첨 나와서 너관에 있었지? 누가 와서 그러기에 그 길루 자동찰 타구 페양 나갔드니 벌써 다른 데로 갔두나." 하고 옛날이야기를 했다.

봉근이도 그때의 생각이 나서 빙그레 웃었다. 여관의 사환아이로, 양말공장에 들어가 실 감는 소년 직공으로, 양복점 견습으로 들어가 단춧구멍만 하고 앉았던 생각, 그리고는 3년 전에 서울로 와서 약방 사환아이가 된 만 6년 동안의 과거가 화끈화끈 그의 머리를 스쳐갔다.[70]

<5. 내처 걷는 길>의 마지막 이미지 처리

자전거 위에 올라타니 벌써 마음은 시원하였다. 마침 네거리의 교통신호는 황색이다. 그는 넘어질 듯이 자전거를 눕히고 바른쪽으로 길을 휘어잡곤 궁둥이를 안장에서 들고 아스팔트 위를 지치듯이 돌아간다. 뒤이어 찌르릉하고 종이 울다 멎으면서 신호는 파란색으로 변하였으리라. 그는 바라다볼수록 판판한 넓은 길을 앞으로 앞으로 달려 나갔다. 막 피어나는 가로수의 나뭇가지가 뒤로 뒤로 밀려간다. 제비 같은 자동차와 산돼지 같은 사이드카가 그의 경쟁의 대상이었다.[71]

---

69) 임형택 외 편집, 『한국현대대표소설선4 -<김남천, 소년행>』, 창작과 비평사, 1996. 78쪽.
70) 임형택 외 편집, 『한국현대대표소설선4 -<김남천, 소년행>』, 창작과 비평사, 1996. 80쪽.

이 작품에서는 영화적 기법들이 유독 많이 보이고 있음을 알 수 있다. 그의 또 다른 작품 <생일 전날>에서도 영화적 기법을 실현하고 있는데 특히 <소년행>의 다섯 장은 다섯 개의 시퀀스로 읽힐 수 있다. 각각의 장에서 다양한 기법들이 담론기술 방법으로 보여지고 있는데 이러한 영상적 담론은 소년의 순수성과 세상의 타락상을 보다 극명하게 대립시켜 주는 데 효과적으로 작용한다. <1. 찾아온 여인네>에서는 기생이 찾아왔다는 말에 이층 층계를 내려갈 때 어머니와 계부, 동생 관수의 모습을 눈앞에 그리며 누이를 만나기 위해 아래층에 내려온다. 그는 누이의 모습을 이미 상상하면서 내려갔기 때문에 새로운 여자의 모습을 누이와 겹쳐서 바라보게 된다. 눈을 비비고 거듭떠보고서야 자신이 바라보는 여자가 누이가 아님을 확인한다. 이때 화면의 바뀜 현상인 오버랩으로 이층의 장면이 일층으로 바뀌고 누이의 상상된 얼굴이 실제 다른 기생의 얼굴로 덧칠해지는 것이다. <2. 만단사연>은 부제에서도 밝힌 것처럼 편지의 내용이 인서트되고 클로즈업된다. 편지의 봉투 부분의 글자는 누이의 필체가 아님을 클로즈업시켜서 보여주고 편지의 내용은 다시 자기의 말로 바꾸어서 삽입시킨다. 편지의 내용을 요약 정리하지 않고 전문을 보여줌으로써 그간의 봉근이의 과거사를 확연히 파노라마식으로 보여주는 효과가 있다. 따라서 봉근이의 순수성이 객관화되고 누이는 동생에게 약을 구해 주라는 부탁을 하면서 타락한 인물의 전형으로 담담히 기술되고 있다. <3. 봄>에서는 봉근 스스로의 마음에서 분함과 미움과 슬픔과 쓰라림이 점점 연희라는 기생여자를 보면서 순화되어 가고 봉근은 예전에 누이에게 가졌던 순수한 아름다움을 찾아가는 것이다. 그래서 밑줄에서 강조하듯이 봉근은 이 연희라는 여자를 무슨 청신한 것이라고 생각하는 것이다. 누이의 옛날 청신한 모습을

---

71) 임형택 외 편집, 『한국현대대표소설선4 - <김남천, 소년행>』, 창작과 비평사, 1996. 88쪽.

연희의 현재 모습에 겹침으로써 이 둘을 동일화하고 자신의 이상을
다시 찾는 마음의 봄을 맞이하는 것이다. 그런데 이는 누이의 모습
이 왜곡되었던 것처럼 위험한 기대가 될 수 있음을 또한 알려주는
상징적인 이중노출인 것이다. 이미 과거에 누이에게서 순수함이 무
너지는 것을 경험했고 그러한 누이의 모습과 연희의 모습이 자꾸 착
종되어 보인다는 것은 연희 역시 그러한 타락의 상징성을 함축한다
고 할 수 있다. <4. 넘을 수 없는 개천>에서는 봉근과 누이는 과거
의 이야기를 오가면서 지난 고생들을 플래시백으로 쭉 되돌아보듯이
진술하고 일시적인 오누이의 정을 확인하는 듯하다. 그러나 박병걸
의 등장은 이러한 분위기를 깨버린다. 봉근은 박병걸의 옛날 연설장
면을 생각하고는 아이러니를 느끼는 것이다. 봉근이는 <지금 마루에
앉아서 점잖게 구느라곤지 담뱃대를 이상하게 흑흑 소리를 내어서
내뿜는 병걸이>의 모양을 보면서 과거 사회주의자로 주먹으로 술상
을 치던 병걸의 모습을 떠올린다. 이러한 모순된 사회에서 봉근이는
그래도 자신의 순수한 사랑에 기대를 걸고 연희에게 콤팩트 선물을
하기로 한다. 그런데 자신의 순수함을 조롱하듯이 많은 사람 앞에서
선물을 들고 웃는 연희의 모습에서 과거 자신이 누이에게 느꼈던 경
멸감을 또다시 경험하는 것이다. 그리고 일상으로 돌아온 소년은 여
전히 이상을 추구하는 모습을 보이면서 끝난다. 마지막에 <제비 같
은 자동차와 산돼지 같은 사이드카가 그의 경쟁의 대상이었다>라고
이미지 처리함으로써 소년의 순수성은 계속되는 것이다. 여기에서
이미지란 독자의 마음속에 도장을 찍듯이 각인시키는 기호작용을 말
한다.72) 타락한 것과 타락하지 않은 것의 이항대립은 사회를 기호론
적으로 바라보게 하는 구도가 되고 있다. 이러한 이항대립의 경계를
오가면서 오버랩, 클로즈업, 이중노출 등의 영상 담론이 의미를 구축

---

72) 김경용, 『기호학이란 무엇인가』, 민음사, 1994, 323쪽.

시키는 도구로 작용하고 있다.

　문학에서의 다양한 실험을 선보인 30년대를 영상성이라는 고리로 묶어서 바라본 담론의 변화형식이다. 이는 지금까지 심리소설의 의식의 흐름이나 시공간의 다양한 착종문제 그리고 형식적 파괴라는 새로운 혁신적 창작들을 영상성이라는 용어로 풀어 볼 수 있었다. 실제로 1930년대 중반에 나타난 발성영화와 문학을 영화화시킨 문예영화의 부흥으로 글을 쓰는 작가들의 의식의 패러다임은 이미 영상성을 채득하고 있었을 수 있다. 이러한 영상적 담론 기술의 연구는 후에 나타나는 우리 문학과 영화의 활발한 교섭을 보다 잘 설명해 주는 기초적인 담론이 될 수 있을 것이다. 영화의 전사로서 문학에 일어났던 기법적인 변화들을 살펴봄으로써 문학사에서 영화와 문학의 관계를 규정하는 하나의 단초로서 의미를 가질 수 있다. 문학과 영화의 관계는 일방적이지는 않다. 영화를 보는 독자들은 플로베르, 졸라, 폰타네 등의 19세기 소설에서 <영화적 글쓰기 방식>을 발견했다. 또한 영화를 보았던 작가들은 그들의 영화적 지각을 문학적 글쓰기로 들여오기 시작했고 영화 시나리오를 쓰기에 이른다.[73] 따라서 본고는 현대 소설의 서사담론의 다양한 변화와 실험적 양식의 단층을 영상성이라는 틀로 바라봄으로써 서사기법의 의미를 보다 심층적으로 읽어 나가는 데 일조할 수 있기를 기대한다.

---

73) 요하임 패히, 위의 책, 8쪽.

제3장
문자 텍스트의 영상적 형상화의 방법

1. 상호텍스트성이 소설 〈땡볕〉을 영상으로 재구성하다
▸ 김유정 원작과 하명중 감독 〈땡볕〉을 중심으로

1) 김유정과 하명중이 충돌하다

　김유정 논의는 사회적이고 역사적인 시대인식으로서 평가되는 견해와 그와는 반대로 역사적이고 사회적인 인식이 결여되었다는 견해로 양분화되었다. 이러한 이분법적 갈림에 의해 김유정은 리얼리즘 작가가 되기도 하고 순수문학을 추구하는 작가가 되기도 하였다. 그러나 김유정 문학을 영상화한 영화감독 하명중의 <땡볕>은 이러한 대립된 논의에 사회비판적인 분명한 시선을 보여줌으로써 김유정의 문학 전반을 사회적 인식이라는 상호텍스트성으로 읽도록 유도한다.

따라서 영화 <땡볕>과 함께 보는 김유정의 텍스트는 보다 더 큰 사회적 맥락에서 읽혀질 수 있다. 요하임 패히[1]의 영화는 문학의 다른 서술이라는 논의를 확장해 볼 때 하명중 감독의 영화는 김유정 문학의 또 다른 문학적 서술로 보이며 문화적 담론으로 텍스트를 확장시키는 기능을 한다.

소설 「땡볕」은 부인이 희귀병인줄 알고 병원에 간 덕순이 희귀병이 아니라는 말을 듣고 부인을 지게에 메고 실망해서 다시 병원을 나오는 행동을 아무런 비판 없이 기술하고 있다. 동시에 부인을 지게에 진 채 뜨거운 땡볕 아래를 걷고 있는 덕순의 무거운 발걸음을 독자로 하여금 상상하게 하는 것이다. 여기에서 독자는 웃음이나 해학이 아닌 일종의 슬픔을 경험한다. 이 소설은 김유정 소설에서 해학을 느낄 수 없는 예외적인 작품이며 비판적 리얼리즘이라고 칭할 수 있는 근거가 된다. 그렇다고 그 당시의 다른 리얼리즘 작가들의 작품들처럼 현실에 대한 저항의식을 표면적으로 항변하고 있는 것은 아니다. 단지 우매한 생각을 가진 단순한 주인공들에게서 우리는 시대의 아픔을 느끼는 것이다. 여기에서의 아픔은 조금은 서글프면서 웃음을 동반한 것이라고 할 수 있다. 김유정 작품 대부분에서 느껴지는 유머와 해학, 그리고 삶에 대한 건강한 애정은 이 작품에 와서는 다소 변화를 보인다.

김유정의 작품들에서 사회성이 전혀 보이지 않는 것은 아니다. 작품 전반에서 찾아보면 다음과 같은 것을 예로 들 수 있을 것이다. 작품 <노다지>는 꽁보와 더팔이가 금을 찾아다니는 이야기이다. 금을 차지하기 위한 주인공들의 갈등이 재미난 어투로 그려지고 있고 <만무방>은 응칠이의 만무방적인 삶을 그리고 있다. 응칠이는 동생 응오의 논에 벼 도둑으로 오해를 받자 스스로 범인을 찾아 나선다.

---

1) 요하임 패히, 임정택 옮김, 『영화와 문학에 대하여』, 민음사, 1997, 28쪽.

그러나 실제 새벽녘에 잡은 범인은 자기 논을 스스로 도둑질한 동생인 것이다. 자신의 논의 벼를 훔칠 수밖에 없는 응오의 비참한 심정을 읽을 수 있는 대목이다. <봄봄>은 장인과 사위가 점순을 두고 벌이는 노동착취와 저항이며 <동백꽃>은 사춘기 소년, 소녀의 풋풋한 사랑 이야기를 매개로 한 마름과 소작인의 비애인 것이다. 이처럼 작가 김유정은 작품 사이사이에서 사회적 맥락을 읽을 수 있는 장치를 마련하고 있다. 돈, 계급, 지주의 횡포, 마름과 소작인의 관계 등 사회적 비판의식으로 읽을 수 있는 단서가 있기는 하다. 그러나 이러한 이데올로기도 김유정의 손을 거치면 유머와 해학으로 포장이 된다. 우리는 이러한 김유정 문학의 한 특징을 '엔트로피 세타이어'로 칭할 수 있을 것이다. 엔트로피란 사회적 질서체계를 무너뜨리고 현실의 전통적인 생각을 파괴시키며 획일성을 부식시키는 은유로 사용된다. 전통적인 세타이어가 규범적이라면 엔트로픽 세타이어는 무질서하다. 오닐은 엔트로픽 세타이어를 사회적 무질서에 초점을 두고 사회적이고 도덕적인 규범을 깨려는 속성을 가지는 것으로 정의한다.[2] 우리가 김유정을 엔트로픽 세타이어로 볼 수 있는 근거는 획일적으로 사회문제를 보지 않고 가능한 한 사회의 악화된 문제를 그대로 두어서 혼란스러운 논쟁을 가능하게 하기 때문이다.

영화 <땡볕>은 소설 원작 「땡볕」과는 상당한 간극을 보이고 있다. 영화는 오히려 김유정 작품 전반의 모티프와 주인공들을 한데 집결시켜 놓았다는 표현이 맞을 것이다. 또한 김유정 소설 안의 인물들이 사회에 대해서 비판적 불만을 제기하지 않고 그저 시대를 살아가는 사람들인 데 반해서 영화감독 하명중의 주인공들은 계속해서 사회에 대한 비판 의식을 정면으로 드러내고 있다. 영화 <땡볕>이 사회적 상호텍스트성 속에서 가지는 의미가 여기에 있다고 할 수 있다. 영화

---

2) Oneill Patrick, *The Comedy of Entropy*, (University Toronto Press, 1990), 142
　 －143쪽.

텍스트는 소설과는 다르게 사회의 다른 텍스트들과의 관계를 강화함으로써 김유정의 텍스트를 사회적 리얼리즘으로 재구성하고 있다. 또한 여성 주인공들이 돈이나 물질에 지나칠 정도로 집착하는 것을 보여줌으로써 여성이 현실을 견디려고 하는 의지를 상징적으로 드러내주고 있다. 소설과는 다르게 인물들의 세계에 대한 대응 방식을 무력한 남성성, 강인한 여성성, 분노하는 민중성 등 세 가지로 분류함으로써 사회적 의미망을 보다 확고하게 구축하고 있다. 또한 소설 텍스트보다 여성성을 강화함으로써 현실 문제를 바로 직면하고자 했다. 영화에서 남성은 퇴치되어야 할 과거이자 부정적 정체성[3]을 가진 반면 현재의 문제 해결의 중심에는 여성이 자리하고 그 여성이 현실을 극복하는 미래의 희망은 자식에 대한 희망으로 드러나고 있다. 바르트에 의하면 부정적 정체성이란 사람들이 내가 있다고 생각하는 곳엔 내가 없고, 그들이 내가 없다고 생각하는 곳에 내가 있는 특수한 부재 증명이다. 즉 남성의 자리엔 남성의 권위와 역할이 사라져 버림을 뜻한다. 김유정에게 여성이 중요한 것은 이 때문이다. 현실을 극복해 나가는 김유정의 여성 주인공의 삶 속에는 신화적 여성성이 현현되고 있는 것이다. 우리 신화의 여성성의 실현이 김유정 소설과 하명중의 영화에서 어떻게 드러나고 있으며 그 여성성이 보여주고자 하는 시대적 담론이 무엇인지 살펴보기로 한다. 김유정의 여성 주인공들의 의미를 신화적으로 밝힘으로써 1930년대 소설에서 우리 문학의 신화적 상상력을 찾아볼 수 있을 것이다.

---

3) 김경용, 『기호학이란 무엇인가』, 민음사, 1994, 196쪽.

2) 상호텍스트성에 의한 페티시즘이 영상화되다

텍스트 체계는 텍스트 안에 내재하는 것이 아니라 분석자에 의해 구성된다는 로버트 스탬[4]의 지적처럼 소설 텍스트와 영화 텍스트는 서로의 상호텍스트성에 의해 보다 큰 텍스트의 의미를 생성한다. 상호텍스트성이란 데리다에 의하면 다수의 이전의 형상들, 약호들, 그리고 다른 텍스트들에 대해 어떤 텍스트가 의존하고 있음을 환기시켜 주는 용어이다. 여기에서 소설 작품(Work)이 이미 존재하고 있는 완결된 의미를 생산하는 것이 아니라 다양한 방법론적인 해석의 장이 될 수 있는 텍스트(Text)가 되는 역동적 해석이 가능해진다. 각 개별 단편 소설들이 유기적으로 잘 엮어져서 영화 텍스트의 문학화에 기여하고 있음을 보게 된다. 이러한 문학의 영화화가 문학의 해석 공간을 보다 확장시켜 줄 수도 있다.

영화 <땡볕>의 사건과 주인공 그리고 작품의 모티프는 작품 「땡볕」에만 한정되지 않는다. 김유정 문학 전반의 특징인 도박, 돈, 도둑질, 거짓말, 매춘, 도망, 술집, 금광 등이 영화에서는 모두 차용되고 있다. 김유정의 문학작품의 모티브들이 하명중 감독의 영화에서는 영화의 몽타주 구성체로 작용하고 있다. 에이젠슈테인은 그리피스가 몽타주의 아이디어를 얻어낸 것은 찰스디킨즈의 아이디어에서였다고 주장한다. 디킨즈의 유연한 인물들이 그리피스에 의해서 날카롭게 명쾌하게 묘사되었다. 김유정의 문학작품들의 다양한 영상적 이미지와 인물의 특성들이 영화감독 하명중에 의해 크로스커팅, 클로즈업, 시각적 재구성, 프레임 구성 등 영화적 특성으로 재탄생되었다. 그러나 특히 그의 작품 「소낙비」, 「솥」, 「땡볕」이 영화의 시나리

---

4) 로버트 스탬 외, 이수길 외 옮김, 『어휘로 풀어 읽는 영상기호학』, 시각과 언어, 2003, 98쪽.

오에 주된 영향을 주고 있다. 우리는 이 세 작품이 어떻게 영상화되고 있는지 살펴봄으로써 문자언어와 영상언어의 차이점을 비교할 수 있을 것이다. 그러한 비교는 각각의 작품을 상호텍스트성으로 바라보게 함으로써 효과적인 텍스트분석(text analysis)이 가능할 것이다.

영화 <땡볕> 속에 들어 있는 소설 「소낙비」를 읽어 보도록 하자. 이 소설은 농토를 얻지 못한 춘호가 노름으로 돈 벌 생각을 하고 노름의 밑천을 아내에게 돈을 얻어올 것을 재촉한다. 이는 달리 능력이 없는 춘호가 아내를 매매춘하도록 종용하는 형세이며 그 돈으로 노름을 해서 신세를 바꿔보려는 주인공의 이야기가 큰 뼈대이다. 영화 속의 춘호는 부인 순이에게는 관심이 없다. 이유는 부인이 돈벌이를 하지 못하기 때문인데, 그래서 춘호는 그의 인생을 바꿔줄 술집 주막의 향심이에게 공을 들인다. 향심이는 폐병환자인 남편과 아들을 둔 작부인데 춘호에게는 남편을 삼촌이라고 소개하고 금광개발사업에 참여시켜 주겠다고 거짓말을 하고 돈 5원을 요구한다. 이러한 금광 사업의 허위성은 「금따는 콩밭」에서 차용한 것이다. 수재의 말만 듣고 콩밭을 모조리 파서 밭을 망치지만 정작 영식은 금을 보지 못하고 수재에게 속기만 하는 것인데 김유정 작품에서 일확천금의 꿈이 가장 잘 보이는 부분이다. 결국 능력 없는 춘호는 향심이가 "춘호씨 부인이 동네에서 인정받는다"고 말해 주어 그는 무조건 부인에게 돈을 만들어 오라고 폭력을 휘두른다. 이때 춘호 부인은 이주사의 사랑을 받아 팔자를 고친 이웃집 여자네 집에 간다. 마침 이주사는 춘호 처를 보게 되고 춘호 처는 돈 5원 때문에 할 수 없이 이주사에게 몸을 허락한다. 이 부분은 「소낙비」의 춘호 처가 쇠돌어멈 집에 가서 이주사를 만나고 쇠돌 엄마의 행운을 모방하는 것과 비슷하다. 그러나 영화에서는 매춘을 소설 「소낙비」처럼 단순하게 그리지는 않는다. 이주사에게 몸을 허락하는 세 여자의 다른 태도를 보여줌으로써 영화는 당시의 매매춘의 문제에 접근하고 있다. 첫 번째 유형이 향심이로 생존을 위해서는 매춘은 아무런 죄가 되지 않으며 난세를 견디는 방법이기조차 하다. 두 번째 이주사에게 농락당한 뭉태 부인인데, 윤리적 규범이 완고한 여성으로 묘사된다. 결국 이주사에게 욕을 당하고는 물에 빠져 자살을 하고 만다. 세 번째가 춘호의 처 순이인데, 그녀 역시 뭉태 부인과 같은 윤리적 죄의식을 가지고 있지만 자신을 버릴 정도는 아니다. 하지만 흐르는 물에 자신을 씻어 내면서 울부짖는 자기 체념적 유형이다. 그러나 그녀는 소설 「소낙비」처럼 이주사에게서 돈을 받아 남편의 욕구를 풀어준다.

영화 <땡볕> 속에 들어 있는 소설 「솥」을 읽어 보자. 「솥」은 근식이라는 주인공이 들병이와 아내 사이에서 솥으로 인해 생기는 웃지 못할 이야기인 것이다. 근식은 항상 스스로 노력해서 살기보다는 누군가에 의해 무의도식하는 것을 꿈꾸고 있는 또 한 명의 만무방인 것이다. 근식이는 마을에 들어온 들병이를 그의 구세주로 여기고 아내 몰래 매함지박, 키조각, 솟곳, 심지어 아내가 가장 아끼는 '솥'까지 모두 들병이에게 주려고 한다. 그는 들병이에게 자식이 있지만 자신이 들병이 덕에 팔자를 고칠 수만 있다면 그것쯤은 무시할 수 있었다. 그러나 근식에게 이것저것을 받은 들병이에게는 버젓이 남편이 있었던 것이다. 이러한 모티프는 영화 <땡볕>의 향심이, 폐병 환자인 그의 남편, 그들의 아들과 춘호의 관계로 그려지고 있다. 영화에서 향심은 춘호를 사랑하는 것처럼 나온다. 그리고 춘호에게 일확천금의 기회인 광산에서 일하게 해 준다는 제안을 하고 자기 남편을 삼촌이라고 속이고 춘호에게 돈을 요구하는 것이다. 춘호는 소달구지를 타고 향심의 삼촌을 만나러 가는 도중에 뭉태 부인의 자살을 보게 된다. 마을 사람들은 이주사에게 달라붙어서 일하는 향심이를 곱지 않은 시선으로 바라본다. 삼촌 집 평상에는 꼬마 아이가 공부하는 모습이 클로즈업된다. 향심과 마을로 돌아오는 춘호는 이주사네 집이 불타고 있고 향심의 주막이 불타는 것을 보게 된다. 춘호는 집으로 가서 도망갈 준비를 하면서 아내가 그토록 아끼며 닦아대는 '솥'을 가지고 도망을 치려 한다. 춘호 처는 필사적으로 솥을 사수하기에 이른다. 왜 이렇게 '솥'은 춘호 처에게 보물로 여겨졌을까. 마을을 떠나 이리저리 방랑하는 중에도 솥은 그녀의 머리에 항상 놓여 있고 죽기 직전 남편의 지게 위에서도 솥을 안고 있다. 그만큼 먹고 산다는 것이 어려웠던 시절이기 때문에 솥만 있으면 아무거나 끓여 먹을 수 있는 것이다. 영화에서는 실제로 왜 솥을 중요하게 생각했는지 두 장면을 보여준다. 개울가에서 물고기를 잡아 솥에 끓여 먹는 장면이 있고 죽어가는 아내를 위해 춘호가 쌀밥을 짓는 장면이 있다. 솥은 항상 반들반들 닦여 있고 그만큼 그들의 삶에 중요한 도구가 되는 것이다.

우리는 영화에서 향심이에게 마을 사람들이 술값으로 지불하는 물건들에 주목해 볼 수 있다. 들병이에게 부인의 솟곳까지 가져다주어야 하는 김유정 소설의 해학성은 영화에서는 향심에게 마을 사람들이 가져다주는 낫, 맷돌, 곡괭이 등으로 등치된다. 영화나 소설에서 주인공들은 자신의 생계용 생활필수품을 한번 술을 마시기 위해서 던져버릴 만큼 그들에게 있어서 인생의 미래는 존재하지 않는 것이다.

영화 <땡볕> 속에 들어 있는 소설 「땡볕」을 읽어 보자. 「땡볕」은 지극히 짧은 이야기이다. 덕순이는 아픈 아내를 지게에 지고 대학병원에 데리고 간다. 이상한 병을 가진 사람이 오면 병을 고쳐줄 뿐만 아니라 연구비도 제공한다는 말을 전해 듣고 아내를 지고 서울까지 올라왔다. 덕순이는 먹고 싶은 참외도 안 사먹고 대학병원에 가서 기다린다. 13달째 부어오른 아내의 배는 신기한 병이 아니라 아이가 배 안에서 죽은 지 3달이 넘은 것이었다. 아내의 생명이 위급한데도 덕순은 월급을 주는지 묻는다. 창피만 당하고 아내를 다시 짊어지고 돌아오는 길에 아내에게 외떡을 사준다. 아내는 유언을 남기기 시작한다. 이렇게 단순한 이야기가 영화의 제목으로 정해진 데에는 마지막 장면에서 춘호와 춘호 처 순이의 모습에 따른 것이다. 춘호와 춘호 처는 솥 하나만을 가지고 광산에 들어와 정착을 한다. 춘호 처의 악착스러운 생활력과는 반대로 춘호는 이주사네 술집 작부인 향심이에게 온 정성을 쏟는다. 아내가 산에서 약초나 더덕을 캐서 생계를 연명하는 것과는 반대로 춘호는 이주사에게 잘 보여 돈을 빌려 보려 하지만 아무것도 없는 춘호에게 돈을 줄 리가 없다. 춘호 처를 마음에 두고 있던 이주사를 이용해 춘호는 5원을 손에 쥐게 된다. 춘호는 향심에게 이 돈을 사기당하고 마을 사람들한테도 맞아 죽을 지경에 이른다. 춘호는 아내를 내팽개치고 도망간 향심을 찾아가지만 그녀에게는 폐병 남편과 아이가 있었고 그녀는 여전히 매춘을 해서 생계를 유지하고 있었다. 고향으로 돌아온 춘호는 병원에 있는 아내를 찾아가서 그녀가 희귀병이 아니라 임신한 아이가 죽어서 뱃속에 있는 것이라는 사실을 알게 된다. 그는 그녀와 솥을 지게에 지고 오면서 쉬어서 쌀로 밥을 해 준다. 그때 순이는 거의 사경을 헤매면서도 손에 있는 반지를 빼서 남편에게 주면서 '씨'를 받아야 한다고 유언을 남긴다. 영화 <땡볕>에 나타난 소설 「땡볕」의 요소는 아주 미약하다고 볼 수 있다. 기껏 해봐야 병원에 있는 모습과 지게를 지고 춘호가 춘호 처를 데리고 돌아오는 두 장면 정도가 비슷할 뿐이다. 그럼에도 이 영화의 제목이 타당한 이유는 소설 「땡볕」의 비판적 리얼리즘과 영화의 비판적 리얼리즘이 동일하기 때문이다. 즉 김유정의 많은 작품들이 영화 <땡볕>에 차용되고 있지만 사회 비판적인 성격이 가장 강하게 보이는 작품은 소설 「땡볕」이기 때문이다.

원작과 영화를 상호텍스트성을 가진 텍스트로 바라볼 때 영화 텍스트에서 강화시킨 부분은 사회적 리얼리즘이라고 볼 수 있다. 원작에서는 잘 드러나지 않는 계급 간의 갈등이 실제로 영화에서는 마을 사람들이 이주사집에 불을 지르는 행동으로 나타나고 일제에 대한 직접적인 항거의식도 원작과는 다르게 영화 곳곳에서 보인다. 술을

마시러 향심이의 술집에 모인 일꾼들의 이야기는 주로 당시의 일제
의 침략행위를 말해 주고 있으며 북간도로 떠나는 춘호의 친구에 의
해 일제의 침탈행위가 그려지고 마지막엔 향심의 아편쟁이 남편에게
비장하게 일제의 침탈을 직접 비판하게 하였다. 반대로 원작에 강하
게 드러나고 있는 유머와 해학성은 상당히 약화되어 등장한다. 감독
의 이러한 변환 장치에 의해 영화 텍스트는 김유정 문학과는 상당한
거리를 두고 있음을 볼 수 있다. 주요 인물이나 모티브는 비슷하게
차용했을지라도 서사를 전개시키는 방법에서의 현격한 차이로 영화
는 새로운 텍스트로 해석될 가능성도 가진다.

　김유정 소설의 모티브들에서 영화 <땡볕>에서 강조하고 있는 주
요 구성 모티프는 페티시즘(Fetishism)이라고 할 수 있다. 페티시란
呪物, 物神, 戀物 등으로 해석될 수 있는 개념이다. 김소영은 물신
을 근대와 상품 자본주의 생산양식과 관련되는 것으로 루카치의 물
화의 개념과 등치시키고 있다. 페티시는 일제강점기에서 90년대 후
반에 이르기까지 주물, 물신 그리고 연물로 일정한 시간을 두고 재
배치되면서 근대와 근대 속에서 구성된 전근대 그리고 탈(후기)근대
적 문제 설정과 관계를 맺게 된다. 그리고 그것이 텍스트 내부에서
작동하는 경우 일정한 긴장감이나 문화적 역동성이 발생한다.[5]

　영화 <땡볕>에서 소설의 주요 모티브들의 차용에서 가장 중요한
이미지는 페티시즘이라고 할 수 있다. 시대의 불합리를 가장 잘 표
현할 수 있는 방법은 여성이미지와 페티시즘이라고 할 수 있다. 특
히 페티시즘은 여성 이미지가 남성화된 시선의 관객에게 전달되는
것으로 보다 잘 구현될 수 있다. 영화는 김유정의 소설들보다 남성
들의 무책임한 삶에 더 희생적이고 더 강인한 여성을 창조해 내고
있다. 이들 여성들이 시대를 이기기 위해서 살아가는 중요 원칙 중

---

5) 김소영, 『근대성의 유령들』, 씨앗을 뿌리는 사람, 2000, 102－103쪽.

하나가 사물에 대한 강한 페티시즘이라는 것을 볼 수 있다. 영화 속 주인공 순이가 '솥과 금반지'에 대해서 가지는 강한 페티시즘은 순이의 현실 극복의 의지이자 미래에의 강한 욕망이며 술집 향심이 역시 '돈'에 대한 강한 페티시즘은 그녀의 현실, 더 나아가 시대의 현실을 극복하는 유일한 희망이며 자신의 자식을 위한 어미의 유일한 소망인 것이다. 이러한 페티시즘의 강조로 인해 영화 텍스트는 소설과는 다른 텍스트로 읽힐 수 있다.

3) 영화는 현실을 세 가지 방법으로 영상화하다

영화 <땡볕>은 소설과는 다르게 현실을 다양하게 조망하도록 해 준다. 소설에서 춘호와 그의 부인은 현실에 대해서 저항의식을 가지지 않고 그저 힘없는 자의 모습을 보여줄 뿐이다. 그러나 이와는 다르게 영화에서는 다양한 삶의 모습들을 통해서 감독이 전하고자 하는 메시지를 분명하게 제시한다. 여기에는 세 가지의 현실 대응 방식이 엿보인다고 하겠다. 춘호와 폐병 환자인 향심이의 남편, 춘호 처와 향심이, 뭉태 처와 마을 사람들 등 세 부류의 인간상들이 보여주는 삶을 통해서 감독은 그 시대를 읽어 내려고 시도한다. 영화에서 가장 주안점으로 삼고 있는 인물들은 춘호 처와 향심이라고 할 수 있다. 먼저 이 여자들은 삶에 대해 저항도 하지 않고 포기도 하지 않는다. 춘호 처 순이는 솥을 무엇보다도 소중하게 여기며 생활력이 억척스러울 정도로 강하다. 솥 하나 달랑 가지고 광산에 들어왔지만 마을 사람들로부터 인정을 받는다. 산에 올라 다니면서 약초를 캐서 식량으로 바꾸고 남의 집 일을 하면서 열심히 살림을 꾸려

나간다. 남편의 폭행에도 저항하기보다는 참고 견디며 무엇보다도
남편의 '씨'를 받아서 대를 이을 것을 바라고 있다. 남편의 성화에
강릉댁 집으로 찾아가서 이주사와 우연히 마주친다. 이 우연은 일종
의 가장된 우연과 같다. 소설 「소낙비」에서 다음의 장면은 영화에
그대로 재현된다. 춘호가 요구한 돈을 벌기 위해서 춘호 처가 할 수
있는 일은 강릉댁을 모방하는 것밖에 방법이 없는 것이다.

> 「쇠돌 엄마 말인가? 왜 지금 막 나갔지. 곧 온댔으니 안방에 좀 들어
> 가 기다렸으면 ……」 하고 매우 일이 딱한 듯이 어름어름한다.
> 「이 비에 어딜 갔어유?」
> 「지금 요 밖에 좀 나갔지, 그러나 곧 올 걸 ……」
> 「있는 줄 알고 왔는디 ……」
> 춘호 처는 이렇게 혼잣말로 낙심하며 섭섭한 마음으로 머뭇거리다가
> 그냥 돌아갈 듯이 봉당 아래로 내려섰다. 이주사를 쳐다보며 물치는 제
> 비같이 산드러지게, 「그는 담에 오겠어유, 안녕히 계시유.」 하고 작별의
> 인사를 올린다.
> 「지금 곧 온댔는데, 좀 기다리지 ……」
> 「담에 또 오지유」
> 「아닐세, 좀 기다리게. 여보게, 여보게, 이봐!」
> 춘호 처가 간다는 바람에 이주사는 체면도 모르고 기가 올랐다.
> 허둥거리며 재간껏 만류하였으나 암만 해도 안 될 듯싶다. 춘호 처가
> 여기에 찾아온 것도 큰 기적이려니와 뇌성벽력에 구석진 곳이것다.
> <중략>
> 계집은 몹시 놀라며,
> 「왜 이러서유, 이거 노세유.」 하고 몸을 뿌리치려고 앙탈을 한다.
> 「아니 잠깐만.」
> 이주사는 그래도 놓지 않으며 헝겁스러운 눈짓으로 계집을 달래 ……6)

---

6) 김유정, 『동백꽃』, 문학사상사, 1987, 28쪽.

독자는 서술자의 서술방식에 의해서 이미 춘호 처의 의중을 알고 있었기 때문에 이주사와의 대화에서 어렵지 않게 진술과 기만을 읽어 낼 수 있다. 이미 쇠돌 엄마가 없다는 것을 확인하고 난 후에 물어보는 질문이기 때문에 춘호 처의 말은 거짓말에 해당한다. 이주사는 춘호 처의 의도를 파악하지 못해도 독자는 이미 춘호 처의 의도를 파악하고 있는 것이다. 이 대화에서 독자는 이미 속아버린 이주사와 성공한 춘호 처를 보게 된다. 독자는 그 속임을 관망하면서 진실과 기만을 모두 가려낼 수 있지만 작중인물들은 알지 못하는 것이다. 영화에서는 소설의 이 같은 춘호 처의 의중을 동일하게 보여주지만 돈을 받은 춘호 처가 굴욕감으로 오열하는 장면을 제시함으로써 이러한 굴욕감으로 먼저 죽어간 뭉태 처의 비참한 죽음을 환기시킨다. 그러나 춘호 처는 이러한 생활의 어려움에도 불구하고 자기가 그토록 원하던 남편의 아이를 가진다. 그녀는 자고 있는 남편을 향해 강한 성적 욕구를 느끼는 것이다. 영화 평론가 유지나는 기층민중들의 생존욕구는 성적 욕구와 같은 것이라고 정의한다. 강한 성욕을 가진 자가 살아남는 게임에서 폭포처럼 치솟는 여자들의 욕망은 영화의 구경거리라고 말한다.[7]

그녀는 남편이 도망가 버린 곳에서 혼자 임신해서 견디며 남편이 집을 찾아올 수 있도록 등불을 밝히는 일을 게을리 하지 않는다. 뱃속의 아이가 죽은 지 3개월이 지나 병원의사가 수술해야 한다는 말에도 그녀는 또다시 아이를 가질 수 있는지 물어본다. 결국 의사의 부정적인 말을 듣고 아이를 날 수 없는 자기의 목숨에 연연하지 않는다. 자기의 목숨의 의미는 자식을 낳을 수 있어야만 의미를 가지는 것이다. 그녀는 죽어가면서까지 남편에게 금반지를 빼주고 '씨'를 받아야 한다고 당부한다. 그녀가 이렇게 '씨'에 대해 집착하는 것은

---

7) 유지나 외, 『한국 영화사공부 1980－1997』, 이채, 2005, 62－63쪽.

미래를 잃지 말아야 한다는 상징(symbol)인 것이다. '씨'는 순이가 시대를 살아야 하는 이유이자 현실을 참고 견뎌야 하는 기표(signi-fier)에 해당한다. 이러한 삶의 태도는 작부 향심이의 인생에서도 보인다. 춘호는 향심에게 속고 도망간 향심을 수소문해서 찾는다. 그러나 삼춘으로 알았던 폐병환자인 남편은 그녀의 삶을 내일을 위해서 오늘을 견디는 것이라고 장엄하게 항변한다. 그녀의 매춘과 사기의 장면에서도 그녀 아이가 공부하는 장면은 항상 클로즈업되고 있다. 향심은 죽어가는 뭉태 처를 향해 어리석은 일을 했다고 힐난한다. 그렇게 죽는다고 일이 다 해결되는 것은 아니라고 주장하는 것이다. 순이와 향심의 억척스런 삶을 통해 무능한 나라의 기표인 무능한 남편을 견디고 후일 미래의 기표인 자식을 낳고 기르는 것을 보여주고자 하였다. 순이와 향심은 견뎌야 하는 현실이고 춘호와 향심의 남편은 무능하고 사라져야 할 과거에 해당한다. 순이와 향심이 그 어려운 현실을 보듬고 견딜 수 있는 것은 자식이라는 미래가 있기 때문이다. 이들은 자신이 있어야 하는 곳에서 자신의 모습을 적나라하게 바라볼 수 있는 긍정적 정체성을 가진 인물들이다.

삼각형의 한 꼭짓점에 순이와 향심의 삶이 있다면 다른 한 꼭짓점에 자리하고 있는 인물 유형은 춘호와 폐병환자인 향심이의 남편일 것이다. 이들은 모두 시대를 헤쳐 나갈 힘을 잃어버린 기생적인 인간들이다. 이들은 자신이 속한 곳에서 자신의 존재를 증명할 수 없는 인물들인데 바르트식으로 말하면 '부정적 정체성'을 가진 고립무원의 기표들이자 의미 없는 존재들인 것이다. 즉 부인의 매매춘이 없으면 생존조차 불가능한 인물들인데 김유정 소설 전반에 나타난다. 김유정의 남자 주인공들은 하나같이 도박근성과 만무방적 기질을 가지고 있으며 거기에 부인을 팔아서 살아가는 인물들이 대부분이다. 왜 김유정은 이러한 인물들을 소설의 축으로 삼고 있을까. 이는 일제시대를 살아가는 무기력한 시대에 당당하고 능력 있는 남성을 그리는 것이 오히려 시대착오라는 생각이 들었을지도 모른다. 특히 향심의 남편이 꽤 배운 사람이고 왜놈과 싸우다가 병신이 된 점은 일제에 지배를 받는 우리 민족의 현실을 상징하는 것이라 할 수 있다. 즉 기생하는 남자들의 상징은 일제에 비굴하게 식민지화된 나라의 모습을 그리고자 한 것이라고 볼 수 있다. 또한 이렇게 무능한 남자의 반대편에는 이주사와 같은 일제의 하수인이나 해서 자신의 부를 쌓고 마을 사람들을 착취하는 비정상적인 인물이 있다. 이주사는 경제적 수탈과 성적 수탈을 서슴없이 행한다. 이는 무력한 남성들이 우리나라를 상징한다면 이주사는 일제를 상징하는 기표가 된다. 영화에서 이주사를 단적으로 설명해 주는 것은 판출의 다음과 같은 말이라고 할 수 있다. "그놈의 영감탱인 좀 살아볼려구만 허면 영락없이 끼여든단 말여! 양봉을 해서 돈 좀 잡을 만하면 양봉장 뺏구, 과수나무를 심어서 뿌리 내릴 만하면 과수원 뺏구, 이건 숫제 왜놈들보다 더 악착같단 말여"라고 말하는 것을 볼 때 이주사는 일제를 상징한다고 할 수 있다.

그렇다면 무력한 남자들은 아무것도 하지 못하는 지경에 이르고 그러한 현실을 견뎌내는 것은 순이와 향심과 같은 여인네들인 것이다. 이 영화에서는 이 두 가지 방법만 제시하고 있는가. 아니다. 또 다른 삼각형의 꼭짓점에는 저항하는 민중을 그려 넣고 있다. 이주사에게 성폭력을 당한 뭉태 처의 자살과 그것에 분노한 마을 사람들의 저항을 볼 수 있다. 마을 사람들은 이주사의 집에 쳐들어가서 이주사를 두들기고 집에 불까지 지른다. 이 말은 뭉태의 초반 대사에서 이미 읽을 수 있는 복선이라고 하겠다. "도대체 이 왜놈들의 행패는 어디까지 가는 거여. 땅 있으면 땅 뺏구 산 있으면 산 뺏구 이러다 종당엔 인명까지 뺏는 거 아녀?"에서 보이듯이 이미 뭉태 처의 죽음은 애견된 불행일 것이다. 이들은 향심과 춘호 역시 분노의 대상으로 삼는다. 그들은 자신들이 원수처럼 여기는 이주사에게 아부해서 자신들만 살길을 찾는 비겁한 인물들로 여겨졌기 때문이다. 현실을 항거하는 또 다른 방식으로 삶의 터전을 버리고 간도로 떠나는 춘호 친구네 역시 이 영역에 놓여 있는 사람들인 것이다. 현실에 대응해 보지만 현실이라는 벽이 너무 강해서 결국 희생을 당하는 민중의 삶을 보여주는 것이다. 영화에서는 이러한 삼각형의 꼭짓점들을 두루 보여주면서 감독은 향심과 춘호 처의 삶에 민중의 힘이 서려 있음을 보여주고 있다.

4) 현실을 극복하는 원동력으로 신화의 여성성(sexuality)이 재현되다

　김유정 소설을 읽다 보면 영화에서 순이가 죽은 어머니의 말을 빌어서 자기 남편에 대해 한 말에 공감하게 된다. "뜬 구름 잡을라구 허둥대는 게 탈"이라는 어머니의 말을 춘호 처는 죽기 전에 남편에게 말한다. 춘호 역시 만무방을 꿈꾸는 김유정의 일련의 남성들 중 하나인데 이들은 한탕주의 기질을 가진 인물들이다. 따라서 정상적인 일을 해서 돈을 벌고 싶어 하지 않는다. <노다지>의 꽁보와 더펄이는 금을 캐서 인생을 바꾸어보고자 하고 <만무방>의 응칠이는 그저 세월가는 대로 먹고 살려고 부인과도 헤어져 인생을 노니는 인물이다. <솥>의 근식은 마을에 온 들병이에게 빌붙어 살아가려고 하고 <소낙비>의 춘호 역시 부인에게 매매춘을 요구해서 돈을 얻으려 한다. <금따는 콩밭>의 영식은 수재의 말을 믿고 멀쩡한 콩밭을 모조리 파서 농사를 망쳐버린다. 이러한 노름 기질은 18세기 이후에 성행했다고 전한다. 이이화의 논의를 보면 고려시대나 조선시대에 아내를 걸고 노름을 했거나 도박을 했다는 기록이 어우야담을 비롯한 많은 문헌집에 전한다고 말하고 있다. 노름꾼은 일확천금을 노려 농사철이고 뭐고 가리지 않고 며칠 밤을 꼬박 새워 노름을 하는 일이 허다했다.[8]

그런데 이렇게 부인을 두고 도박을 한다는 상상력은 우리의 신화에서도 내려오고 있다. "태양신이 된 거지 궁상이[9]"가 바로 이러한 상상력의 모태가 되고 있다. 신화의 이야기를 간략하게 정리하도록 하자. 궁산이는 명월각시한테 반해서 3년의 우여곡절 속에 장가를 든다. 그런데 각시가 너무 예쁘고 좋아서 일은 하지 않고 각시 곁에만 있다. 굶어 죽을 지경이 되었는데도 일을 하러 갈 기미가 없자 명월각시는 자신의 초상을 그려주고 나무를 해 오게 한다. 나뭇가지에 걸어 놓았던 초상화가 아랫마을 배 선비네 집으로 떨어진다. 초상에 반한 배 선비는 금을 한 배 싣고 궁산이와 장기를 두러 온다. 배 선비와 궁산이는 마누라를 두고 내기 장기를 벌이는데 바로 여기에서 궁산이는 지고 만다. 이 사실을 안 명월각시는 하녀와 옷을 바꾸었는데 이미 배 선비는 이것까지 눈치 채고 하녀를 데려가겠다고 한다.

그렇다면 궁산이는 혼자서 열심히 살았느냐 하면 그렇지가 않았다. 거지처럼 비렁뱅이 짓을 해서 살아갔는데 명월각시는 이를 안타깝게 여겨 거지 잔치를 열어 남편을 찾는다. 명월각시는 구슬옷을 던져서 옷이 맞는 사람이 자신의 남편이라는 말을 하고 궁산이는 옷을 입게 되고 배 선비는 옷을 입고 벗을 줄을 몰라 하늘의 솔개가 되었다. 이렇게 해서 궁산이는 아내 명월각시 덕에 잘 살다 죽어 일월신이 되었다. 우리가 궁산이 신화를 재미있게 보는 이유 중의 하나가 아내 없이는 아무것도 못하는 무력한 남성의 이미지를 보기 때

---

8) 이이화,『놀이와 풍속의 사회사-한국사 이야기 4』, 도서출판 한길사, 2001, 143쪽.
9) 조현설,『우리 신화의 수수께끼』, 한겨레출판, 2006, 99-107쪽.
   <태양신이 된 거지 궁산이>의 내용을 정리한다.

문이다. 김유정의 인물 상상력이 이러한 궁산이 신화에 닿아 있다는 것이 바로 무능한 남성성 때문이다. 아내 덕에 살고 그도 부족해서 아내를 팔고 아내 때문에 겨우 생계를 유지하는 인물들인데 이는 김유정이 시대를 해석해 내는 남다른 관점이었을 것이다.

　궁산이 신화처럼 우리 신화에서 여성성과 남성성은 서양신화와는 상당히 다르게 나타난다. 서양신화 속의 여성은 지극히 모순적인 의미를 가진다. 창조신화를 보면 어머니의 질서에서 아버지의 질서로 바뀌어가면서 여성신화는 가부장제적 질서와 남성이데올로기에 맞도록 변형되었다. 태초에 대지 가이아 여신이 세상을 창조하였고 동양의 경우 여와 여신이 인간을 창조하였다. 서양에서 제우스를 숭배하던 집단이 들어오기 이전에 그리스에는 가이아와 같은 대지모신을 받들던 집단이 있었다. 그러나 어느새 신화에서 여신들은 그 역할이 축소되어 버렸다.

　신화 속의 여성에 대한 논의를 할 때 한국 신화에 나타난 여성의 역할은 매우 특이한 모습을 보인다. 한국 신화의 남신들은 유랑민처럼 등장한다. 터주신으로 유명한 막막부인은 하늘나라의 집을 짓기 위해 떠난 황우양씨를 지조와 현명함과 인내로써 기다린다. 사랑의 대명사인 자청비 역시 떠나버린 문도령을 찾는 역할을 하고 천지의 질서를 잡은 소별왕과 대별왕의 어머니인 총명부인은 천지 왕이 떠난 후에 자식들을 돌보며 집을 지킨다. 당금애기 역시 시준님이라는 남성신에게 쌀 세 톨을 받고 아들 셋을 낳고 키우면서 갖은 고초를 겪으며 영웅으로 유명한 강림도령도 부인의 헌신이 없었다면 결코 염라대왕을 잡아올 수 없었을 것이다. 바리공주는 아버지의 버림에도 불구하고 자신의 부모를 살리는 존재로 나오며 한락궁이의 엄마인 원강암이는 남편 원강도령의 서천국 행으로 혼자서 많은 시련을 당하면서도 자식과 부부의 정절을 지켜낸다. 우리 신화에 보이는 여성신은 하나같이 막막부인처럼 자리를 지켜 주고 사랑을 지켜 주는

터주신 역할을 한 셈이다.[10]

이와 같이 자리를 지켜 주는 여성신의 이미지는 김유정 문학의 근간이 되고 있다. 소설이나 영화에서 공통으로 제시되는 남성성은 시대에 항거할 수 없는 도피자들인 것이다. 이들은 과거를 나타내는 기표들이라고 할 수 있는데 이들을 구제하는 유일한 힘은 여성성(sextua-lity)뿐이다. 로버트 A. 존슨[11]에 의하면 황금양털을 획득하기 위한 프시케의 모험정신은 본능적이고 무의식적인 단계가 아니라 여성의 위대한 발견이라고 한다. 갈대의 도움으로 해 질 녘 양이 자주 다니는 길목에 가서 가시나무나 낮은 나무에 걸려 있는 황금양털을 모은다. 이것은 기존의 남성신화가 황금양털을 찾기 위해 싸움을 해야 했던 것과는 다른 새롭고 지혜로운 방법이라는 것이다. 이러한 해석의 연장선상으로 고혜경[12]은 우리의 전래 동화 <콩쥐팥쥐>와 <심청전>을 여성신화적인 방법으로 해석해 냈다. 심청은 '태양신 거지 궁상이'의 모티브를 그대로 드러내고 있는데 아버지 심봉사의 눈을 뜨게 한 것은 여성성의 회복으로 가능하다는 것이다. 심청은 연꽃을 상징하는데 진흙탕 속, 흔들리는 물 위에서 정제된 아름다움을 가지고 피어나는 꽃이다. 연꽃으로 태어나는 심청이는 참 자신의 발견으로 자기 안에 만개한 생명의 힘을 마음껏 발하는 완전한 여성의 탄생을 의미한다. 콩쥐 역시 여성성을 획득한 진정한 여성영웅이라고 주장한다. 콩쥐는 여러 가지 어려운 난관을 극복하고 콩쥐 내면의 영웅적 세계관을 발견하는 인물이기 때문에 신데렐라 콤플렉스의 여성상을 보이지 않는다는 것이다. 콩쥐를 도와준 소, 두꺼비, 참새 등은 구원의 사자가 아니라 콩쥐 안에 처음부터 존재한 여성성의 동력이라고 할 수 있다. 이러한 여성성의 회복으로 콩쥐는 세상에 대한 너름과 깊이, 그리고

10) 신동흔, 『살아 있는 우리신화』, 한계레 신문사, 2004.
11) 로버트 A. 존슨, 고혜경 옮김, 『신화로 읽는 여성성She』, 동인, 2006. 104－105쪽.
12) 고혜경, 『선녀는 왜 나무꾼을 떠났을까』, 한계레출판, 2006. 31－90쪽.

조화의 지혜를 터득한다는 것인데 이러한 여성성이 김유정 문학과
영화에서 보이는 여성성과 일맥상통한다고 볼 수 있다.

여성의 관용과 용서는 신화 속의 여성성을 가장 잘 보여주고 있
다. 심청이는 자신을 팔아버린 아버지를 구원하는 역할을 하고 바리
공주 역시 버려지지만 부모를 위해 저승길을 선택해서 망자를 살려
내는 역할을 한다. 바리공주가 생명탄생과 죽음의 두 문제를 모두
관장하는 것은 원시 대지모신의 상상력과 맞닿아 있다[13]는 논의는
신화의 여성성을 읽을 수 있는 대목이다.

여성성이란 자신의 내면의 아니무스(남성성)에 대항해서 자신의
진정한 아니마(여성성)를 발견하고 현실을 당당하게 맞서가는 모습
이라고 할 수 있다. 영화에 등장하는 춘호 처 순이는 아무것도 없이
광산 마을에 와서 자신의 땅을 일군다. 스스로 소 쟁기를 메고 밭을
가는가 하면 방아 찧기를 하고 산에 가서 약초를 깨고 자신의 터전
을 위해 현실을 가꾼다. 그러나 춘호는 이런 부인과는 다르게 금광
에만 정신이 팔려 향심이에게 모든 것을 가져다준다. 향심이 역시
무능한 남성인 남편을 위해 또는 자식을 위해 현실을 포기하지 않고
견디는 인물로 등장한다. 남편은 이미 가장으로서의 능력을 상실했
지만 그러한 남편을 지켜 주고 아들의 미래를 위해 현실을 참으며
때를 기다리는 여성성을 보인다. 신화에서 발견하는 여성성이란 현
재를 극복하고 현실의 비극을 보듬어서 미래를 꿈꿀 수 있는 힘이라
고 할 수 있다. 순이는 자신이 죽어가면서도 미래에 대한 당부를 잊
지 않는다. 시어머니가 자신에게 주었던 금반지를 남편에게 유언으
로 주면서 미래의 씨를 받으라고 말한다. 이는 시대의 아픔이 언젠
가는 끝나리라는 희망을 담은 여성성의 욕망이다. 춘호 처 역시 춘
호에게 사기를 치고 멀리 어촌으로 도망가서 역시 아편쟁이 남편을

---

13) 김명호 외, 『한국의 고전을 읽는다』, 휴머니스트, 2006, 41-55쪽.

거두고 미래의 희망인 자식을 교육시키는 모습을 보인다. 여기에서 우리는 프시케가 황금양털을 얻었던 방법을 생각할 수 있다. 직접 칼이나 창으로 싸우지는 않지만 지혜로움으로 황금양털을 얻었듯이 순이와 향심이는 창과 칼로 일제와 항거하지는 않지만 영원히 패배하지 않는 지혜를 보여주고 있다. 그것은 현실을 감내하면서 자식이라는 미래를 잃지 않는 여성성이라고 할 수 있다.

　김유정의 소설 전체의 모티브가 영화의 몽타주적 소재가 되고 있음을 볼 수 있었다. 그리고 영화에서는 소설이 표면화시키지 못한 것까지 담론화시키고 있다. 소설이 인물들의 상호 갈등관계를 다양하게 조망하고 있듯이 영화에서는 현실 속에서 인물들이 사회에 반응하는 양상에 초점을 맞추고 있다. 작가 김유정에게 사회란 '존재하는 것'이다. 그의 작품들에 등장하는 모든 인물들은 사회에 항거하거나 거시적으로 사회의 부조리를 느끼기보다는 인물들끼리의 갈등에 초점이 맞추어지는 미시적인 존재들이다. 서술자는 사회현상에 대해서 직접 설법하고 있지는 않지만 인물들의 행동양상과 갈등구조는 사회적 담론을 이끄는 구조를 취한다. 그러나 영화감독 하명중의 관점은 조금 다르다. 영화감독 하명중에게 사회란 "존재해야 하는 것", 즉 "항거해야 하는 것"이라고 말할 수 있다. 따라서 영화에서는 감독의 의향을 전하는 인물들이 곳곳에 배치된다. 가장 중요한 역할을 하는 사람이 바로 제법 공부께나 한 향심이의 남편이자 폐병환자인 가짜 향심의 삼촌인 것이다. 그는 영화 속 초라한 외모와는 대조적으로 무척 비장한 이야기 투로 향심의 현실 견디기에 대해서 설파한다. 자신과 아이를 위해 자기 자신을 버리면서 현실을 견뎌내는 향심이를 우러러 보는 것이다. 뭉태 역시 감독의 시선을 전달하고 있으며 판출의 대사도 그러한 일면을 가진다. 소설과 영화를 유기적으로 바라볼 때 각 장르의 작품의 해석은 보다 많은 의미를 상상해낼 것이다.

2. 사랑의 대립적 플롯구조가
〈사랑방손님과 어머니〉의 영상을 채우다
▶ 주요섭 원작〈사랑손님과 어머니〉, 신상옥 감독〈사랑방 손님과 어머니〉

1) 어린 꼬마의 목소리 너머에서 의미를 읽다

주요섭의 <사랑손님과 어머니>는 1930년대의 사회를 배경으로 하고 있는 이야기이다. 미망인은 '아직 죽지 못한 사람'이라는 뜻으로 이미 살아있는 사람의 운명은 죽은 사람이 가지고 있는 것이다. 죽은 자는 일찍 죽음으로써 남아있는 부인에게 영원히 그를 따라 죽지 못한 여자라는 일차적 멍에를 씌우고 있다. 신상옥이 영화 <사랑방 손님과 어머니>를 제작한 것은 1960년대의 일이다. 이러한 시대의 간극을 영화에서는 다양한 장치를 통해 보여주고자 하였다. 김소영은 이 영화가 근대성의 기호들을 나타내고 있다고 보고 있는데, 영화의 배경인 도시, 교회, 피아노, 서구식 회화 등을 그 예로 꼽는다.[14]

영화의 도입부는 어린 옥희의 보이스 오버로 마을의 정경을 담은 그림 설명과 식구들 그림이 보인다. 그리고 매우 친근해 보이는 이웃 사람들의 모습도 등장한다. 이러한 어린 아이의 목소리는 지금 벌어지고 있는 사건의 내포의미를 전혀 모른다는 의미에서 무척 효과적인 서술 방식이 된다. 우리는 소설의 기본 구조와 영화의 기본 구조가 다르지 않다는 것을 알게 되는데 그러나 자세히 들여다보면

---

14) 김소영, 『근대성의 유령들』, 씨앗을 뿌리는 사람, 2000, 160쪽.

많은 것이 다르게 재현되고 있음을 알게 된다. 이러한 변형의 주된 원인은 근대화라고 하겠다. 주동 인물들만 등장하는 소설과는 다르게 많은 주변 인물들의 이야기가 영화의 근대성을 보여주는 데 일조하고 있다.

1961년 이 영화가 만들어질 때에 근대성에 깊은 성찰을 보여준 영화가 유현목 감독의 <오발탄>이다. <오발탄>은 서울의 근대화된 공간 안에 잔재하는 근대성의 비극을 비판적 시각에서 제시하고 있다. 무능한 형 철호는 자신의 인생을 '오발탄' 같다고 느끼고 스스로 자식노릇, 형노릇, 오빠노릇, 남편노릇, 아빠노릇 어느 하나 만족스럽지 않다고 여긴다. 동생 영호는 사고만 치다가 급기야 은행을 털어 경찰에 잡히고 영양실조에 걸린 만삭 아내는 해산하다가 죽는다. 여동생 명숙은 상이군인이 된 경식과 이어지지 못하고 결국 양공주가 되고 막내 민호는 학교를 그만 두고 신문팔이를 한다. 어머니는 정신착란 증세로 허공에 대고 '가자'만 외친다. 이런 와중에 어른들의 말을 무조건 불신하는 딸이 신발을 사달라고 조른다. 철호에게 근대를 살아간다는 것은 잘못 쏘아진 총알과 같다.

<오발탄>이 사회의 다양한 문제를 비판적 시각에서 다루는 것과는 조금 다르게 <사랑방 손님과 어머니>에서는 내면적 근대화의 풍경을 보여주고자 하였던 것이다. 집의 식모인 성환댁은 어머니와는 다른 근대의 지표가 된다. 이 영화에서는 소설에서 보이는 사랑 이야기에 하나 더 보태 두 가지의 사랑을 보여주고 있다. 성환댁과 계란 장수의 사랑과 사랑방 손님과 어머니의 대립되는 구조가 근대성의 야누스적인 모습을 보여준다고 하겠다. 또한 어머니가 옥희만을 데리고 삶을 살아가려고 하는 것의 근본적 상상력을 신화에서 찾아보도록 하겠다.

2) 영상화 과정이 상징화된 표지를 전환시키다

소설의 기본 구조와 영화의 기본 구조는 동일하다. 소설적 상황과 영화적 상황이 변화하였기 때문이기도 하지만 주제를 더 효과적으로 전하기 위해 다양한 변형을 꾀하였다. 일단 주인공들의 변화를 들 수 있다. 소설에서는 옥희인 나, 과부인 엄마, 어린 외삼촌이 함께 살고 이웃에 외할머니가 살고 있다. 어느 날 우리 집에 큰외삼촌이 아빠의 친구 분을 데리고 우리 집에 찾아온다. 우리 엄마는 바느질로 생계를 유지하기 때문에 하숙을 하면 유치원비용도 내고 형편도 좋아질 것이다. 옥희는 영화와 소설에서 모두 아저씨와 엄마 사이의 사랑의 징검다리 역할을 한다. 영화로 왔을 때 가족 관계는 조금 달라진다. 영화에서는 외삼촌 대신에 과부 식모인 성환댁이 살고 있다. 그리고 옆에 사는 분이 외할머니가 아니라 일찍이 과부가 된 친할머니이다. 계란 장수도 소설에서는 노파로 등장하지만 영화에서는 남자로 등장한다. 조금씩 변화를 보이는 인물들의 면모는 근대성을 나타내기 위한 표지라고 할 수 있다.

소설에서 보이는 어머니와 영화에서 보이는 어머니는 상당히 다르다. 소설에서는 아저씨와 엄마는 철저한 내외를 한다. 소설에서 식사를 하는 상은 반드시 외삼촌의 몫이다. 가끔씩 외삼촌과 엄마는 말다툼까지 하는 것이다. 상을 가져다주는 것을 성가셔 하는 삼촌에게 엄마는 "그러니 어쩌겠니? 너 밖에 사랑 출입할 사람이 어디 있니?"라고 말하면 삼촌은 "누님이 좀 상 들구 나가구려, 요새 세상에 내외합니까!"라고 대꾸하는 것이다. 여기에 비하면 영화에서 아저씨와 엄마는 대면하는 기회가 많다. 자는 옥희를 안아다 주거나 잃어버린 옥희를 찾으러 가는 것 또는 옥희를 사이에 두고 길을 가는 것 등 소설보다는 서로를 좋아할 개연성이 훨씬 많다고 할 수 있다. 영화적 에크

리튀르[15)는 영화적 글쓰기인데 사회적 보편성과 개인의 표현스타일 간의 교섭 과정을 보인다. 소설적 글쓰기와 영화적 글쓰기가 조금씩 달라지면서 영화에서는 성환댁이 사랑손님 방에 들어가 남자의 옷 냄새를 맡고 즐거워하는 것을 보여준다. 그러나 어머니는 성환댁에게 다른 일을 시키고 자신이 거울로 사랑손님의 모자를 써 보고는 웃는다. 소설에서 아저씨가 준 편지를 읽고 어머니는 아버지의 옷을 한번 쓸어보고 장롱 안에 넣는다. 그리고 그녀가 마음에 갈등이 생길 때마다 옥희를 꽉 껴안아준다. 그녀는 사랑방 아저씨의 편지가 오고 난 후 스스로 마음을 정리하고는 주기도문을 외운다. "시험에 들지 말게 …… 시험에 들지 말게 ……"라고 되풀이하면서 마음을 다잡는다.

영화에서 엄마는 좀 더 능동적이고 적극적이다. 다만 유교적 규범 안에서 제한될 뿐이다. 마을에 성환댁의 임신이 사랑손님과 관련이 있다는 소문이 퍼졌을 때 옥희의 어머니는 절망하는 표정을 짓는다. 그러다 진실이 밝혀져 계란 장수의 아이라는 사실이 알려지자 안도의 웃음을 띠며 사랑손님을 내보내라고 했던 시어머니에게 밤중에 찾아간다. 시어머니에게 사랑손님의 무고함을 알리고 옥희를 핑계 삼아 계속 머무르게 하자고 부탁을 한다. 하지만 시어머니는 완강하게 사랑손님을 내보내려고 한다. 소설의 어머니가 아버지의 옷가지를 만지며 마음을 다잡는 것과는 차원이 다른 근대적 적극성을 보여주고 있다. 그렇다고 하더라도 시어머니의 명령을 어길 만큼 자신의 주장이 강하지는 않다. 시어머니는 옥희 엄마의 재혼문제에 대해서 의논하러 온 큰외삼촌에게 '우리집 귀신'이라는 표현을 씀으로써 완강히 반대하는 입장을 보인다. 그러나 할머니의 태도가 조선시대처럼 권위적이지만은 않다. 며느리에게 선택권을 넘김으로써 상당히 전 시대와는 다른 개화된 입장을 보이고 있다. 소설이 영상화되는

15) 로버트 스탬 외 지음, 이수길 외 옮김, 『어휘로 풀어읽는 영상기호학』, 시각과 언어, 2003, 357쪽.

과정에 차용된 근대적 표지들을 중심으로 인물을 살펴보면 신상옥 감독의 현실 반영적 예술 태도를 읽어 낼 수 있을 것이다.

3) 사랑의 대립적 플롯구조는 영상의 기호작용이다

소설과 영화 모두 사랑손님과 어머니의 사랑은 이루어지지 않는다. 소설에서는 서술되지 않았지만 영화에서는 이들의 사랑에 가장 큰 장애로 등장하는 것이 바로 유교적 질서를 강조하고 감시하는 이웃의 시선이라고 하겠다. 이것에 대해서 김소영은 어머니와 손님과의 관계가 낭만적 관계를 보이다가 유교 이데올로기에 의해 붕괴되었음을 지적한다.[16) 우리는 이 부분에서 성환댁과 계란 장수의 사랑의 플롯과 어머니와 사랑손님의 사랑의 플롯을 점검해 보면서 이들의 근대적 기호작용을 알아볼 수 있을 것이다.

먼저 사랑손님과 어머니의 사랑의 플롯에 필요한 소도구로 계란, 꽃, 풍금을 들 수 있다. 이러한 소재는 소설과 영화에서 공통으로 나오는 모티프이다. 사랑손님이 오면서부터 어머니는 계란을 들여 놓는다. 옥희에게서 아저씨가 좋아하는 음식이 삶은 계란이라는 이야기를 들었기 때문이다. 옥희는 어느 날 유치원에서 돌아오다가 꺾은 꽃을 엄마에게 주면서 아저씨가 준 것이라고 거짓말을 한다. 소설에서 엄마는 "옥희야, 너 이 꽃 얘기 아무보구두 하지 말아라, 응, 응" 하고 조심시킨다. 그렇지만 그 꽃을 풍금 위에 올려 두고 마지막 시들은 꽃잎은 찬송가 갈피에 곱게 끼워 넣는다. 그리고 꽃을 가져다

---

16) 김소영, 『근대성의 유령들』, 씨앗을 뿌리는 사람, 2000, 161쪽.

준 날부터 풍금을 친다. 옥희는 아직 한번도 엄마의 풍금소리를 들어본 적이 없었다. 아버지가 선물해 준 것으로 돌아가시고 나서는 한번도 친 적이 없다고 하는 풍금이었다. 소설과 영화에서 사랑손님의 편지를 받고 갈등하는 모습을 보이지만 결국 사랑손님은 떠난다. 사랑손님이 떠나고 더 이상 계란은 사지 않고 찬송가 갈피의 꽃은 버려지고 풍금의 문도 굳게 닫혀 버린다. 영화에서는 이러한 유교적 규범을 지켜야 하는 사회적 메커니즘으로 공동체 이웃의 소문을 들고 있다.

그런데 이러한 유교적 규범은 뛰어넘을 수 없는 것이 아니라 극복되어야 하는 것임을 시사해 준다. 과부 성환댁과 계란 장수의 사랑이 바로 그러한 작용을 한다. 이들의 사랑의 플롯에는 계란, 시계, 숄 등이 등장한다. 이들 역시 주인마님처럼 계란으로 이어진 관계이다. 계란을 사고팔면서 자신들의 감정을 키우고 사랑손님과 어머니처럼 서로를 사랑한다. 그러나 이들에겐 내외의 규칙이 존재하지 않는다. 신분의 차이에서 오는 성적 자유분방함이 보이는데 이들은 과부와 홀아비의 만남을 자연스럽게 받아들인다. 성환댁과 계란 장수는 연애를 하기도 하고 데이트를 즐길 만큼 근대화된 모습을 보이고 있다. 계란 장수는 데이트를 위해 시계를 빌려 차고 성환댁은 어머니에게서 비싼 고급 숄을 빌린다. 이들은 서로의 현대적 감각을 멋스럽게 상대방에게 자랑한다. 계란 장수는 성환댁이 사랑손님의 자식을 가졌다는 소문을 듣고 확인하러 오지만 결국 헛소문임을 알고 그녀와 결혼을 하는 것이다. 이렇게 이들이 문제를 풀어 가는 방식이나 결혼까지의 과정은 무척 근대화되었다. 그런데 사랑손님과 어머니는 대화 한번 제대로 해 보지 못하고 헤어지게 되는 전근대적 특징을 보인다.

4) 여성의 신화적 상상력과 근대성이 충돌하다

우리는 여성의 자기 인고의 과정을 신화에서 그 뿌리를 찾을 수 있다. 유교적 사회질서가 구축해 놓은 문화이기 때문에 우리의 신화에서도 그러한 유교적 질서는 유전자처럼 약호화되어 있다. 가깝게는 춘향이에게서 그 정절의 지고지순함을 알게 되겠고 더 나아간다면 막막부인의 지조에서 그 뿌리를 찾을 수가 있을 것이다. 우리는 황우양씨와 막막부인의 정조, 자청비의 정절, 총명부인의 정절, 궁상이 부인 명월각시의 일부종사의 이야기를 통해 우리 신화에서 정절을 지키는 이데올로기가 어떻게 형성되어 왔는지 살펴볼 것이다.

이유야 어찌되었든 황우양씨의 부인 막막부인은 남편이 하늘나라 집을 짓기 위해 떠나고 혼자서 살아가는데 소진량은 막막부인을 속여 고난에 빠뜨린다. 하지만 막막부인은 절개를 지키고 남편을 기다린다. 하늘에서 내려온 황우양씨는 막막부인을 만나고 소진량에게 벌을 내린다. 막막부인과 황우양씨는 행복하게 살다가 땅을 지키는 신이 된다. 문도령을 사랑한 자청비 역시 한 남자를 위해 많은 시련을 이겨낸다. 남장을 해서 같이 공부를 하고 하늘로 올라가 내려오지 않는 문도령을 직접 찾아가 불구덩을 건너는 시련을 견딘다. 사랑하는 사람에 대한 신의는 우리의 일부종사의 사상으로 내려오는 것이다.

우리 문화의 근대화란 여성의 자기 목소리 찾기로 봐도 무방할 것이다. 지금까지 놓인 금기들의 금줄은 주로 여성이 건너서는 안 되는 것들이었다. 전근대화의 금줄 안에서 여성은 자신의 감정을 드러내서는 절대 안 된다. 소설 <사랑손님과 어머니>는 철저히 금줄 안에 놓여 있는 여성 주인공을 보여준다. 그러나 영화 <사랑방 손님과 어머니>의 주인공 어머니는 금줄을 건너고 싶은 욕구를 강하게 느끼고 있다. 그러한 감정의 상징체로 등장하는 것이 미장원을 운영하는 친구와 길거리에서 만난 사주풀이 할아버지의 등장이다. 미장원하는 친구는 쪽머리를 하고 있는 옥희 엄마에게 핀잔을 준다. 쪽머리는 근대화에 반하는 모습이기 때문인데 서슴없이 자기의 재혼을 이야기해 준다. 이것을 듣고 있는 옥희 엄마의 얼굴에는 부러움이 서린다. 길에서 만난 사주 할아버지는 "금년 들어 귀인이 나타나 행복해진다"고 말해 준다. 사주를 보는 옥희 엄마의 심리 상태는 친구처럼 행복을 찾고 싶은 것이다. 그러나 이러한 그녀의 사랑에 대한 욕구도 뿌리 깊이 내려오는 일부종사의 신화적 알레고리 안에서 좌절되고 만다.

우리는 소설과 영화의 시대적 차이를 감안해 가면서 사랑의 근대화 과정을 지켜볼 수 있었다. 현대의 풍토에서 1960년대 영화의 언어가 무척 생경한 풍경임을 부인할 수 없다. 아마도 60년대 영화가 만들어졌을 때에는 1930년대 소설의 풍경이 그러했을 것이다. 하지만 우리 소설에 등장하는 이러한 지표들은 사회문화적으로 중요한 의미를 지닌다. 소설 <사랑손님과 어머니>가 보이스 오버라는 영화적 테크닉을 소설에서 구현하고 있다는 것도 주목할 만하다. 1930년대 여러 가지 문체가 실험적으로 쓰이고 있었고 그러한 특징의 하나가 영상적 글쓰기임은 위에서 언급되었다. 우리는 옥희라는 화자가 들려주는 이야기를 지켜보면서 마치 그림 속의 한 마을을 관람하는 착각에 빠지는 것이다.

3. 〈꽃잎〉의 복합적 시점과
주변화된 주인공에 의해 서사가 해체되다
▶ 최윤 원작〈저기 소리 없이 한 점 꽃잎이 지고〉, 장선우 감독 〈꽃잎〉

1) 시대는 담론을 형성한다

시대에 따라 이야기될 수 있는 것을 시대적 담론이라고 한다면, 영화 <꽃잎>은 시대적 담론이 허락한 작품일 것이다. 80년대라는 시대에는 잠수되어 담론화될 수 없었던 이야기가 90년대에는 급물살을 타고 대중에게 알려졌다. 특히 광주사태를 다룬 소설 <저기 소리 없이 한 점 꽃잎이 지고>이 영화 <꽃잎>으로 등장한 것은 시대적 담론의 견인차 역할을 하였다고 볼 수 있다. 그렇다면 두 작품으로 들어가 보자. 소설가 최윤과 영화감독 장선우의 작품 세계는 어딘지 모르게 비슷한 면을 가지고 있다. 가장 중요한 공통점은 작품 세계가 한가지로 정의되지 않는다는 점일 것이다. 최윤의 첫 번째 소설집 『저기 소리 없이 한 점 꽃잎이 지고』와 두 번째 소설집 『속삭임, 속삭임』에 실린 작품의 다양한 폭은 그것을 입증한다. 이념이나 이산가족의 문제를 다루는가 하면 유신시대를 배경으로 하는 리얼리즘 소설이 있고 광주의 비극을 그린 소설도 보인다. 평론가 장소진은 최윤의 문학이 역사와 일상의 문제를 개인의 실존의 문제로 수렴한다고 지적한다.[17] 즉 그의 작품은 개인에게 가해 오는 압력을 독특

---

17) 장소진,『지향의 문학, 반향의 문학』, 새미, 2003, 126쪽.

한 문학의 언어로 풀어 가고 있다. 영화감독 장선우 역시 비슷하다. 역사와 일상의 문제를 실존이라는 주제로 풀어 가고 있다. 이것에 대해 영화 비평계에서는 그의 영화적 특색을 '부유하는 성질'이라고 정의한다.[18] 부유한다는 것은 떠돌아다님을 의미하는데 그만큼 한 용어로 감독의 영화를 정의할 수 없다는 것이다. <성공시대>, <경마 장 가는 길>, <너에게 나를 보낸다>는 성과 자본주의라는 측면에서 실존의 문제를 그리고 있고, <우묵 배미 사람들>은 서민들의 따뜻한 온정을 그림으로써 인간의 실존의 의미를 찾는다. 영화를 평한 김정 룡은 비틀림이 수반된 리얼리즘이라는 의미에서 그의 영화는 풍자적 이라고 평한다.

소설이 최윤 나름대로의 실험적인 특색을 가지고 있다면 영화는 장선우 특유의 실험적 성격을 드러내준다. 소설에서 말하는 목소리 는 다성적이다. 나, 우리, 그와 그녀 등, 즉 1인칭 시점, 1인칭 복수 시점, 3인칭 시점, 그리고 프롤로그의 2인칭 시점 등 소설 안에는 다양한 서술의 목소리가 존재한다. 이러한 장치를 영화는 다양한 영 상 장르와 색체로 작품을 효과적으로 변용하고 있다. 영상화에 사용 된 로드 무비 형식, 다큐멘터리 형식, 애니메이션 형식, 동화 형식 등 다양한 영상적 기법이 사용되고 있다. 색체 또한 다양한 변화를 줌으로써 행복했던 기억과 불행했던 기억을 나누어주고 있다. 우리 는 소설을 영화화시키는 장치들의 의미를 살펴봄으로써 소설과 영화 를 보다 유기적으로 이해할 수 있을 것이다.

---

18) 김정룡, 「경계에서 부유하기 혹은 짧은 여행의 기록」, 『한국 영화 읽기의 즐거움』, 책과 몽상, 1995, 184 – 185쪽.

2) 원작의 시점과 영화의 시점이 다르다

소설은 프롤로그에서 시작해 10개의 장으로 나뉜다. 다시 10개의 장은 1인칭 시점이 4번 사용되고 여기에서 '나'는 나의 상황을 이야기한다. 1인칭 복수 시점이 3번 사용되고 3인칭 시점이 3번 사용된다. 프롤로그는 '당신'이라는 청자를 구체적으로 지칭하는 2인칭인데 마치 부탁을 하는 어조를 띠면서 동시에 읊조리는 형태를 띤다.

> "당신이 어쩌다가 도시의 여러 곳에 누워 있는 묘지 옆을 지나갈 때 당신은 꽃자주 빛깔의 우단치마를 간신히 걸치고 묘지 근처를 배회하는 한 소녀를 만날지도 모릅니다. 그녀가 당신에게로 다가오더라도 걸음을 멈추지 말고 그녀가 지나간 후 뒤를 돌아보지도 마십시오. (……) 그저 그녀의 얼굴을 잠시 관심 있게 바라보아 주기만 하면 됩니다."[19]

소설의 프롤로그는 영화에서는 에필로그로 서술된다. 소설의 프롤로그는 소녀를 시대의 상처로 상징화하기 위한 장치였는데 영화에서는 모든 사건을 보여주고 나서 사람들의 마음에 감동의 영상이 살아있는 마지막 순간에 이러한 들려주기 기법을 사용해 영상적 효과를 발휘한다. 소설의 프롤로그가 작품의 전체적인 시각을 미리 설정해 준 것이라면 영화의 에필로그는 작품 전반의 감동을 정리해 주는 것이다. 영상언어와 문자언어 사이의 간극이라고 해야 할 것이다. 영상언어는 보여주기 기법을 주로 하기 때문에 관객은 모든 것을 보고 난 후에 소녀의 고통을 더 이해하게 되고 문자언어는 앞으로 읽어나가야 하는 가이드라인을 제시 받음으로써 보다 효과적인 독해가 가능해진다. 소설의 시점들이 다소 변형되어 영상화하고 있는데 먼

---

19) 최윤, 『저기 소리 없이 한 점 꽃잎이 지고』, 문학과 지성사, 1992, 205쪽.

저 소설에는 주동 인물이 따로 정해지기보다는 지그재그 목소리로 광주의 상처를 드러내준다. 하지만 영화에서 전체를 이끌어 가는 역할은 '우리들', 즉 소녀의 죽은 오빠의 친구들이다. 이 친구들이 소녀를 찾으러 떠나는 로드무비의 형태를 띠고 있다. 우리들이 가는 곳은 이미 소녀가 지나간 곳이었다. 우리가 우리보다 한발 앞서간 소녀의 행적을 들으면서 영화는 소녀의 이야기를 들려준다. 영화의 우리들은 소녀를 찾기 위해서라기보다는 소녀의 상처를 찾아다닌다는 표현이 더 어울릴 것이다.

소설의 1장은 남자와 여자아이가 함께 기거하게 된 이유를 3인칭 서술로 보여준다. 2장에서 서술자 '나'는 시위장면과 시위에 가기 위해 엄마와 사투를 벌였던 기억을 떠올리면서 모든 것이 꿈이었길 바란다. 소녀는 엄청난 비극적 사건에 대해서 스스로 정의할 수 없을 만큼 큰 정신적 충격을 받는다. <무슨 일이 일어났던 걸까, 어떻게 해서 엄마랑 나는, 잔칫집에라도 가는 것처럼 외출복을 차려 입고 …… 제발 어서 빨리 내 머릿속 어느 구석에 쳐져 있는 검은 휘장이 걷혀야 할 텐데, 모든 게 모두 뒤섞이고, 대답은 없이 나는 질문만 던지고(217)>에서 보이는 것처럼 나는 정신착란 증세를 보이고 있다. 그날의 끔직한 일이 무엇이었는지 어린 소녀는 정의할 수 없고 받아들이지도 못한다. 나는 내가 떠나온 고향집을 그리워하면서 <지금 아무도 없는 우리 방은 어떻게 됐을까, …… 빈 부엌은 얼마나 외로울까, 툇마루에 내가 앉아서 졸던 자리는 얼마나 서러울까, …… 엄마는 어디로 사라져 버렸을까, 나는 꼭 오빠를 찾아야 해(221)>라고 생각한다. 다음 3장은 우리가 그녀를 찾아다니는 여정을 '우리들'의 시점으로 서술한다. 그들의 여정은 아무런 단서도 찾지 못하고 그녀의 희미한 흔적에 절망하게 된다. 우리는 우리의 사라져 버린 친구의 동생의 흔적을 찾아가면서 매 순간 생생한 그녀의 상처를 확인하게 되며 그것은 그녀를 찾아 헤매는 우리의 상처이기도 하다. 상처만이 그들의 여정에 있어서 확실한 지도라고 말할 수 있다.

　1장에서부터 3장의 이야기는 영상화되면서 다소 변형된 순서를 보인다. 영화의 흐름은 '우리들의 시선'으로 시작한다. 그리고 그녀의 여정을 희미하게 찾아가면서 그녀와 장이라는 남자가 함께 기거하게 되는 과정을 그린다. 2장에서 나는 기억착란을 일으키는데 그것은 내가 장의 창고에 들어가서 장에게 폭력을 받을 때마다 영상으로 재현된다. 즉 폭력으로 생긴 고통은 폭력을 경험할 때 다시 떠오르는 것이다. 장의 무자비한 폭력이 있을 때마다 소녀는 광주의 시위 현장과 시골집과 그리고 죽은 엄마의 손을 뿌리치던 나를 기억한다. 나를 구하기 위해 죽은 엄마는 손을 놓지 않는데 나는 엄마의 손을 뿌리치고 나만 살기 위해서 몰려오는 총탄과 포성 그리고 군인들의 발자국에서 도망을 친다. 소녀의 고통은 흑백 다큐멘터리 화면으로 계속된다. 어쩌면 소녀에게 폭력은 기억의 통로를 열어주기 때문에 소녀는 폭력을 받아야만 자신의 정체를 확인하는 피학증, 즉 마조히즘의 단계에 있을 수도 있다.

　나의 기억에도 즐거웠던 적이 있다. 그것은 지난여름 오빠의 친구들이 우리 집에 놀러왔을 때 그들 앞에서 귀에 꽃을 달고 김추자의 노래 <꽃잎>을 부르는 것이다. 이 장면은 흑백 다큐멘터리 부분과는 다르게 칼라로 재현된다. 행복했던 순간의 과거 회상은 광주의 시위 현장과는 다르게 처리하고 있다. 또한 소설에서 소녀가 집안 이곳저곳을 의인화하면서 서술한 부분을 동화책 기법으로 구성한 것은 소녀의 상처가 얼마나 잔인한 것인가를 동화의 순수함을 통해 대조시키고 있다. 또한 소녀는 꿈속에서 거대한 괴물에 쫓기게 되는데 그때 말을 탄 흑기사가 달려와 소녀를 구해 준다. 이는 애니메이션 기법을 사용해서 자신의 위기를 극복하고자 하는 소녀의 간절함을 담은 것이라 할 수 있다. 물론 말을 탄 흑기사는 그녀가 찾아 헤매는 오빠일 것이다.

소설 4장은 또다시 '나'의 서술로 시작한다. 나는 엄마가 죽고 검은 휘장에 덮여서 마치 죽은 사람처럼 기절하고 만다. 그리고 엄마와 영영 이별을 한 것이다. 나는 <휘장이 덮쳐지는 순간, 엄마가 비틀거리는 바로 그 순간의 전도 그 순간의 후도 나는 알아볼 수가 없었어, 그 휘장을 걷어냈어야 되는데(230)>라고 울부짖어도 나에게는 아무것도 바뀌지 않는 고통스러운 현실뿐이다. 나는 오빠를 부르면서 자기의 추한 모습을 오빠가 알아보지 못할까 걱정한다. 소설 5장은 그녀와 남자에 대한 이야기를 그린다. 그는 <어림잡을 수 없는 그녀의 나이에 맞지 않는 표정, 청춘을 다 살아버린 것 같은 망연한 표정이 드러나 그를 당황하게 만들었다. 무엇이 저 어린애를 저 꼴로 만들었을까, 질문을 채 던지기도 전에 그 꼴을 만든 데 자신도 한몫 낀 것만 같아 먼저 흠칫할 수밖에 없었다.(141)> 다시 6장은 그녀를 여전히 찾고 있는 우리들의 시선이다. 우리는 여기에서 김이라는 청년이 잠시 소녀를 돌보았다는 사실을 알게 된다. 김은 소녀를 처음 볼 때 <난생 처음으로 자신이 그녀와 동일한 인간인 것이 수치스러웠고 무서웠다고 했다.(249)> 소녀는 김이라는 사람에게서 도망쳐 나와 여전히 떠돈다. 7장은 나의 그때의 회고가 다시 이어진다. 이 7장의 회고는 영화의 마지막에 소녀가 무덤에 가서 읊조리는 내용의 일부분을 보여준다. 그날의 일을 상세하게 진술하는 것이다. 소설 초반 부에 자신이 어디에 있는지도 모르는 상태에 비하면 상당히 정리된 느낌을 준다.

영화에서 4장부터 7장의 영상화에 가장 주안점을 둔 것은 장의 이유 없는 폭행이 점차 그녀를 이해하는 쪽으로 변하는 것이다. 장이라는 남자는 그녀의 고통을 통해 소문의 진실을 읽어 가며 그녀를 돌봐주기 시작한다. 영화에서 장은 그러한 변화의 행위로 그녀를 목욕시키고 옷을 사 입히고 밥을 해 준다. 6장의 우리가 김을 만나서 그녀의 행적을 듣는 것이 이 부분의 영상화에 중요한 기법이다. 소설보다 영화에서 김의 역할은 더 두드러져 보인다. 어린 애인을 잃어버린 김이 자신에게 던져지는 미신적인 저주를 풀기 위해 소녀를 돌보았다는 것이다. 당시 서천에는 소녀에 대한 이상한 소문이 퍼져 있었고 김은 소녀와 죽은 어린 애인을 동일시하게 된다. 사람들이 어린아이를 죽이는 사람이라는 저주를 자신에게 붙이자 김은 소녀의 회복을 통해서 그것이 거짓임을 보이고자 한 것이다. 이로써 우리들이나 김이 소녀를 찾는 이유는 소녀의 고통에 비하면 매우 추상적인 행보처럼 보인다. 각자 나름대로의 멋에 쌓여서 감상적 풍경을 그려내고 있는 듯한 인상마저 든다.

　8장에서 남자는 <그녀의 아물지도 않은 상처를 통해, 모든 의미가 비어버린 실성한 웃음을 통해, 흔적이 없이 지워져버린 인격의 모든 부재를 통해서 남자는 점점 더 자세히, 점점 더 강한 증폭과 깊이로 그녀가 겪었을지도 모르는 소문의 도시 전체를 보았다(262)>고 서술한다. 9장에서 나는 오빠의 무덤이라고 생각되는 실은 아무 상관도 없는 무덤에 앉아서 그날이 오기 전 오빠가 죽었다는 통보를 가지고 온 양복 입은 신사 아저씨들에 대한 이야기부터 서술한다. 그녀는 무덤에 꽃을 놓으며 <오빠 나야, 너무 오랫동안 걸어서 그동안 좀 쉬었어, 나를 알아보지, 알아 본다구 말해봐, 너로구나 하고 말해봐.(274)>라고 말하며 그날의 일을 모두 말하기 시작한다. 이야기 도중 소녀는 미친 여자처럼 온몸을 떨고 머리를 흔들면서 급기야는 이야기 도중 기절하고 만다. 10장에서 우리는 마치 모든 것이 어긋나기를 기다린 것처럼 친구의 여동생 찾는 것을 포기하고 친구의 제삿날 모인다. 그때 한 친구가 신문에 난 소녀를 가지고 온다. 그들이 장을 만났을 때는 제정신이 아니었다. 우리는 그에게서 친근함을 느끼는데 바로 소녀가 장을 따라온 이유인 것이다. 장은 죽은 그들의 친구이며 소녀의 오빠와 무척 닮아 있었던 것이다. 이 부분의 영상화는 장이 소녀의 고통을 이해하고 그녀를 보살펴주는 것에 초점이 맞추어진다. 그리고

7장과 9장은 무덤가에 앉아서 오빠에게 이야기하는 소녀로 영상화되고 장은 그녀를 몰래 따라와 이 모든 비극을 듣는다.

소설의 다양한 시점은 영화의 다양한 장르로 잘 그려지고 있다. 복합적인 시점의 혼용으로 자칫 일관성이 떨어지게 읽을 수 있는 부분을 영상장르의 다양화, 즉 영화적 서사구조의 변형, 다큐멘터리, 동화적 삽화, 애니메이션 등으로 이 영화는 매우 성공적으로 광주의 비극을 그려내고 있다.

3) 주변화된 주인공은 서사를 해체시킨다

우리는 소설의 주 내용이 소녀의 상처와 고통 그리고 어머니에 대한 무서운 죄의식이라고 읽을 수 있다. 그런데 영화화되면서 주인공들이 모두 주변화되고 있음을 보게 된다. 여기에서 나오는 인물들은 하나같이 상처를 입은 영혼들이다. 이렇게 고통받는 영혼들의 영상적 처리는 시대와의 상관성, 즉 권력의 폭력성에 주안점을 두고 있다. 소설은 다성적 목소리를 보여줌으로써 시대의 고통에 대해서 하나의 목소리가 아니라 다수의 목소리를 전하고자 하였다. 영화감독 역시 이러한 기능을 충분히 살리려고 했음을 알 수 있는데, 주인공들을 주변화시킴으로써 이러한 효과를 얻을 수 있다. 이 소설은 세 가지 시점에 의해서 세 가지의 주제를 보여준다. 나의 고통과 상처, 친구 여동생을 따라가는 우리들의 상처, 나를 지켜보면서 소문의 진실을 알아가는 남자의 고통 등이 동시에 비슷한 무게를 지닌 채 영상화되고 있다.

그렇다면 중심에 있는 내용, 즉 주된 주인공은 누구이며 어떤 이야기인가. 감독은 이렇게 복합적인 장르를 혼용해 가면서 어떤 내용을 중심에 두고 싶었을까. 1980년 광주가 담론화될 수 있었던 것은 1987년 6 · 29선언 이후에나 가능했던 일이었다. 그 후로 대통령 직선제가 합법화되었었고, 1988년은 5공 청산 청문회가 있었다. 이 영화는 1996년 그러니까 5 · 18이라는 역사의 비극적 사건이 사람들의 관심에서 잊혀져가고 있던 시점에 대중을 향해 지나간 역사의 진실에 대해서 또한 그 역사의 상처에 대해서 공감을 불러 왔다는 데 큰 의의가 있다. 물론 5 · 18에 대한 영화가 처음은 아니다. <부활의 노래>, <항쟁의 기억-세개의 시간>, <광주는 말한다> 등의 다큐멘터리 형식의 영화가 있었다. <부활의 노래>는 1979년 10 · 26사태로부터 비상계엄의 상황과 광주 민주항쟁에 이르는 격변의 과정을 그리고 있는 다큐멘터리이다. 이 영화는 야학을 통해 현실에 눈을 떠가는 인물들의 민주화 참여와 갈등을 그리고 있다. 몽타주 기법으로 민중의 의식을 깨우려고 시도한 작품이다.[20]

　90년대는 그야말로 세계화가 거침없이 우리의 생활을 변화시키고 있을 때였다. 대학생들의 관심이 더 이상 시대의 불합리에 항거하는 곳에만 머물지 않고 다방면으로 관심이 흩어졌다. 해외여행이나 토익에 더 많은 관심이 주어지고 있는 시점에서 영화 <꽃잎>은 젊은 이들의 어깨를 두드려 뒤를 돌아보게 해 주었다. 이 영화는 광주의 이야기를 우회적으로 접근하면서 해체적 서사 기법을 사용한다. 마치 추리물처럼 회고형식을 이용해서 장과 소녀의 관계를 가학적인 것과 피학적인 것에 초점을 맞추고 있다.[21] 소녀는 민주화와는 상관없어 보이는 어린 나이인데 그녀에 대한 성폭행은 짓밟힌 광주를 상징한다고 볼 수 있다.

　그렇다. 당시 상황을 경험해 보지도 않은 많은 젊은이들이 그 고

---

20) 유지나 외, 『한국 영화사 공부 1980-1997』, 이채, 2005, 117-118쪽.
21) 유지나 외, 『한국 영화사 공부 1980-1997』, 이채, 2005, 118쪽.

통을 공감하기란 역부족이다. 따라서 영화 속의 우리들의 소녀 따라
가기란 얼마간의 설득력을 가진다. 영화를 보는 관객 역시 그들처럼
그저 소녀의 행적을 따라가면서 바라볼 뿐이다. 영화의 '우리'는 많
은 사람들을 만난다. 그리고 우리는 그때그때의 감정들을 토로하면서
소녀를 찾기 위한 여행을 하는 것이다. 소설에서 '나'는 주변화되지
않고 자신의 심정을 토로하고 있는 중심인물인 것이다. 그러나 영화
의 '나'는 늘 주변화, 달리 말하면 타자화된다. 이는 영상의 효과를
생각한 작가의 장치일 것이다. 어린 소녀가 자신을 항변하거나 서술
하는 데는 한계가 있기 때문이다. 그녀의 알 수 없는 괴성, 눈물, 공
포, 고통, 기절 등을 그대로 보여줌으로써 권력의 폭력성을 보다 효
과적으로 드러낼 수 있었을 것이다. 이것은 마치 기아에 허덕이는 아
프리카 어린이를 돕자는 플래카드보다 피골이 상접하고 눈만 둥그렇
게 뜨고 있는 발가벗은 아프리카 아이가 더 많은 이야기를 하는 것
과 같다. 그녀를 보살펴준 '김'과 '장' 역시 주변화된 인물들이다. 이
들은 모두 자리를 잡지 못한 젊은이들이다. 특히 '장'은 공사판의 막
노동꾼인데, 그가 듣는 뉴스란 공사장 안에 떠도는 소문들이다. 그
소문들은 그 옛날 무수히 떠돌아다니던 것들을 전형적으로 보여주고
있다. 공사장의 인부들 사이에서는 간첩의 폭동이 있었던 것처럼 소
문이 떠돈다. 권력이 만들어 놓은 이데올로기의 허상을 보여주는 것
이라 할 수 있다.

 이 영화에 나오는 인물들은 모두 죄의식에 시달린다. '나'는 죽어
가는 엄마의 손을 필사적으로 뿌리치고 혼자 살아남았다는 죄의식,
'우리'는 함께 공부하던 친구를 혼자 보내고 그의 동생조차 찾지 못
한다는 죄의식, '김'은 자신의 죽은 어린 애인에게 해 주어야 할 것
을 이 소녀에게 못해 주었다는 죄의식, '장'은 소녀의 모든 고통을
다 알고서도 그녀를 보살피지 못하고 가버리도록 한 자책감 등등 많
은 자책의 목소리들이 등장한다. 그러나 영화는 이러한 자책감의 가

장 큰 원인을 화면 중간 중간의 폭력성을 통해 보여준다. 이들이 가지는 죄책감은 그들의 잘못이 아닌 것이다. 같은 민족의 군인이 국민에게 총을 쏘고 잡아가고 죽이는 참혹함을 그려준다. 누구인가. 영화에서는 이러한 시위현장에 국기를 보여준다. 그리고 '우리'들이 민박집에 머물렀을 때 우리는 대통령 취임사를 듣는다. 이 얼마나 아이러니한 일인가. 정작 살인을 저지른 주체는 아무런 고통도 느끼지 않는데 너무나 사소할 정도의 많은 사람들은 현실의 삶을 지탱하기가 어렵게 고통스러워한다. 폭력의 잔혹함에 폭력의 주체는 더욱 당당해지고 너무나 약한 폭력의 대상들은 더욱 비참해지는 것이다. 영화는 소설의 자의식적인 서술에 다큐멘터리 방식의 보여주기를 첨가함으로써 소설 속의 재현된 인물들에게 나름대로의 출구를 열어주려고 한 것은 아닐까. 소녀를 감싸 안아 재워주는 장의 모습에서 고통의 대상들의 상처 보듬기가 보이고 있다.

4) 영화에 삽입된 삽화들은 영상의 새로운 기호들이다

영화에 삽입된 과거는 크게 네 가지 색체로 보인다. 하나는 실제적 현장감이 느껴지는 흑백 다큐멘터리 형식이고, 두 번째는 행복했던 과거에 대한 회상으로 김추자의 <꽃잎>을 부르는 나의 귀여운 모습이 칼라로 보이고, 세 번째는 내가 두고 온 그리운 고향집에 대한 동화풍의 삽화이다. 여기에서 각각의 사물은 나의 부재를 아쉬워하는 인격체들로 나온다. 마지막으로 애니메이션 삽화인데 나는 나쁜 괴물에게 쫓기고 있고 그런 나를 흑기사인 오빠가 구하러 오는 것이다. 이러한 다양한 과거 묘사와는 다르게 현실을 나타내는 화면은 어둡게 그려진다. 현실의 소녀는 어떻게 과거를 인식하는가, 어떠한 통로로 과거가 그녀에게 의미를 던져주는가. 영화에서 소녀는 현실의 폭력이 있을 때 과거를 떠올린다.

　현실의 폭행, 즉 장이 그녀를 성폭행할 때마다 그녀의 고통은 현실의 고통이 아니라 흑백 다큐멘터리 화면 속에 있는 고통인 것이다. 그녀가 떠올리는 것은 시위 현장의 포성이며, 죽은 엄마의 눈이며, 또 찢기고 잘리는 사람들의 영상인 것이다. 소녀가 동네 아이들의 놀림을 당해 물속에 처박힐 때도 예비군복 입은 사내의 도움도 그녀에게는 흑백 화면에서 그녀를 쫓는 민간인을 죽이는 군인인 것이다. 그 사내는 옥포댁에게 소녀를 부탁하려고 그녀를 경운기에 태우고 가지만 그녀는 번번이 도망을 간다. 그녀가 도망을 치는 이유는 금남로에 있었던 군인에게 잡히지 않기 위함이다. 금남로의 공수부대원들은 그 시위현장에서 학생들을 짓밟고 구타하는 잔인한 사람들인 것이다. 장씨는 소녀에게 까닭모를 분노를 느끼는 것이다. 왜 이렇게 소녀를 구타하고 폭행하는가. 이것이 상징하는 의미는 무엇일까. 소녀는 장씨를 오빠라고 생각하고 그를 따라갔다. 그러나 소녀와는 다르게 장씨는 이 소녀에게 심한 분노를 느끼는 것이다. 소녀가 장씨로부터 폭력을 당할 때마다 겹치는 시위현장과 장씨의 발길질과 헬기의 진압에 쓰러지는 시민들의 영상이 겹치는 의미는 어떻게 읽어야 하는가. 우리는 여기에서 장씨의 상징을 범박하게 권력의 폭력성이라고 불러도 되지 않을까. 그렇다면 소녀는 광주의 상징이라고 불러도 될 것이다. 권력의 잔학함 속에서 혈육을 잃은 광주가 바로 장과 소녀의 상징성으로 읽혀질 것이다.

　이렇게 장과 소녀의 관계가 풀리다 보면 우리는 하나의 딜레마에 처하게 된다. 그것은 장의 변화이다. 장은 소녀를 통해서 그러한 잔혹한 소문의 진실을 알게 되고 그는 점점 소녀를 이해하게 되는 것이다. 이렇다면 폭력으로 대변되는 장이라는 인물이 왜 소녀의 상처를 이해하는가. 영화에서 장씨에게 부여한 두 가지 페르소나 때문에 우리는 장에 대한 이해가 가능해진다. 장이 영화 초반에서 중반까지 소녀를 폭행하는 것은 장씨의 현실에 대한 무지에서 발생한 것이다. 그는 자신을 따라오는 더러운 여자아이에게서 심한 삶의 부패를 경험했을 것이다. 그러나 그녀를 구타하면서 그는 그녀의 상처들을 들여다보게 된다. 이는 무작정 잘 알지도 못하는 어떤 사건에 대해서 사회가 만들어 놓은 허상을 부인할 수 있게 해 주는 계기가 된다. 그는 동시대의 무지한 사람들의 페르소나인 것이다. 두 번째 그는 그녀의 고통의 근원이 이 시대의 비극에 있다는 것을 알게 된다. 즉 전자의 정신적 무지에서 시대의 참상을 이해하고 소녀를 보다 잘 이해하는 각성된 페르소나를 가진다. 이것이 소녀에 대한 장의 태도를 변화시킨 것이다.

우리가 주목할 만한 또 하나의 삽화적 장면은 소설의 프롤로그를 에필로그로 처리한 영화의 마지막 장면이다. 이 장면은 마치 소녀의 상처도 장의 폭력성도 우리의 상처도 없는 평화로운 장면이다. 바다가 내려다보이는 산언덕 위의 무덤에서 한 남자는 여기에 있었던 여자아이의 모습을 기억한다. 하지만 그는 관객에게 조용히 읊조린다.

<그녀가 당신에게로 다가오더라도 걸음을 멈추지 말고 그녀가 지나간 후 뒤를 돌아보지도 마십시오.>

우리는 영화 <꽃잎>으로 90년대에 80년대를 회고하게 되었다. 내면화된 서사 기법들을 통해서 효과적인 리얼리즘을 획득하고 있음도 지적할 수 있겠다. 외부의 폭력이 아니 정확히 말하면 권력의 폭력성이 한 개인의 내면을 어디까지 파괴할 수 있는지도 지켜볼 수 있다. 지금까지 숨겨진, 그러나 알려져야 하는 역사의 비극을 가장 순수한 영혼의 파괴로 상징적으로 형상화시켰다. 그렇게 꽃잎과 같았

던 소녀의 웃음과 소녀의 귀에 꽂은 꽃잎은 우리 앞에서 사라져 가는 비극을 목격해야 하는 것이 이 영화를 보는 관객의 의무인 것이다. 감독은 '치유 불가능한 광기의 시대[22]'를 치유하기 위해서 그 상처의 가장 큰 흉터를 영상으로 그리고자 하였다.

4. 〈서편제〉의 영화 구두법의 변형에 의해 한이 예술화되다

▶ 이청준 원작 〈서편제〉, 임권택 감독 〈서편제〉

1) 한의 다성성이 영상을 통해 보여지다

문화 중에서도 특히 21세기를 주도하는 것은 영화라는 매체이다. 영화는 문학의 서자 정도로 인식되었으나 이제는 그 역할이 점점 커지면서 문화적 장자의 자리를 굳혀 가고 있다. 문학작품의 감동을 영화로 다시 보았던 과거와는 달리 영화의 감동을 잊지 못해 원작을 찾는 경우가 많아졌다. 대표적인 예가 본고에서 다루고자 하는 <서편제>이다. 소설 <서편제>는 영화 <서편제>가 나오고 나서 다시 재판이 나오게 되며 많은 독자층들은 다시 읽기의 기회를 가지게 되다. 다시 읽기는 시대적 상호 작용을 통해 새로운 의미를 창출하게

---

22) 조해옥, 「치유 불가능한 광기의 시대」, 『영화 속의 혹은 영화 곁의 문학』, 모아드림, 2003,

해 준다. 영화가 상영되고 소설 <서편제>는 영화 <서편제>와 함께 다양한 다시 읽기를 겪는다.

영화 <서편제>는 기본적으로 예술지상주의를 추구하는 작품이라고 평하는 논자[23]가 있는가 하면 소설과 영화를 자세히 분석하면서 영화를 바라본 노귀남[24]은 <서편제>가 전수자, 지킴이, 도돌이라는 구도를 설정하고도 그 가운데 리얼리티를 구현하지 못하고 있다고 지적한다. 또한 바흐친이 러시라 형식주의자들을 비난하던 '고립된 언어적 요소의 사물화'를 인용하면서 영화 <서편제>를 반편(半偏)제라고 비난하는 견해도 있다.[25] 그러나 이러한 비판적인 논의와는 반대로 영화 <서편제>를 '길'의 회귀와 불귀, 맺힘과 풀림이라는 주제적 측면을 강조하는 논의[26]와 기호학적으로 한의 세앙스를 살펴보는 논의도 주목할 수 있었다.[27]

여기에서는 소설 <서편제>가 영화 <서편제>로 변환되면서 어떠한 요소가 첨가되고 각색되었으며 그러한 변환이 어떤 문화적 코드를 품고 있는지 살펴보기로 한다. 소설과 영화는 다른 범주이기 때문에 서로의 우열을 가리는 것은 지양하고 하나의 예술이 또 다른 예술로 거듭날 때 대중의 호응을 더 받았다면 거기에는 분명 문화를 읽어 내는 공식이 존재할 것이다. 바흐친의 대화주의와 다중언어성을 나타내는 다성성(polyphony), 다른 예술장르와 가지는 상호텍스트성(intertextua-lity), 축제성(carnival)을 가지고 서편제를 풀어 갈 실마리를 찾아보고

23) 이동진, 「(서편제)와 (패왕별희)」, 『영화같은 세상을 꿈꾸며』, 도서출판 둥지, 1995.
24) 노귀남, 「소리의 빛과 한의 리얼리티」, 『소설구경 영화읽기』, 청동거울, 1998, 260쪽.
25) 김영민, 「<서편제>혹은 '반편제' - '신토속주의를 경계한다'」, 『철학으로 영화보기, 영화로 철학하기』, 철학현실사, 1994.
26) 김지석, 「길, 실패한 꿈의 기록 - 임권택론」, 『한국 영화 읽기의 즐거움』, 책과 몽상, 1995. 94쪽.
27) 김경용, 「한의 육화, 한의 세앙스」, 『기호학의 즐거움』, 민음사, 2001.

서편제의 신화적 상상력(Mythic Imagination)을 살펴보도록 하자.

<서편제>의 한은 부정적 / 긍정적, 소극적 / 적극적, 상처 / 치유, 맺힘 / 풀림, 무의식 / 의식, 검은빛 / 흰빛, 복수 / 용서, 파괴 / 창조 등등 수많은 대립쌍을 가진 수레바퀴이다.[28] 여기에서 한은 삶의 응어리이기도 하지만 삶의 원동력이기도 하다는 역설이 가능해진다. 소설에서 주인공들은 모두 각각의 한을 가지고 살아간다. 그러나 영화로 옮겨오면서 이 한 살이는 더 많은 목소리를 담는다. 중심인물의 한의 목소리는 더욱더 애절해지고 그에 못지않게 주변 인물들의 한의 목소리도 중요하게 어우러져서 등장한다. 영화 <서편제>를 보면서 한을 육화할 수 있는 것은 주인공들의 목소리뿐만 아니라 주변 인물들의 목소리에도 그 비중은 크다고 할 수 있다. 영화에서 유봉의 이야기, 동호의 이야기, 송화의 이야기는 소설과는 다르게 조금씩 변화를 보이고 있으며, 소설에 등장하지 않은 낙산거사와 악극단 친구 송도상은 한의 다성성을 실현시키기 위한 중요한 장치이다. 먼저 유봉은 소설에서와 마찬가지로 아내를 잃는다. 그러나 영화로 오면 유봉의 한이 더 깊을 수밖에 없어진다. 가설무대 노래꾼 친구들의 목소리로 들려지는 유봉은 스승의 여인과 눈이 맞아 결국 스승에게 파면 당하는 불운을 가졌고, 소설에서는 자기 자식을 얻는데 영화에서 유봉은 자기의 혈육을 잃고 만다. 소설의 송화는 친딸이지만 영화의 송화는 거리에서 만난 고아이며 동호 역시 죽은 부인의 자식일 뿐이다. 사랑하는 여인을 잃고 피도 섞이지 않은 남매를 키우면서 살아가는 홀아비는 한의 기의를 잘 드러내준다. 유봉의 희생적인 양육에도 불구하고 동호가 아비에게 반항하는 것은 그것을 바라보는 관객의 마음을 쓰라리게 한다. 동호는 소설에서 송화의 오빠로 등장한다. 아들이 어미의 죽음을 경험하면서 의붓아비에게 가지는 원한은 기본

---

28) 우찬제, 「한의 역설」, 『서편제』, 열림원, 1998, 208쪽.

적으로 똑같지만 누이에 대한 한은 조금 다르게 나타난다. 영화에서 엄밀히 말하면 동호나 송화는 고아인 것이다. 전혀 혈육이라곤 섞이지 않은 오누이이기 때문에 서로에 대한 연민은 더 클 수밖에 없다. 송화의 목소리도 조금은 달라진다. 소설에서 송화는 오라버니를 기다리는 것에만 한이 있지만 영화의 송화는 동생이 떠나고 식음을 마다하고 몸져눕고 아예 소리까지 하지 않는다. 이런 송화가 두려워 아비는 부자를 끓여 먹인다. 이 약의 정체를 알고도 먹는 송화의 한은 소리에 육화되어 나타나고 있으며 관객에게 연민의 감정을 증폭시킨다. 소설에서는 한을 계속 담고 있는데 비해 영화에서는 한을 넘어서는 득음의 경지를 펼쳐 보이고 있다. 소설의 송화는 친아비 곁에서 자라는 덜 불행한 소녀이지만 영화의 송화는 조실부모하고 의지 삼던 동생과 헤어지고 눈까지 멀게 되는 것이다. 이러한 영화 속 송화를 보여주는 목소리는 더욱 많은 한을 담고 있다.

　낙산거사의 목소리와 판소리 악극단 송도상의 목소리도 한을 구현하는 중요한 목소리로 등장한다. 영화 속 낙산거사는 중요하게 3번 등장한다. 한 번은 잘나가던 거리화가로 소리꾼인 유봉에게 딸 송화를 자기 밑으로 보내라고 농담까지 한다. 두 번째는 송화가 신음을 전패하고 몸져누워 있을 때 유봉의 이야기를 들어주는 청자의 입장으로 등장하지만 이미 그 전의 인기와는 차이가 있게 묘사된다. 마지막은 동호의 현실에서 만나게 되는 낙산거사다. 이미 다 늙어버린 낙산의 모습만큼이나 그의 그림에 대한 세상의 관심도 없어진 지 오래다. 그를 통해 송화의 행방의 중간을 듣게 된다. 그는 또 다른 한을 가진 목소리이다. 세상을 버겁게 짊어지고 살아가는 사람이다. 악극단의 송도상도 마찬가지로 소리의 한을 가지는 목소리로 등장한다. 그는 영화에 두 번 등장한다. 과거 판소리가 인기를 끓었던 시절엔 주연을 맡아 잘나가던 소리꾼이었는데 그 후 유봉이 만났을 땐 아편을 그만두지 못하는 가난한 소리꾼의 모습이다. 소리꾼 30년을 작부생활 30년에 비교하면서 남은 것은 아편뿐이라고 말하는 송도상의 목소리 또한 한의 기의를 가진다. 영화는 소설보다 더 많은 목소리를 드러내고 있다. 왜냐하면 영화라는 매체는 언어 외적인 요소를 잘 갖추고 있을 뿐만 아니라 강세와 억양을 가진 말을 들을 수가 있으며 그 말에 수반되는 표정까지도 볼 수 있다. 화면을 통해서나 다른 보조적인 영화 기법을 통해서 영화는 가장 이상적으로 바흐친의 상황적 함의를 표현할 수 있다.[29)

2) 한의 상호텍스트성은 복합적 서사를 실현한다

소설에서 영화 <서편제>로 거듭날 때 문화적 상호텍스트성은 중요한 코드가 되고 있다. 상호텍스트성이란 한 텍스트를 둘러싼 언술들의 얼개이며 언술의 확산 및 유포과정과 그 안에서 발견되는 언술의 영향력을 말한다. 즉 예술적인 텍스트는 당시대 전체적인 문화적 맥락 안에서 이해되어야 한다는 것이다.[30) <서편제>의 한을 구현하기 위해서 사용한 문화적 상호 작용의 맥락을 보면 다양하다. 낙산거사를 통한 그림의 퇴락, 서양악극에 밀리는 장터 풍물패의 모습, 판소리 가설무대의 풍경, 동호가 집을 떠나는 다툼, 당시의 주막풍경의 변화, 명창의 몰락, 전쟁 후의 집들 등등 많은 요소와 얽혀 있는 구조이다. 영화에서 그림을 그리는 낙산거사와의 대화, 장터판소리를

---

29) 로버트 스탬, 원용진 옮김, 「바흐친과 대중문화 비평」, 『바흐친과 문화이론』, 문학과 지성사, 1995, 318쪽.
30) 로버트 스탬, 위의 논문, 329쪽. 이 용어는 줄리아 크리스테바가 바흐친의 대화주의를 번역하면서 도입한 것이다.

멀리하고 서양악극을 쫓아가는 군중 행렬, 약장수와의 싸움, 명창 송
도상과의 판소리 몰락에 대한 대화는 문화적 장르들의 사회적 담론
을 담고 있는 사회적 다중언어이며 대화화의 상호 작용31)이라고 볼
수 있다.

낙산과 유봉의 영화 초반부의 대화32)는 한 개인의 대화를 넘어서
는 문화적 상상력을 가진다. 낙산의 "왜정 때는 엔까가 판을 치더니
해방되고 나니까 양놈들 노랫소리가 판을 치니 한물간 소리 배워봤
자 앞길이 막막할꺼야, 나한테 그림이나 배우면 굶는 건 면할꺼다"
라는 말에 유봉은 "왜놈 노래 양놈 노래가 우리 판소리를 당하기나
하냐, 두고봐라 이놈아, 판소리가 판을 치는 세상이 오고야 말테니
까"라고 말한다. 소설에서는 등장하지 않은 요소이지만 영화에서는
한을 읽어 가는 상호텍스트성으로 필수적인 장치이다. 이 영화에서
는 리얼리즘적인 접근을 시도하지는 않는다. 하지만 낙산과 유봉의
짧은 대화는 소리가 처한 상황과 소리가 받아왔던 냉대를 읽어 가게
해 준다. 왜놈음악이란 일제치하에서의 문화적 유린을 말하며 양놈
노래란 자주적이지 못한 해방의 꼬리표를 상징하는 맥락이다. 낙산
의 말의 의미는 왜놈 양놈 음악을 막지 못하는 음악일랑 그만두라는
것인데 결국 자신의 그림을 설명하는 데 그 실마리를 두고 있다. 낙
산은 그림을 그리면서 글자를 써주며 풀이해 준다. 예를 들면 "백성
'민' 이제 해방이 되었으니 백성도 우대를 받아야 한다 해서 봉황을
그려 넣고"와 "기둥 '주'자, 사람이나 짐승이나 마음 기둥이 바로 서
야 해, 그래서 소나무로 기둥을 삼고 학을 앉혔지" 등의 그림 해설
은 나름대로의 그림에 대한 자부심과 자존심을 나타내고 있다.

유봉 가족은 이렇게 변화하는 사회에서 오로지 판소리만을 지키면

---

31) 마이클 데이빗슨, 유명숙 옮김, 「시적 담론의 대화성」, 『바흐친과 문학이론』,
  문학과 지성사, 1997. 224-233쪽.
32) 임권택 엮음, 『서편제-영화이야기』, 하늘, 1993.

서 살아가는 애처로운 모습이다. 약장수를 따라 다니던 유봉은 동호의 북소리에 신경이 거슬려 밤에 야단을 치는데 약장수는 "아이고 그놈의 알량한 소리 갖고 되게 유세하고 짜빠졌네", "안 그래도 빠요린쟁이하고 바꿔칠라고 하던 참인디"라고 유봉가족을 해고시킨다. 판소리는 세상을 판치기보다는 어느새 알량한 문화가 되어 버린 것이고 서양 악기인 바이올린과 바꿔치기 당할 운명인 것이다. 이는 음악에 있어서 당시의 문화적 인식을 보여주는 것이라 할 수 있다. 약장수의 소리에 대한 힐난은 당시의 판소리를 바라보던 사회적 기대지평인 것이다. 즉 '알량한 소리'라고 말하는 것으로 이미 판소리에 대한 냉대를 무의식적으로 외재화시키는 것이다. 시대적 상황과 유기적으로 읽을 수 있는 상호 텍스트적 대화로는 동호와 유봉의 다툼을 들 수 있다. 동호는 배고픈 누이에게 소리를 가르치는 아비를 향해 "누님, 이젠 소리로는 먹고 살기 힘든 세상이여, 괜히 쓸데없는 짓 하다가 골병들지 말고 관두란 말이여"라고 소리친다. 이에 유봉은 "뭐여 야 이놈아, 쌀 나오고 밥 나와야 소리 하냐? 이놈아 지가 미치고 득음을 하면 부귀공명보다도 좋고 황금보다도 좋은 것이 이 소리속판이여"라고 응수한다. 이미 사회는 변하고 있는데 유봉의 소리에 대한 병적인 집착이 이 영화의 한의 원천이 되고 있다. 그렇다면 여기에서 한은 무엇을 말하고 있는지 살펴볼 필요가 있을 것 같다. 작가 이청준이 밝히는 한의 본질이란 "아픔이나 원망이 쌓여가고 풀리는 감정상태로서가 아니라, 그 아픔을 함께 껴안고 초극해 넘어가는 창조적 생명력의 미학"이며, 우리는 이 작품을 통해서 함께 아파해 주고 있거나 대신 아파해 주고 있다는 것이다.[33]

---

33) 우찬제, 위의 논문, 208쪽.

3) 한은 축제성을 가진다

소설과 영화에서 한의 의미를 살펴보면 한이 단순히 부정적이 아니라는 것을 알게 된다. 한은 삶의 회한이기도 하지만 삶의 원동력이기도 하고 삶의 체념이기도 하지만 기다림이기도 한 매우 복합적인 정서임을 소설과 영화 <서편제>에서 살펴볼 수 있었다. 로버트 스탬이 내린 바흐친의 축제에 대한 정의 중에서 '우파, 좌파 가릴 것 없이 모든 이들에게 호소할 수 있는 것'과 '세속적인 시간과 거리가 있는 성스로운 장소로서의 축제'의 내용은 <서편제>를 축제로 바라보게 한다. 축제는 언어규칙을 거부하며 신과 권위와 사회적 법칙에 도전한다. 이러한 전복적 성격 때문에 축제라는 말은 협소하게 희화적인 의미로 사용되어 왔다.[34] 축제의 참여자는 배우와 관객 모두이다. 각각은 자신의 개별성을 상실하고 축제적 활동의 영점을 통과하며 볼거리의 주체와 놀이의 객체로 분열된다. 축제 속에서 주체는 무로 환원되며, 타자화되며 가면의 익명성을 얻는다.[35] 우리는 서편제에서 한이 쌓이면서 풀리는 장면을 여러 차례 보게 된다. <서편제>의 주인공들은 쌓인 한을 소리로 풀어내며 그 한은 응어리가 풀리게 되고 자신들의 한을 넘어서 보편적 정서의 한으로 거듭나면서 한은 타자화되고 익명성을 얻게 된다. 따라서 독자는 한이 풀리는 그 장면을 통해 일종의 축제성을 경험하게 된다. 맺힘과 풀림의 반복구조가 한의 구조라면 풀림의 지점에서 축제성은 발현될 수 있다. 영화를 기준으로 축제성이 보이는 곳은 네 부분이다.

첫째, 술집에서 약장수와 다투고 헤어진 뒤, S자 길에서 유봉, 송

---

34) 줄리아 크리스테바 여홍상 옮김, 「말, 대화, 그리고 소설」, 『바흐친과 문학이론』, 문학과 지성사, 1997, 253쪽.
35) 줄리아 크리스테바, 위의 논문, 252쪽.

화, 동호는 그들 나름대로의 축제를 즐기게 된다. 이는 판소리가 인기를 잃어가면서 점점 밥벌이조차 힘들어지고 있는 것과는 반대로 그들의 <진도아리랑>과 흥겨운 장단과 춤은 카메라의 롱 테이크 처리와 함께 축제적 구조를 띤다. 유봉의 노랫말에서 "사람이 살며는 몇백년 사나, 개똥같은 세상이나마 둥글둥글사세"는 그야말로 민중 축제의 성격을 그대로 드러내준다. 세 사람의 움직임을 5분 넘게 잡고 있는 카메라의 앵글에 관객들도 전혀 시간을 의식하지 않고 그들의 흥에 매료된다. 더 정확히 말하면 그들의 한풀이에 참여하는 것이다. 이는 소설 남도사람1, 2에서 제시하는 한이다. "사람의 한이라는 것은 인생살이 한평생을 살아가면서 긴긴 세월 동안 먼지처럼 쌓여 생기는 것이며, 어떤 사람들한테는 외려 사는 것이 한을 쌓는 일이고 한을 쌓는 것이 바로 사는 것(소리의 빛-남도사람1)"이며 "자기의 한 덩어리를 지니고 그것을 조금씩 갈아 마시며 살아가는 위인들이 있는 듯 싶데그랴. 그런 사람들한테는 그 한이라는 것이 되레 한 세상 살아가는 힘이 되고 양식이 되는 것(소리의 빛-남도사람2)"이라고 말한다.

두 번째는 송도상에게 작중 초반에 자존심을 많이 상한 유봉이 아편으로 삶을 연명하는 그에게 먼저 화해를 취하는 것이다. 한이 상처/치유이면서 원한/용서라는 대목이다. 그는 과거에 모멸감을 주었던 송도상을 찾아가 자신이 스승에게 미처 배우지 못한 옥중가를 배운다. 축제란 성스러운 장소에서 벌어지는데 그 성스러움은 예술의 장엄함이 구현되는 곳이라 할 수 있다. 아편을 하는 송도상의 방은 옥중가를 부를 때는 신화의 공간이 되며 예술이 구현되는 신성한 곳이 된다. <진도아리랑>의 롱 테이크 장면의 고불고불한 길 역시 축제의 신성한 장소가 되는 이유와 일치한다.

셋째, 닭을 훔치고 실컷 얻어맞으면서 딸에게 득음의 경지를 가게 하는 쓰러져 가는 초가집의 공간이 바로 축제의 공간이라 할 수 있다. 소릿재 패가에서 유봉은 송화에게 남의 집 닭까지 훔쳐 먹인다. 닭 주인의 쌍소리와 몽둥이질에 유봉은 일말의 불평도 없이 바로 "아따, 그놈의 자식, 목청한번 좋다, 너 들었쨔, 심봉사가 선인들한티 화를 내는 성음은 저렇게 나와야 되는 것이여, 엉?"이라고 받아친다. 관객은 서글픔을 느끼는데 배우는 그 상황을 희화시키면서 그 장을 축제화시킨다. 넷째는 동호가 고생해서 누이를 만나는 마지막 씬이다. 그들은 서로를 알아보면서도 한이 다치게 하지 않으려고 소리만 하다 헤어진다. 동호는 "소리를 쫓아 남도천지 안 돌아본 데가 없는 위인이오"라고 말하면서 자신이 누이를 찾아 헤매었던 시간의 한은 이야기하지 않는다. 거기에 송화는 "들을 만한 데도 없이 천하기만 한 소리요"라는 말을 대신하고 그녀의 수많은 기다림의 시간을 알리지도 않는다. 그러나 그들은 소리를 통해 그들이 얼마나 찾고 기다렸는지 그들의 한을 풀어낸다. 하룻밤 동안의 시간과 소리의 공간은 그야말로 작중인물들만의 해후가 아니라 그것을 바라보는 관객들의 기다림이고 만남인 것이다. 이 마지막 장면의 롱 테이크는 <소리의 축제>라고 불릴 수 있으며 관객은 눈시울을 붉히면서 뭔가 아쉽기도 하고 후련하기도 한 양가적 감정을 가지게 된다. 송화의 "우리는 간밤에 한을 풀었냈어요."의 말은 한을 통한 득음의 경지를 보여주는 대목이라 할 수 있으며 송화는 기다림의 짐을 버리고 다시 떠날 수 있는 것이다.

4) 신화적 상상력이 서사의 수수께끼를 풀다

인간이 죽어서 다른 무엇으로 된다는 것은 사후의 세계가 인정된 신화적 사유의 산물이다. 인간이 과거로 연결된 현재, 미래로 연결된 현재를 인식한다는 것 자체가 인간이 신화적 존재로 읽혀지는 대목이다. 소설에서는 동호라는 오빠가 누이와 소리를 찾아 떠나는 여정 형식으로 되어있다. 소릿재에 소리꾼이 산다는 소식을 듣고 동호는 그곳을 찾아간다. 여기에서 듣는 소릿재라는 이름의 유래는 자기가 그토록 싫었던 아버지의 유골이 묻힌 곳이어서 그렇게 불려지게 된 것이다. 신화에서는 죽고 난 후에 꽃으로 변한 경우가 자주 등장한다. 유명한 수선화는 나르시소스의 신화에서 유래되었고, 아도니스 신화에서 나오는 장미꽃의 신화, 중국의 신농씨의 요절한 아름다운 딸 요희가 환생한 요초, 아티스의 제비꽃 신화 등 무수히 많은 꽃들이 환생한 것들이다. 그러나 신화에서는 눈에 보이는 유형적인 것에만 환생을 부여한 것은 아니다. 나르시소스를 사랑하다 남게 된 에코의 슬픈 목소리가 있는가 하면 눈에 보이지 않는 바람까지도 사체, 즉 죽은 자의 것이 생명을 얻은 것이라는 상상력이 바로 신화이다. 중국의 반고라는 거인은 일만 팔천 년 동안 잠을 자다가 기지개를 켜고 깨어난다. 반고가 죽었을 때 그의 모든 몸은 우주를 구성하는 요소가 되는 것이다. 마찬가지로 평생 소리만 하다가 죽은 유봉의 몸은 소릿재의 소리가 되어 듣는 이의 가슴에 그 한이 느껴지게 하는 것이다. 사체화성설(死體化聲說)이라고 불러야 할 것이다. 유봉은 친자식은 아니지만 아들인 동호와 친딸 송화에게 소리를 가르친다. 소리를 좋아하는 송화와는 달리 동호는 그 소리가 지겹기만 해진다. 결국 소리를 버리고 아비와 누이동생을 버리고 혼자 도망을 치는 지경에 이른다. 이에 아비는 딸조차 자신과 소리를 떠날지도 모른다는 공포에 송화의 눈이 멀어지게 하는 약을 먹인다. 명목상으로는 소리의 한을 심어 주기 위한 것이라 변론하지만 자식과 소리를 동시에 잃을 것을 우려한 매정한 부정이라고도 볼 수 있다. 레비스트로스는 신화가 우리에게 매우 중요한 것을 하나 주었는데 그것은 인간이 우주를 이해할 수 있는 환상이라고 말한다. 아마도 서편제의 유봉의 매정한 부정은 예술의 신화라고 하는 환상이 아닐까?

신화의 진정한 목적이 객관적 세계상을 제공하는 것이 아니라 인간들이 세계 속에서 자신을 이해하는 방식인 것이다. 우리는 유봉이 송화에게 소리의 한을 심어 주기 위해서 눈을 멀게 하는 신화소를 북유럽의 오딘의 신화소에서 그 실마리를 풀어 갈 수 있다. 오딘은 만물의 아버지라고 불리는 신인데 한쪽 눈으로 전 세계를 둘러볼 수 있는 지혜를 가진 신이다. 처음부터 눈이 한쪽인 것은 아닌데 그는 지혜를 얻기 위하여 한쪽 눈을 잃게 된 것이다. 하루는 거인 이미르의 샘에 가서 이미르의 샘물을 마시고 싶다고 말하면서 지혜를 더 쌓고 싶다고 말한다. 그때 이미르는 오딘의 한쪽 눈을 빼서 이미르의 샘에 던졌다. 그 후부터 오딘은 애꾸눈으로 세상을 바라보지만 세상에 대한 그의 지혜는 한층 깊어졌다. 질베르 뒤랑에 의하면 신화적 작용은 끊임없이 되풀이되며, 신화적 몽상 때문에 인류는 희망을 갖고 살아올 수 있었으며, 그 몽상 속에서 신화적 유산은 이어져 왔다. 득음의 경지에 도달하기 위해서 유봉은 송화의 눈을 멀게 했다. 이는 최상의 것을 얻으려면 진정으로 소중하게 여기는 것을 희생해야만 한다는 일종의 신화작용이라고 할 수 있다.

이 소설에서 가장 감동적인 장면은 동호가 누이동생 송화와 맞대면하는 것이라고 할 수 있다. 동호는 자신의 신분을 직접 말하지는 않지만 송화는 이미 그가 자기의 오라비임을 직감적으로 알게 된다. 둘은 소리와 장구에 의해서 하나가 된다. 여기에서 우리는 신화에 뿌리 깊게 전해 내려오는 창조신화로서의 오누이 신화를 떠올리게 된다. 세상에 남은 것은 오누이뿐인 신화에는 중국의 신화인 여와와 복희가 있고 일본의 이자나기와 이자나미의 신화가 있으며 한국 맷돌 신화의 오누이가 있다. 오누이는 자신들의 처지에 대해서 고민하다가 신에게 그 해답을 구하게 된다. 복희와 여와는 세상을 창조하는 데 있어서 둘의 결합의 당위성을 두 산봉우리의 연기가 하나로 합쳐지는 것으로 허락을 받는다. 인류는 그로써 탄생되었으며 일본의 이자나기와 이자나미는 부족한 것과 남는 것을 일치시킴으로써 일본이라는 섬을 하나씩 만들어 냈다는 것이다. 한국의 오누이 역시 숫맷돌과 암맷돌이 산 위에서 구르다가 자연스럽게 일치되는 것을 신의 허락의 징표로 받아들인다. 서편제의 오누이는 소리에 의해서 상징적으로 결합되는 상징적 근친이라 할 수 있다. 이러한 근친이 예술적으로 승화되고 있는 근본적인 이유는 소리를 통해 하나의 예술세계를 창조하기 때문이다. 이는 일련의 동양의 오누이 신화가 세계를 창조하기 위해 이루어 놓은 상징적 당위성의 신화소가 담겨 있기 때문이다.

지금까지 나는 소설 <서편제>가 영화 <서편제>로 변환되면서 가지는 문화적 의미를 바흐친에 기대어 읽어 보았다. 다성성, 상호텍스트성, 축제성, 신화성은 문자매체에서 영상매체로 이행하는 과정에서 한을 구현하는 도구가 되고 있다. 따라서 한의 국면이 소설에서와는 다르게 축제적 의미를 가지게 된다는 것을 살펴보았다. 소설에서의 한이 얽음을 주로 했다면 영화에서의 한은 그때그때 풀림을 보여주고 있기 때문에 관객은 한의 정서에 더 쉽게 공감을 하게 된 것이다. 영화텍스트에서 시작해서 문학텍스트로 이행한 이유가 바로 영화에서 보여주는 한의 국면이 소설에서 보이는 한보다는 축제성이 더 드러나기 때문이다.

오늘의 문학은 더 이상 혼자서만 존립할 수 없게 되었다. 이는 호불호를 떠나 문화적 추세로 이어지고 있다. 국문학과 영상문학이라는 영역은 앞으로 인문학이 나아가야 할 중요한 탈출구임에 재론의 여지가 없다. 덧붙여 말하자면 국문학이 영상문학과의 연계성을 가질 뿐만 아니라 다양한 문화매체와의 연관성을 가지면서 발전해야 한다고 생각한다. 영화뿐 아니라 애니메이션의 서사나 게임서사의 아이디어 뱅크로서 문학의 영역을 보다 확장해 나아가야 할 것이다. 이는 문학을 접하는 신진세대들이 영상세대이기 때문이기도 하고 우리가 나아가야 할 문학은 줄리아 크리스테바의 상호 텍스성이 강조된 문학이기 때문이다.

1. 창조적 공간과 우주적 세계관으로
〈웰컴투 동막골〉 읽기

▶ 영화〈웰컴투 동막골〉의 서사적 읽기

1) 창조신화의 세계관이 구현되다

　과학적이고 합리적인 현실 속에서 신화를 논하는 것이 어쩌면 이미 사라져 버린 무지개를 찾는 것일지도 모른다. 한때 미래공상영화가 문화의 전반을 차지했던 적이 있었다. 인류의 끝임 없는 발전 욕구가 문화에 하나씩 많은 부작용과 폐해를 일으키기 시작했다. 과학에서는 복제가 일어나고 있고, 우리에게 고기를 제공하던 동물들은 병들어 가고 있으며 오존층이 얇아져서 세계 이곳저곳에서 심각한 기후의 재앙을 경험하고 있다. 또한 인간의 욕심에 의해 서로 살상하는 일이 빈번해지고 있는 현대에 사람들은 들뢰즈가 말하는 유목민처럼 과학과 발전으로 치닫는 현실에서 그것과는 먼 곳으로 유랑을 시작했다. 그 유랑은 미래가 아닌 듯하다. 이제 인류는 세상을 향한 원심력에 관심을 두기보다는 인간 자신을 향한 구심력에 힘을 모으고 있는 것이다. 파스칼이 말한 대로라면 기하학의 정신이 아니라 섬세의 정신을 갖고자 함이 분명한데 그러한 움직임의 선봉에 선 것이 영화이다.[1]

최근 개봉되는 동서양의 영화는 어찌 보면 시대를 왜곡하는 듯한 인상마저 든다. 아니 관점을 달리하면 인류는 지금 해결책을 위한 유랑을 시작하고 있는 것인지도 모른다는 긍정적인 생각을 하게 한다. <해리포터>, <반지의 제왕>, <매트릭스>, <트로이>, <킹덤오브해븐>, <신화>, <스파이더맨 2>, <슈퍼맨 리턴즈> 등의 동·서양 영화에서 보이는 영웅 신화의 신화소와 신기한 일들이 판치는 신화적 세계관은 우리의 현주소가 신화의 시대임을 말해 주는 근거가 되고 있다.

한국 영화 역시 이러한 흐름에서 조금도 비껴가지 않는다. 최근에 나온 <황산벌>과 <반칙왕>이 영웅 신화의 면모를 보여주는 것을 시작으로 많은 영화에서 신화의 세계관은 영화 서사의 중핵을 이루고 있다. 최근에 우리 영화의 이야기는 어디에서 한번쯤은 보았음 직한 익숙한 서사구조를 이루고 있다는 말이다. <말아톤>, <내 생애 가장 아름다운 일주일>, <웰컴 투 동막골>, <친절한 금자씨> 등에서 보듯이 이야기의 내용은 그다지 새롭지 않다. 그렇다면 왜 갑자기 유비쿼터스를 외치는 과학의 시대에서 우리 영화는 친숙한 이야기 구조로 선회했을까. 이는 환상성과 신화성이라는 세계의 문화흐름과 같

---

1) 이왕주, 『철학, 영화를 캐스팅하다』, 효형출판, 2005, 94−98쪽.

은 흐름에서 보아야 할 것이다.

혹자는 과학이 우리에게 너무나 많은 정보를 주고 인간을 왜소화
시킨 나머지 우리 인간은 가야 할 곳을 잃어버렸다고 한다. 즉 현대
문명의 위기라는 미궁에 현대인은 갇혀 있는데 그곳에서 나오기 위
해서 우리는 "처음부터 인간이 왔던 그 본원적 자리를 다시 되짚어
가 보는 것2)"이라고 말한다. 이와 더불어 사람들은 9·11테러를 지
켜보면서, 이라크 전쟁을 겪으면서, 광우병의 공포를 무서워하면서
사유의 세계를 신화 안으로 천착하게 되었던 것이다. 인간의 사유의
가장 내밀한 곳에서 과학은 이울고 있고 그 자리에 신화는 비밀스럽
게 또아리를 틀고 있다. 바야흐로 인간의 사유는 신화라는 상상력을
불러들이게 되었고 그 신화의 하이퍼텍스트3)로서 영상매체들은 다
양한 신화적 서사를 재현해 주고 있다. 여기에서는 영화 <웰컴투 동
막골>을 논의하기 위하여 창조신화의 형성과 세계관을 개괄적으로
검토하면서 인간의 원형적 신화소로서 유토피아적 세계창조의 욕망
을 읽어 보고자 한다. 그러한 유토피아적 집단무의식의 희망이 동막
골이라는 숲을 통해서 구현되고 있음을 살펴보고 그러한 신화적 공
간이 추구하는 것이 신화적 대칭성이라는 것에 착안하고 그것의 의
미와 구현 양태를 살피고 또한 신화적 상징들을 읽어 보고자 한다.

인간과 세계는 어떻게 창조되었는가. 세상을 창조한 신화소는 우
주창조, 신 창조, 인간창조 등의 세 가지 분류가 있을 수 있는데 주
로 없음에서 있음을 창조하는 행위라고 볼 수 있다.4) 우주창조는 우

---

2) 정재서, 『이야기 동양 신화 2』, 황금부엉이, 2004, 11쪽.
3) 로버트 스탬 외, 이수길 외 옮김, 『어휘로 풀어 읽는 영상기호학』, 시각과 언
    어, 2003, 394쪽.
    하이퍼텍스트성(hypertextuality)은 영화 분석에 대단히 시사하는 바가 많다. 하
    이퍼텍스트성이란 즈네트가 하이퍼텍스트라고 부른 하나의 텍스트와 이것이
    변형, 수정, 정교화 혹은 확장시킨 이전의 텍스트 혹은 하이포텍스트(hypotext)
    와의 관계를 지칭한다.
4) 김헌선, <신화아카데미>, 『세계의 창조신화』, 동방미디어, 2002. 14쪽.

주가 어떻게 형성되었는지에 대해서 설명해 주는 신화의 형태이며 그 대표적인 예가 중국의 반고 신화와 북유럽의 이그드라실이라는 우주목의 세계에 의한 구분을 들 수 있다. 신 창조는 인간과 변별되는 신들이 어떻게 세상을 지배했는지 보여주는 것으로 그리스 신화의 신들의 세계가 그 대표적인 예라고 할 수 있다. 인간의 창조는 모든 신화에서 우주와 신들의 세계가 형성이 되고 난 후에 이루어지는 단계이다. 흙으로 인간을 만들었다거나 알에서 인간이 탄생했다거나 동물이 인간으로 변신했다는 것이 그러한 예라고 할 수 있다. 이와 같이 세 가지 유형으로 나누는 창조신화의 구분은 다소 겹치는 지점들이 많을 수 있다. 예를 들어 반고 신화와 한국의 거인 할미 신화는 거인이 등장하면서 땅과 하늘이 갈라졌는데 이는 우주의 창조와 신의 활동이 거의 동시에 일어나고 있음을 보여주고 신들의 창조와 인간의 창조가 거의 동일하게 진행되는 경우는 인간과 신의 교류가 활발한 그리스 신화나 신과 인간의 구분이 명확하지 않은 동양 신화에 모두 적용된다. 동양신화의 경우 역사의 임금들 예를 들어 요나 순 임금은 신화의 인물이면서 역사의 인물이다. 그렇다면 이러한 분류에서 오는 겹침을 해소하기 위해 이강엽의 창조신화의 구분법을 가져와 보면 창조에는 자연스러운 창조와 절대자가 만드는 창조가 있다는 것이다. 이는 캠벨이 창조신화를 나눌 때 존재론적 일치의 창조신화와 인격적 관계의 창조신화로 나눈 것과 비슷한 발상이라고 볼 수 있다. 이 역시 배타적으로 분화되기보다는 약간씩 공분모를 가지고 혼용되고 있다고 말한다. 또한 세상을 선에 의한 창조, 선과 악의 공존된 창조, 선과 악의 구분이 존재하지 않는 창조 등으로 삼분화시키기도 한다.5) 이러한 신화의 분류들 역시 나름대로 의의는 있지만 많은 부분이 중첩되어 나타나고 있으므로 절대적인

---

5) 이강엽, 『신화』, 연세대출판부, 2004, 76-78쪽.

잣대는 어려울 듯하다.

　창조신화 분류체계의 또 다른 예로서 창조신화를 알과 닭의 아포리아로 풀어 가고 있는 예를 볼 수 있다. 창조신화의 원천을 알에서 보는 것으로 이는 모성신 계통의 창조신화라 할 수 있고 창조의 근원을 닭에서 보는 것은 부성신 계통의 창조신화라 할 수 있다. 또한 창조를 '스스로 그러한' 자연의 순환과정으로 보는 것이 있는데 이는 알과 닭의 영원한 순환자체를 강조하는 것이다.[6) 또한 창조신화에 나오는 신화소를 중심으로 해석해 나가는 방법도 있을 수 있다. 그러한 해석의 단초를 비얼레인의 창조신화에 대한 주석인 뱀, 물, 나무에 대한 설명에 기대서 창조신화를 새롭게 바라볼 수 있을 것이다. 이를테면 뱀은 창조신화에 공통적으로 등장하며 여러 가지 흥미로운 방식으로 해석되어 왔다. 뱀을 남근의 상징으로 바라보는 것이 가장 일반적인 해석인데 조셉 캠벨의 <신의 가면: 서양신화[7)>에서 '뱀의 신부'라는 장은 그러한 예를 잘 보여주고 있다. 뱀은 하늘과 땅의 중개자 노릇을 하고 있다는 것이다. 그리스 신화와 창세 신화에서 여자의 발꿈치로 뱀의 머리를 찧는다는 것은 모권사회에서 부권사회로 넘어갈 때 여자들과 남자들 사이에 투쟁이 있었음을 암시하는 것이다. 물 역시 창조신화에서 빠지지 않는 요소인데 물은 융의 표현대로라면 무의식에 나타난 꿈의 상징이며 지혜의 상징이다. 성서의 세례가 의미하듯이 죄를 씻고 새로 태어남을 뜻한다. 따라서 세계 각처에서 보이는 홍수 신화가 창조신화의 중요한 도구가 되는 것도 이해할 수 있을 것이다. 실제로 세계의 주요 창조신화를 보면 세상이 창조되고 나서 인간의 잘못에 의해서 큰 홍수가 일어난다. 우리나라 장자못 전설을 비롯해 중국의 뇌공과 전욱의 싸움으로 일어난 홍수 속에 살아난 복희와 여와, 성서에 나오는 노아의 방주 이야기, 그리스 로마신화에 나

---

6) 이경제, 『신화해석학』, 다산글방, 2002, 218-219쪽.
7) 조지프 캠벨, 정영목 옮김, 『신의 가면 Ⅲ-서양신화』, 까치, 2002.

오는 데우칼리온과 퓌라의 신화, 바빌로니아의 우트나피시팀, 이집트의 홍수 신화 등 많은 홍수 신화의 기저에는 물에 대한 신화적 상상력이 깔려 있다. 대홍수가 지나간 세상엔 지극히 소수의 살아남은 자들의 세상 만들기가 다시 시작되는 것이다.

나무 역시 신화에서는 빠질 수 없는 상징물이다. 창조신화에서 나무는 거의 빠지지 않고 등장하는 상징체인데 뱀의 상징성과 마찬가지로 인간과 하늘의 중개자 역할 때문이다. 나무의 뿌리는 땅속 깊이까지 뻗으며 가지는 하늘을 향해 뻗어 있다. 비얼레인의 지적대로라면 땅의 뿌리는 어머니의 세계이고 가지는 아버지의 세계라는 것이며 어떤 나무는 수백 년을 살 수 있는 불멸의 상징이다. 노르웨이 신화, 페르시아 신화, 알공킨 신화에서는 인간이 나무로부터 창조된다.[8] 우리의 단군이 신단수로 내려오고 오딘의 지혜가 이그드라실이라는 우주목에서 생기며 부처가 보리수나무 아래에서 깨달음을 얻고 예수는 나무 십자가에 못 박혀 죽는다. 캠벨 역시 나무의 불멸성을 강조하기도 했는데 크리스마스 트리도 이러한 불멸의 상징이라고 할 수 있을 것이다.

창조신화를 바라보는 여러 가지 관점을 들여다보면 각각의 방법들이 모두 그 나름대로 의의가 있지만 창조신화를 풍요롭게 바라보는 관점으로 물, 뱀, 나무 등의 신화소에 의한 해석을 들 수 있다. 이외에도 결혼, 홍수, 잠에서 깨어남, 외로움, 근친혼, 여성과 남성의 관계, 자모신과 공모신, 유토피아 등 다양한 주제에 의해 창조신화를 재해석할 수 있을 것이다. 이러한 신화소에 의한 창조신화의 주제론적 해석은 현대 문화의 신화성을 읽어 나가는 유용한 방법이 될 것이다. 신화 주제소에 의한 현대 문화 독해는 여러 분야에서 유용한 독해법이 될 수 있다. 이를테면 "잠에서 깨어남"이라는 신화소를 통

---

8) J. F. 비얼레인, 현준만 옮김, 『세계의 유사신화』, 세종서적, 1996. 130쪽.

해서는 <반고의 신화>와 우리나라 <거인할미>의 세상창조를 들 수 있겠고 그로 인해 동화 <마고할미>의 해석은 창조신화로 자연스럽게 읽혀질 것이다. "결혼과 홍수"라는 신화소로 중국, 일본, 한국 등 동양의 창조신화가 읽혀질 수 있으며 그러한 상상력은 소설 <서편제>와 <소나기> 등을 창조신화적 관점에서 읽어 갈 수 있을 것이다. 유토피아적 관점으로 창조신화를 본다면 영화 <웰컴투 동막골>은 창조신화의 이상적 모델이 될 것이며 온라인 게임의 <창세기전> 역시 그러한 창조신화로 읽을 수 있을 것이다. 창조신화의 역할은 인간의 근원에 대한 질문이 계속되는 한 항상 우리의 문화 속에서 재해석될 것이며 그 의미 역시 생산적으로 해석될 것이다. <웰컴투 동막골>이 인간이 추구하는 유토피아적인 창조신화로 독해될 수 있는 근거는 '동막골 숲'이 될 수 있으며 그 안의 지배적 세계관 더 정치하게 말하자면 신화적 집단무의식인 신화의 대칭성이라고 할 수 있다. 따라서 인물과 자연은 그 자체로서 신화의 기호와 상징체가 되고 있다.

2) '동막골 숲'은 새로운 신화적 공간이다

한국 전쟁이 한창인 때 태백산맥의 함백산 절벽들 속에 자리한 동막골로 미군 전투기 한 대가 느닷없이 흰나비의 파닥거림에 어이없이 추락하고 만다. 비행기가 떨어진 곳은 동막골 숲인데 이곳은 동막골로 가기 위한 신화적 문지방과 같은 곳이다. 이곳에는 자기편들끼리도 믿지 않는 인민군 생존자들이 길을 헤매고 있으며 다른 한쪽에서는 부대를 이탈한 겁쟁이 군인과 자살을 기도하지만 그것조차 용기가 없는 군인이 동막골 숲에서 서로를 적대시하면서 동행한다. 이들이 만나는 동막골의 안내자들은 이들의 세계와는 전혀 다른 신뢰의 세계에 있는 듯하다. 인민군의 비행기가 떨어진 것을 알리기 위해 여주인공 여일은 동막골로 향하던 중에 인민군 리수화 일행 세 명을 만나고 그때 마침 자군 병력에서 이탈한 군인 둘이 동막골을 찾는다. 동막골은 산을 넘고 골짜기를 넘어야 하는 산 위의 마을이다. 따라서 영화의 공간은 산 아래 공간과 산 위의 공간으로 이분화된다. 산 아래 공간은 인간의 적대감과 불신과 전쟁이 존재하는 곳이고 죽음이 널려 있는 곳이다. 그러나 산 위의 공간은 믿음과 따스함만이 존재하고 남녀노소 자기 위치에서 그 존엄함을 잃지 않고 살아가는 곳이다. 마을 앞에 도달하면 서 있는 장승은 인류의 대지모신인 비너스상의 모습처럼 매우 원시적인 풍만함을 드러낸다. 각각 시간 차이는 있지만 이 세 부류의 서로 다른 산 아래 사람들은 서로를 마주하게 된다. 인민군, 군인, 연합군의 극적 대립구도로 이 영화는 팽팽한 긴장을 일으키면서 극이 진행된다. 이들은 동막골 사람들 앞에서 수류탄과 총으로 위협적인 모습을 보이려 하지만 동막골 사람들은 도무지 무서워하지 않는다. 동막골 사람들은 군인들과 인민군들이 자기들에게 총부리를 겨누고 있어도 아랑곳하지 않고 농사이야기, 밭에 온 멧돼지 이야기를 마치 이웃 사람들의 이야기처럼 즐겁게 한다. 동막골 사람들이 말하는 난리란 전쟁이나 총부리가 아니라 자기들의 감자밭을 침범해 오는 멧돼지들이다. 그들은 인민군과 국군이 총부리를 겨누고 있어도 그들의 난리에만 관심을 둔다. 그들이 난리를 진정시키는 방법은 멧돼지를 죽이는 위협적인 방법이 아니다. 그저 돌멩이로 눈을 때려서 동막골이 얼마나 무서운지만 알려주고자 한다. 총부리를 겨누고 있는 모습을 보고 여일은 수류탄을 보면서 돌에다 뭘 씌웠느냐고 말할 정도로 문명에 대해서는 무지하다. 이때 수류탄이 터지게 되며 터진 수류탄 때문에 하얀 팝콘이 눈처럼 대치적 공간에 흩날리게 된다. 불신과 적대감이 신뢰로 변하는 신화적 공간의 재현이라고 볼 수 있다. 산 아래의 탈신화적 공간과 산 위의 신화적 공간이 합일하는 장소로서 신화적 공간이라고 할 수 있다.

팝콘이 터지는 마당풍경이 첫 번째 신화적 제의의 공간이라면 감자밭의 모습은 두 번째 신화적 제의 공간이라고 할 수 있다. 감자밭에서 노인은 노래를 부르고 젊은이들은 열심히 일하고 아이들은 순진무구하게 뛰논다. 푸른 하늘 아래 합일된 노인들의 노랫소리는 그야말로 천수의 삶을 누리는 유토피아의 공간인 것이다. 즉 이들의 삶의 모습은 인간과 자연이 조화롭게 공존하는 세계, 즉 유토피아를 보여주고 있다. 그곳의 사람들은 완벽하게 공동체를 이루고 있으며 공동 경작하고 공동 분배하고 함께 교육시키는 어찌 보면 사회주의가 추구하는 유토피아의 신기루처럼 보인다. 그러나 이곳은 신화의 유토피아적인 공간을 보여주고자 한 현실세계인 것이다.

세 번째 신화의 제의적 공간은 멧돼지를 잡는 푸른 초원이라고 할 수 있다. 푸른 초원에서 인민군, 연합군, 국군은 함께 어울려 동막골의 적인 멧돼지를 물리친다. 이념이나 갈등이 화해와 믿음으로 변하는 신화적 축제의 장이라고 할 수 있다. 그러나 잡은 멧돼지는 동막골 사람들에게는 음식이 되지 않는다. 그들은 단지 자기의 영역을 침범하는 적을 물리친 것뿐이다. 따라서 그들은 멧돼지를 먹지 않는다. 결국 산 아래 탈신화적 공간에서 찾아온 이방인들만 밤에 몰래 멧돼지고기를 먹게 된다.

동막골은 전쟁이라는 탈신화적인 세계에서 유일하게 지켜지는 신화적인 공간인 것이다. 여기에서 전쟁이라는 용어는 낯설며 생소하기까지 하다. 오직 평화와 조화, 그리고 사랑이 존재할 뿐이다. 이러한 과정이 바로 인민군과 군인 그리고 연합군들의 대립적 구도가 바로 동막골이라는 지점에 와서 협력적 구도로 바뀐 것을 통해 재현되고 있다. 이러한 변화는 바로 숲이라는 신화적 공간9)에 힘입은 것이라 할 수 있다. 이 지점에서 나무에도 정령신이 존재한다는 신화적 사고[10])를 상기할 필요성이 있다.

애니메이션 <월령공주>에서 사람들은 숲을 정복하고 숲의 수호신인 사슴신을 무찌르려 한다. 그러나 인간은 더 큰 재앙을 만들고 결국 사슴신의 분노를 사게 되는 것으로 나온다.

인간과 자연의 대칭성을 깨버린 인간들에 대해서 들개신이나 멧돼지신들은 분노와 증오를 느끼는 것이다. 들개신은 월령공주와 함께 마을을 공격하는 것으로 분노를 표출하지만 멧돼지신은 애보시의 총에 맞고 그만 재앙신이 되고 만다. 그 분노의 신은 서쪽에서 계속 달려 아시타카가 사는 북쪽까지 왔던 것이다. 아시타카는 자신의 마을을 지키기 위해 이 재앙신을 죽일 수밖에 없었고 그 재앙신의 저주를 풀어야만 하는 것이다. 아시타카가 가야 하는 곳은 서쪽이라고 지칭되는 사슴신이 사는 곳이다. 아시타카는 일본의 토착민인 아이누 족으로 그려지고 있으며 이들은 동물을 사랑하고 신으로까지 여기는 애니미즘을 숭상한다. 여기에 등장하는 사슴신 시시가미는 인자하고 온유한 모습으로 숲의 수호신으로 나타난다. 사슴신은 삶과 죽음을 관장하기 때문에 그가 지나가는 발자국에는 꽃이 피고 식물이 번창해진다. 자연뿐 아니라 다른 신들의 생명까지 관장하는 신들의 아버지 역할을 맡는다. 사슴신은 생명을 관장하는 신으로서 생명을 주기도 하고 생명을 빼앗기도 하는 초자연적이고 절체절명의 자연신이다. 재앙신들조차도 이 사슴신 앞에서는 아무런 힘을 쓰지 못하는 것이다. 사슴신이 사는 곳에는 나무의 정령 코다마들이 산다. 이들은 자연이 아직 살아 있다는 증거로 등장하는데 아시타카를 사

---

9) 미야자키 하야오 감독의 애니메이션 <월령공주>에서는 숲이 신화적 공간으로 잘 묘사되고 있다. 나무에도 코다마라는 정령신이 모두 살고 있으며 동물과 인간이 태초에 대립적인 세계에 살지 않았었다는 것을 보여준다.

10) 조현설, 『우리 신화 수수께끼』, 한겨레 출판, 2006, 4-7쪽.
우리신화 <목도령 신화>를 설명하면서 인류가 나무도령의 후손이라고 소개하고 있으며, 나무장례가 신화적 장례임을 설명한다.

습신이 있는 곳으로 인도한다.

동막골 사람들에게도 숲은 그들의 신화적 세계를 지켜 주는 대상인 것이다. 결국 인민군, 군인, 그리고 연합군인 미군은 단 하나의 목적을 위해 뭉치게 된다. 그것은 동막골을 지키는 것이며 동막골의 숲을 지켜 주는 것이다. 따라서 전쟁이라는 대립구도는 전혀 의미를 가지지 못하고 그들은 형과 아우가 될 수 있는 것이다. 세상은 전쟁과 평화, 아군과 적군의 대립구도가 아니라 동막골을 지키고자 하는 사람들과 동막골을 파괴하고자 하는 사람들로 양분화되는 것이다. 세상의 이념적인 논쟁의 거대담론이 하찮아지고 있다. 어느새 관중도 동막골이라는 신화적 장소를 지키는 데 온갖 감각의 촉수를 세우게 되는 것이다.

<웰컴투 동막골>은 현실의 사람들에게서 현실과는 다른 세계를 보여줌으로써 현실의 문제를 보다 객관화시키는 효과를 준다. 영화에서 사상의 대립이 아무런 해결점 없이 감상적 조화를 가져왔다고 비판할 수도 있겠지만 역으로 현실과는 다른 이상세계를 통해서 현실의 문제를 보다 간명하게 진단하고 앞으로 나아갈 수 있는 담론의 장이 열릴 수 있을 것이다. 아무런 해결점이 없이 조화와 평화만 강조했다는 비판이 현실의 담론으로 이 영화를 지적한 예라면 신화적 담론에서 이 영화의 해결점은 매우 긍정적이라고 할 수 있다. 신화의 세계에서는 자연과 인간의 조화가 이루어진 대칭적 구도를 지향하기 때문이다. 따라서 거기에는 복잡한 결말이 있을 수 없으며 사람들이 마음속으로 평화로움을 느끼는 간단한 명제로 귀결된다. 아마도 이 영화는 원시의 베링해[11]를 꿈꾸는 인간의 신화적 소망을 어느 정도 충족시킨 것이라고 할 수 있다. 미야자와 겐지의 <빙하쥐의 털가죽>에서는 베링해를 신화적 공간으로 설명한다. 미야자와 겐지에게

---

11) 나카자와 신이치, 『곰에서 왕으로』, 동아시아, 2003, 21-30쪽.

있어 초특급열차의 목적지 베링은 예전에 인간과 동물 사이에 존재했던 시원적인 유대관계를 나타내는 신화적 사고가 순백색으로 뒤덮인 채 살아가는 꿈의 공간이다.

3) 신화의 대칭성이 화면을 가르다

이 동막골을 보고 있노라면 영화 <빌리지 Village>의 이상적인 공동체와 미야자키 하야오의 일련의 애니메이션들에서 보이는 공동체 마을이 떠오른다. 영화 <빌리지>의 공간은 동시대가 아닌 중세의 사회의 모습을 보여준다. 그러나 이곳은 국립공원 안에 조성된 인위적인 이상공간일 뿐이다. 이 마을을 구상했던 원로들은 세상과 단절하고 싶은 사람들일 뿐이다. 그들은 현실에서 경험한 고통을 피하기 위해 또는 잊어버리기 위해서 이곳에서 생활할 뿐이다. 그들은 철저히 자연과 하나가 되고 자연의 일부분으로 살아간다. 따라서 마을이 생긴 후에 태어난 아이들에게 이 공간 밖의 세상은 존재하지 않는다. 아무리 작은 일이라도 회의를 거치고 어른을 공경하고 아이들은 늘 신께 감사하도록 교육받는 신화적 공간인 것이다. 미야자키 하야오의 <바람계곡의 나우시카>, <월령공주>, <센과 치히로의 행방불명> 등에서도 역시 자연과 합일된 이상공간을 제시한다. 특히 하야오 감독은 멧돼지신, 늑대신, 사슴신, 성성이들 등 많은 동물들이 인간에게 희생당해야 하는 타자로 그려 넣지 않는다. 그들은 세상을 이루는 또 다른 존재들로 인간의 세계가 지켜져야 하는 것처럼 그들의 세계가 지켜져야 함을 드러내고 있다.

이 세 곳의 이미지는 나카자와 신이치의 대칭성[12]이라는 말로 묶어

볼 수 있을 것이다. 신화적 사고란 대칭성의 사고를 말함인데, 이질적인 생활을 인정하는 타자성의 이해만이 비대칭적 악을 해소할 수 있다는 것이다. 신이치는 신화의 대칭성의 세계란 하나로서의 세계라고 강조한다. 따라서 보들레르의 세계를 하나로 바라보는 '상징의 숲'의 관점은 그대로 신화의 대칭적 세계관에 부합되는 것이다. 이러한 유기적인 하나의 개념을 신이치는 유동적 생명으로서의 '전체성'이라는 개념을 사용한다. 신화적 사고에서의 전체성은 인간과 동물이 서로의 존재를 유동적으로 왕래할 수 있는 유동적인 생명의 존엄성을 말한다. 동막골의 대칭성 혹은 전체성은 동막골 사람들이 바라보는 자연관에서 그 근거를 찾을 수 있다. 동막골 사람들은 총부리를 겨누고 있는 사람들에게서는 아무런 적의를 느끼지 않는다. 그들은 총부리 앞에서도 멧돼지들이 자기들의 감자밭을 공격한 것에 대해서만 관심을 둔다. 그러한 멧돼지를 퇴치시키는 방법은 죽이는 것이 아니다. 돌로 멧돼지의 눈두덩을 때려서 위협하고 그렇게 맞은 멧돼지가 자기네 종족에 가서 동막골 사람들이 얼마나 무서운지 서로 의사소통하면 되는 것이다. 즉 동막골의 멧돼지는 사람들에게 퇴치의 대상이 아니라 마치 옆 마을 부족처럼 느껴진다. 이 지점에서 동물과 인간이 완전히 대등해지고 있다. 대칭성의 세계에서는 동물이 자신에게 가해지는 공격을 납득해 주어서 죽어 주어야 하는 것이다.[13] 하야오 감독의 애니메이션 <월령공주>에서는 이러한 신화적 대칭성을 인간이 저버리고 멧돼지신에게 납득할 수 없는 공격을 가한다. 결국 분노에 휩싸인 멧돼지는 재앙신이 되어 인간의 세계를 공격하게 되는 것이다.

동막골 사람들은 멧돼지들이 와서 감자밭을 조금 망쳤다고 멧돼지를 없애자고 제안하지 않는다. 서로의 공간을 침해하지 않는 범위 내에서 서로 공존을 모색하고자 하는 것이라고 볼 수 있다. 그런데

12) 나카자와 신이치, 『곰에서 왕으로』, 동아시아, 2003.
13) 나카자와 신이치, 『곰에서 왕으로』, 동아시아, 2003. 117쪽.

멧돼지의 갑작스런 공격에 동막골 손님들은 힘을 합쳐 멧돼지를 잡
지만 동막골 사람들은 절대로 고기를 먹지 않는다. 신화의 세계에서
인간은 생선 하나를 먹더라도 살만 조심히 먹고 그 물고기의 형상은
훼손시키지 않고 강에 보내게 된다. 이러한 상상력은 미야자키 하야
오의 늑대신, 사슴신, 멧돼지신들이 인간과 교류하는 것을 보면 더욱
분명해진다. 자연에서 얻은 것을 다시 자연으로 돌려주고 인간이 사
용할 수 있는 양만큼만 이용해야 하는 것이다. 동막골, 빌리지, 하야
오의 마을들에서는 자연과 인간의 관계가 서로 적대적이지 않다. 그
곳에서는 인간과 동물이 서로 먹고 먹히는 관계가 아니라 서로 교감
을 나누는 관계인 것이다. 이것이 바로 대칭성의 가장 큰 골격이다.

　동막골 사람들의 삶은 우리가 꿈꾸어 온 유토피아라고 할 수 있다.
동양의 유토피아는 동방의 삼신산이나 서방의 곤륜산으로 알려져 있
는데 이곳에서는 천수를 누린다. 곤륜산이나 삼신산은 아무나 갈 수
있는 곳이 아니다. 곤륜산은 사방이 8백 리이고 높이가 만 길이나 되
며 그 모습은 아홉 개의 성을 쌓아 놓은 것처럼 보였고 그 주위에는
약수라는 강이 흐르고 있어서 새털이라도 가라앉을 정도로 건너기가
힘들었으며 약수의 바깥은 불꽃이 이글거리는 염화산이 둘러싸고 있
다. 이러한 곤륜산에 대한 이상향이 산에 대한 낙원이라면 삼신산은
바다 멀리에 이상적인 섬이 있다고 느꼈다. 그것이 삼신산이다.14) 동
막골은 그 형태로 보면 곤륜산에 가까운 이상세계일 것이다. 동막골
은 험난한 산을 넘어야만 드러난다. 동막골 사람들은 어른을 공경하
고 아이들은 뛰놀고 서로서로 협력해서 살아가는 이상적인 공동체이
다. 특히 감자밭에서 노인은 노래를 부르고, 아이들은 뛰놀고, 젊은
이들은 함께 노동을 하는 장면은 우리가 꿈꾸는 유토피아라고 부를
수 있다. 이곳의 사람들은 서로 미워하는 것을 알지 못하고 서로 싸

---

14) 정재서, 『이야기 동양 신화2』, 황금부엉이, 2004, 255-273쪽.

우는 것도 알지 못한다. 이들이 보여주는 세계는 현재의 비대칭적인 세계를 대칭적인 세계로 바꾸어 줄 수 있는 대안일 것이다.

4) 상징은 신화적 세계의 기호가 된다

동막골의 상징은 아무것도 꾸미지 않는 여일이라는 여자의 순진한 웃음, 흰나비의 상징, 흰눈으로 덮인 세상, 그리고 하얗게 터지는 팝콘으로 나타나고 있다. 영화의 주인공 여일은 흰나비처럼 가벼운 몸짓을 하면서 마을 이곳저곳을 구경 다닌다. 영화 초반부터 등장하는 나비 역시 여일의 몸처럼 가볍게 마을 여기저기를 날아다닌다. 이 영화에서 나비는 동막골의 수호신 역할을 한다. 미군이 기습할 때 흰나비들이 나타나 미군이 동막골에 접근하지 못하게 막았던 것에서도 그러한 상징성으로 읽힐 수 있다. 따라서 동막골의 흰나비[15]는 동막골을 지키고자 하는 영혼들의 분신이라고 봐도 될 것이다. 흰나비의 날갯짓과 비행기의 날갯짓의 동시 클로즈업은 영화의 처음과 끝에 모두 나타나는 지배적인 상징이다. 나비는 처음 장면에서 비행기를 추락시키는 매개체가 되고 있으며 극중에서 전반적으로 중요한 상징체로서 순수함을 지키고자 하는 신화세계의 수호신으로 등장한다. 마지막 총성이 끝나고 모든 무기가 흰눈에 덮여 있을 때 흰나비들은 동막골 하늘 위로 날아오른다.

여일이라는 여자 주인공은 현실의 세계와 신화의 세계를 오가는

---

15) 이윤기, 『그리스 로마신화 2 - 신화를 이해하는 12가지 열쇠』, 웅진닷컴, 2002, <에로스와 프시케> 편을 보면 프시케는 마음을 나타내는 말이 되고 나비의 상징으로 나온다.

문지방적 존재[16]와 같다. 이러한 소녀 상징성은 하야오 애니메이션 <바람계곡의 나우시카> <이웃의 토토로> <마녀배달부 키키> <월령 공주> <센과 치히로의 행방불명> <하울의 움직이는 성>의 소녀의 이상적 모습과도 연결된다. 미야자키는 소녀들에게 여성적, 모성적, 신화적, 이상적 신비성을 부여하였다. 그녀들은 여일처럼 현실의 세계와 신화의 세계를 왕래하는 문지방적 중간존재이다. 동막골에서 외부의 사람들을 가장 먼저 맞이하는 인물은 바로 여일이다. 여일은 동막골 밖의 사람들을 동막골로 이끌어 오는 역할을 하며 적대적 갈등을 가진 사람들을 화해시키는 역할을 한다. 대치하는 인민군과 군인에게 긴장을 완화시키는 팝콘 사건 역시 여일의 역할이다. 여일이 수류탄 고리를 반지라고 들고 오고 순간 수류탄은 헛간으로 던져져 그 안에 있는 옥수수는 하얀 팝콘으로 변해서 하늘에서 마치 축복된 눈처럼 내리고 순간 긴장과 갈등의 국면이 신뢰와 화해로 전환된다. 전쟁의 잔혹함이라는 수류탄의 상징성이 평화와 아름다움으로 바뀌는 지점이다. 또한 인민군과 군인과 연합군이 동막골 사람들과 하나되는 계기가 바로 하얀 팝콘에 있는 것이다. 계속 대립 중이던 군인과 인민군들이 순수한 동막골 사람들에게 미안함을 느끼고 무기를 내려놓는 지점이 바로 팝콘의 하얀 상징성 때문이라고 하겠다.

여일의 학도병에 대한 사랑 역시 신화적인 상상력을 보여준다. 이 영화에서 순수한 신화적 세계의 중요한 상징 중에 하나가 여일이라는 여자를 사랑하는 인민군 학도병이다. 동막골의 순수함과 신화적 세계는 여일과 학도병의 사랑으로 이어진다. 이들은 첫사랑을 경험함직한 어린 나이인데 그것이 바로 순수한 동막골의 상징성과 조화를 이루는 것이다. 사랑이라는 표현은 기껏해야 귀에 꽃을 꽂아 주는 것이나 비 맞은 얼굴을 손수건으로 닦아주는 정도인데 그러한 절

---

16) 김소영, 『근대성의 유령들』, 씨앗을 뿌리는 사람, 2000, 81쪽.

제된 사랑의 표현이 오히려 자연스럽게 그려지고 있다. 감정 노출이 과다한 현대식 사랑 표현에 비해서는 매우 낯설게 느껴지지만 그러한 수줍음이 바로 동막골의 세계인 것이다.

이러한 문지방적 존재의 죽음은 신화적 세계의 상실을 의미한다. 원래 주인공들의 구도는 동막골 안의 사람들 / 동막골 밖의 사람들 혹은 멧돼지를 먹지 않는 사람들 / 멧돼지를 먹는 사람들로 이항 분리되어 있었다. 멧돼지를 먹는 사람들인 동막골 밖의 사람들은 여일의 죽음으로 이제는 동막골을 지키고자 하는 사람들로 그 범위가 넓어진다. 즉 여일이라는 문지방적 존재에 의해서 신화적이지 않았던 사람들이 신화적으로 전환되는 것이다. 이제 구도는 동막골을 지키고자 하는 신화적 세계와 동막골을 파괴하고자 하는 탈신화적인 세계와의 대립구도로 이항 분리되는 것이다. 동막골에 이방인으로 들어갔던 인민군, 국군, 연합군은 동막골을 지켜 주기 위한 하나의 목표에 동막골의 신화성을 지키려는 파수꾼으로 다시 태어나고 동막골을 지키고자 하는 하나의 기의가 되는 것이다. 반면 현실의 국군과 연합군들의 탈신화적 세계는 동막골을 파괴하려고 하는 것이다.

이러한 신화세계를 지키려고 하는 대치의 국면에 흰눈은 절묘한 아이러니를 보여준다. 눈 속에서 동막골을 지키고자 하는 사람들은 총탄에 맞아 죽어가면서 이 신화적 세계를 지켜낸다. 한편, 동막골에서는 이러한 총탄이 흰눈 속에서 마치 불꽃놀이쯤으로 여겨진다. 아이들은 동막골을 지키려고 사투를 벌이는 것도 모른 채, 마냥 즐거워하기만 하는 것이다. 겨울에도 동막골에는 나비의 날갯짓이 힘차게 들려온다. 이처럼 영화의 신화적 세계는 하얀색에 맞추어져 있다. 하얀 나비 – 하얀 팝콘 – 하얀 눈 – 순수하고 하얀 마음의 여일로 이어진다. 신화에서 하얀색의 의미는 다음의 육당 최남선의 <조선상식문답>[17])에서 그 의미의 단초를 읽을 수 있다.

대개 조선민족은 옛날에 태양을 하느님으로 알고 자기네들은 이 하나님의 자손이라고 믿었는데 태양의 광명을 표시하는 의미로 흰빛을 신성하게 알아서 흰옷을 자랑삼아 입다가 나중에는 온 민족이 풍속을 이루고 만 것입니다.

우리 민족에게 하얀색의 의미가 신화와 직접적으로 연관을 가지고 있음을 입증해 주는 단서라고 할 수 있다. 이외에도 백마, 백록, 백호, 백사 등 흰 동물에게 신성을 부여하는 것 역시 흰색이 신화적 사유의 산물임을 보여주는 것이다. 흰색은 색체 연구자들에 의하면 빛의 가장 순수한 본체라고 할 수 있고 활동의 균형과 건전한 활동을 일으키는 색이라고 한다. 동막골 사람들의 색 역시 하얀색이라고 할 수 있다. 이들은 모두 하얀 옷을 입었으며 서로를 존중하며 자연과 조화를 이루며 살아가는 우주의 한 요소들인 것이다. 신화적 사고는 하늘과 땅, 해와 달, 물, 불, 먼지, 티끌과 같은 자연의 존재들을 위시해서 인간과 만물 등 우주의 모든 존재들은 이 지복의 조화로운 세계로부터 생을 받고 태어나 삶을 누리고, 죽으면 다시 그 세계로 되돌아간다.[18] 동막골 아래에서 온 이방인인 인민군, 군인, 연합군은 하얀 옷을 입고 동막골의 신화성을 체험하게 되고 동막골의 신화적 세계를 지키기 위해 다시 흰옷을 벗고 동막골을 파괴하려는 사람들에 맞서서 싸움을 한다.

<웰컴투 동막골>은 현대를 살아가는 사람들에게 신화적 사고가 무엇인지에 대해서 이야기한다. 현실이 답답하면 할수록 인간은 유토피아에 대한 강한 욕망을 느낀다. 인간의 갈등과 반목 등이 동막골에서는 아무런 의미가 없었다. 오히려 갈등은 조화가 되고 싸움은 협동이 되는 곳이었다. 문화의 원형으로 작용하는 신화적 상상력을

---

17) 주강현, 『우리문화의 수수께끼1』, 한겨레신문사, 2004, 100-101쪽.
18) 김현자, 「창조신화를 통해서 본 고대 중국인들의 우주 및 우주적 인간」, 『세계의 창조신화』, 동방미디어, 2001, 167쪽.

읽는 과정은 현재 우리가 선 자리의 신화적 위치를 확인하는 과정이다. 신화가 사실이냐 허구이냐를 논하는 장이 아니라 진실의 여부를 논하는 장이다. 물론 신화는 사실이 아니라 진실일 뿐이다. 따라서 동시대를 사는 현대인에게 현대 문화에 나타난 신화는 우리 시대의 꿈과 진실의 다름 아니다. 사람들은 이러한 신화적 사유를 통해 우리 시대에 살아가야 할 신화적 규범을 배우는 것이 아닐까.

신화에서는 언제나 상징을 풀 수 있는 열쇠를 숨기고 있다. 즉 현대 문화는 보다 복잡하게 신화적 사유를 암호화시키고 있다. 이윤기의 주장처럼 신화는 반쪽이고 사신들이 신분증으로 가지고 다닌 부절이고 두 통으로 작성된 계약서이고 반쪽의 쉼볼론이고 도끼자루인 것이다. 따라서 현대 문화는 신화를 그 어느 때보다도 많이 드러내고 있지만 가장 잘 숨기고 있기도 하다. 이러한 신화가 의미를 얻기 위해서 현대인의 지적인 호기심은 늘 계속해서 깨어 있어야만 한다. 그래야 신화는 아련하게 모습을 드러내 보이는 경향이 있다.

2. 금기의 도전과 수수께끼 구조로 〈올드보이〉 읽기
▶ 영화〈올드보이〉의 서사적 읽기

1) 오누이는 왜 사랑했을까

신화에서 인류의 시작은 크게 두 가지로 집약될 수 있다. 하나는

혼돈에서 우주의 질서가 하나씩 자리잡아가는 것이고 다른 하나는
타락한 인류가 절대자의 응징의 대가로 홍수에 의해 파괴되고 선택
된 자들만이 살아남아 세상을 구성하고 있다. 혼돈의 세상인 카오스
의 세계에서 질서의 세계로 자리를 잡아가는 상상력은 동서양에 공
통으로 보인다. 그리스 신화에서 우라노스와 크로노스를 거쳐 제우
스의 질서가 지배하기까지의 과정이 창조의 과정이며 동양의 혼돈의
신 제강이 일곱 개의 구멍에 의해 죽어가는 것이 바로 질서 창조의
과정이다. 창조의 또 다른 축을 형성하는 홍수 신화는 동서양에 공
통적으로 보이는 신화적 상상력이다. 성서의 노아의 방주 이야기와
그리스의 데우칼리온 신화와 이집트의 홍수 신화가 있고 중국의 공
공과 전욱의 싸움이 불러온 신화가 있고 일본의 홍수신화와 한국의
장자못 전설 등이 그러하다. 그런데 이러한 홍수 신화의 끝자리엔
항상 살아남은 자들의 새로운 시작이 있다. 그런데 이들은 하나같이
오누이의 관계이며 인류가 지속되기 위해서는 근친을 하지 않으면
안 되는 딜레마에 놓이게 된다. 그래서 신화 속에서는 절대자에게
허락을 받는 형식을 빌려온다. 결국 근친혼의 금기에 놓이게 되는데
레비스트로스는 그의 저서 『야생의 사고』에서 근친혼을 금기시하는
토템제도에 대해서 금기를 내포한 토템이즘이야말로 자연과 문화의
문턱이라고 주장하고 있다.[19]

　동양의 경우에 이 남매혼 신화는 공통적으로 드러나고 있는 신화
소이다. 중국의 경우 복희와 여와는 산 위로 올라가 불을 지핀 다음
두 가닥의 연기가 합쳐지는 것을 신의 허락의 표지로 받아들이고 결
혼을 한 후에 인류는 계속 지속될 수 있고, 일본의 이자나기와 이자
나미는 과부족의 논리로 융합하여 세상을 창조한다. 이 역시 신의
허락을 받는 형식을 취한다. 그리고 한국의 오누이는 숫맷돌과 암맷

---

19) 레비스트로스, 『야생의 사고』, 한길사, 1996.

돌을 산 위에서 굴려 자연스러운 결합을 절대자의 허락의 표지로 받아들이고 있다.[20] 바타이유는 근친상간의 금기가 에로티즘의 출발점임을 지적한 바 있다.[21] 그는 인간과 동물의 결정적인 구분이 바로 이러한 근친상간의 금기임을 지적하고 인간 생활을 근본을 이루고 있다고 주장한다.

그러나 우리나라의 경우엔 오누이가 잘 살았다는 일괄적인 결론을 내리기 어려워 보인다. 비록 신의 허락을 받았지만 근친에 대한 원죄의식은 신화 속에 여전히 남아있는데 강원도 철원 지방에 전해지는 <달래산 전설>이 그것이라고 할 수 있다. 이와 같은 전설은 충주 달래강을 비롯해 전국 각지에서 발견되고 있다.[22] <달래산 전설>의 주 이야기는 산골에서 길을 가는 오누이가 비를 흠뻑 맞는다. 그런데 누이동생은 오빠의 만류에도 불구하고 뒤따라오지 않고 앞장서서 간다. 동생의 드러난 몸을 보며 오빠는 정욕을 참지 못하고 허리끈으로 목 졸라 죽는데 뒤늦게 이것을 알게 된 동생은 <달래나보지>라고 울어서 달래산 전설이 되었다고 한다. 오누이가 신의 허락을 받았다는 신화적 화소는 우리 문화의 윤리적 규범에서는 받아들여지기 어려웠다. 따라서 금기를 참아야 하는 오빠는 자신을 희생함으로써 문명의 윤리적 법칙에 순응한다.

조현설에 의하면 남매혼 신화에는 근친상간을 우회하려는 욕망이 함께 드러난다.[23] 즉 신은 일찍이 금기를 넘어서도록 허락했지만 남매는 계속 시험을 거치려 한다. 비록 금기를 넘어서서 부부가 되더라도 이들이 낳은 것은 정상적인 아이가 아닌 경우가 많다는 것이

---

20) 손진태, 『한국 민족 설화의 연구』, 을유문화사, 1948, 8쪽.
21) 바타이유, 『에로티시즘』, 민음사, 1996, 222−248쪽.
22) 김화경, 『세계신화 속의 여성들』, 도원미디어, 2003, 306−307쪽 재인용, 원래 이 전설은 『한국구비문학대계』에 실렸다.
23) 조현설, 「동아시아 남매혼 신화와 근친상간의 상상력」, 『창조신화』, 동방미디어, 2001, 220−222쪽.

다. 이는 비정상적인 근친상간이라는 범주가 양산하는 결과가 비정
상적일 수밖에 없다는 무의식적 윤리규범이 깔려 있다. 영화의 오누
이는 이수아와 이우진이다. 이들은 신화 속의 오누이가 어쩔 수 없
이 맺어진 것과는 다르게 서로를 사랑했다. 여기에 근친의 비극이
존재한다. 신화에서 오누이 근친의 면죄부는 그들 사이에는 상호 사
랑하는 감정보다는 인류를 존속시켜야 한다는 절체절명의 과제 때문
이다. 따라서 여와와 복희가 연기로 신의 허락을 받은 것처럼 우리
신화의 맷돌 시험을 치른 오누이의 결합도 자연스러워지는 것이다.
그런데 <달래산 전설>의 오누이는 왜 비극적인 결말을 보여주는 것
인가. 이는 인류 존속을 위한 대의에서 결합한 것이 아니라 누이의
드러난 몸매에 욕정을 느꼈기 때문이다. 이는 신화의 질서라기보다
는 윤리적 질서에 어긋나기 때문일 것이다.

　　이제 영화 <올드보이>에 나타난 남매혼 신화의 상상력을 찾아보
도록 하자. 영화 속의 이우진과 이수아는 서로를 탐닉하다가 결국
세상에 드러나게 된다. 이때 이수아는 오누이 신화에서 보이는 비정
상적인 출산의 상상력을 보이고 있다. 그녀는 상상 임신을 하게 되
는 것이다. 그녀는 동생을 사랑했다는 죄책감을 느끼고 그러한 죄책
감에 상상 임신을 하게 된다. 그녀가 선택할 길은 <달래산 전설>에
서 오빠가 했던 것처럼 오직 죽음뿐인 것이다. 그녀는 죽으면서 동
생에게 "그동안 힘들었지"라고 말하고 자신을 잊지 말 것을 당부하
고 강물에 몸을 던진다. 이러한 상상력은 인류창조의 남매혼 신화의
당위성을 입증해 주는 반대의 예가 될 수 있다. 인류의 시작을 이룬
오누이는 신의 절체절명한 명령에 의해서 근친에 대한 면죄부를 획
득할 수 있었다는 것이다. 그들 사이에는 개인적인 사랑의 감정이
존재하기보다는 인류의 존속을 위한 운명을 받아들였다는 대의가 따
라붙는다. 따라서 이들의 근친은 "어쩔 수 없는", "용서받을 수 있
는" 성스러운 신의 의지에 의한 행동일 것이다. 그러나 <달래산 전

설>이 신화가 되지 못하고 전설에 머무는 것은 인간의 규약이 강하게 드러나 있기 때문이다. 이수아나 이우진 남매처럼 자발적으로 맺어지는 것은 신화의 질서에서는 허락되지 않는다. 이들은 달래산 전설의 오누이처럼 비극적인 결말을 받아들일 수밖에 없다. 영화의 모티프는 신화적 오누이 차용에 해당하지만 인간의 규범과 질서를 보여주는 것으로, 즉 남매혼 신화의 논리를 반대로 보여줌으로써 남매혼 신화의 정당성을 입증하는 것이라고 볼 수 있다. 이우진은 누이를 죽음으로 몰고 간 '혀'에 복수하기로 한다. 영화에서는 '혀'와 '말'의 허위성과 그 엄청난 피해에 대해 치밀하게 파헤치고 있다. 이우진이 오대수를 15년간 감금시킨 가장 중요한 죄목은 '말이 너무 많다'는 것이다. 신화의 카산드라는 예언할 능력을 가지지만 자신의 말이 신뢰받지 못하는 비운을 겪는다. 오대수 역시 말을 재미있게 하지만 그 말 때문에 결국 자신의 혀가 잘려 나가는 비극과 딸과의 사랑이라는 엄청난 주술에 걸려든 셈이 된다.

2) 오이디푸스는 왜 자신의 눈을 멀게 했을까

신화에는 '하지 말라'는 금기가 무척 많이 등장한다. 열어보지 말라, 뒤를 돌아보지 말라, 불을 켜지 말라, 약속을 어기지 말라, 먹지 마라, 가지 마라 등 하지 말라는 것이 너무 많다. 금기가 많으면 많을수록 인간은 어기고 싶은 욕망에 사로잡힌다. 신화의 이야기는 금기와 위반의 역학관계 속에서 역동적인 의미를 갖는다. 판도라가 상자를 열어보았기 때문에 세상엔 모든 재앙이 존재하고 상자에 유일하게 남아 있는 희망만이 인간의 최후의 보루처가 되는 것이다. 만약에 오르페우스가 뒤따라오는 아내 에우리뒤케를 무사히 저승에서 이승으로 데려왔더라면 우리는 죽음을 무서워하지 않았을 것이다. 그러나 불행히도 죽음의 세계는 한번 가면 다시 오지 못하는 곳이 되었다. 에로스의 간절한 부탁을 프시케가 지켰더라면 사랑하는 것이 그렇게 어렵지는 않았을 것이다. 모든 유혹에도 마음을 믿어야만 그 사랑은 결실을 맺기 때문이다. 프시케는 '보려고 하지 말라'라는 에로스의 부탁을 어기고 촛불을 켜고 남편 에로스가 괴물이 아닌 것을 확인하려고 했던 것이다. 사랑의 시련은 여기에서부터 시작한다. 사랑하는 사람들은 프시케처럼 늘 확인 그 형체를 확인하고 싶어 한다. 사랑은 그만큼 믿음이 없으면 얻을 수 없다는 진리도 함께 이야기될 수 있다. 약속을 어기지 않기 위해 자식에게 태양마차를 준 태양신은 자식을 잃고 만다. 신화 속에 등장하는 무수한 금기들은 현실을 지배하는 무의식적 규범들이다. 그러한 규범을 어기면 인간은 불행해지는 것이다. 근친에 대한 무의식적 규범은 현실질서를 유지하기 위한 심리적 장치라고 볼 수 있다.

신화에 나오는 근친은 어미와 아들, 딸과 아버지, 오누이 관계들로 범주화할 수 있다. 오누이의 근친에 대한 이야기는 남매혼 신화에서 언급되었고 이수아와 이우진에게서 나타난 신화소임을 살펴보았다. 이 영화에서 근친의 또 다른 신화소는 아버지 오대수와 딸 미도와의 관계이다. 오이디푸스 신화에서 오이디푸스의 비극은 자기의 아비를 죽이고 자기의 어머니를 범할 거라고 예언한 신탁에 있지 않고 오히려 그것을 피하기 위한 그의 노력에 기인한다고 볼 수 있다. 그는 길러준 부모를 친부모로 알고 자신의 신탁을 피하기 위해 길을 떠나는데 산길에서 아버지 라이오스를 죽이게 되고 스핑크스의 수수께끼를 풀어서 어머니 이오카스타와 결혼을 하고 자식까지 낳는다. 물론 이것은 오이디푸스가 모르고 한 일이다. 결국 이러한 사실을 안 오이디푸스는 스스로 자기의 눈을 빼고 어머니 이오카스타는 자살을 한다. 조현설은 오이디푸스 신화에는 금지의 위반에 의한 질서의 해체가 보인다고 말한다. 즉 어머니 혹은 왕비 이오카스타의 자살로 상징되듯 카오스의 상태인 혼돈을 질서의 세계로 구현하려는 신화소인 것이다. 또한 혼돈의 구현체인 오이디푸스를 죽임으로써 신화는 근친상간의 금기, 즉 도덕적 심판의 체계를 우리에게 신성의 이름으로 폭력적으로 강요한다는 것이다.[24]

근친이라는 신화소의 범주로 볼 때 이우진의 이야기나 오대수의 이야기는 모두 오이디푸스의 신화소를 가진다. 그러나 오대수의 경우가 오이디푸스 신화와 직접적인 관련이 있다고 볼 수 있다. 오대수가 감금된 1년 후 그의 아내는 살해되었고 그 범인으로는 감금되어 있는 오대수가 지목되었다. 엄밀히 말하면 범인이라고 할 수는 없지만 오대수로 인하여 죽게 되었다는 점에서 오이디푸스가 아버지를 죽인 것과 같은 의미로 받아들여질 수 있으며 딸과 사랑을 한 것은 오이디푸스가 어머니와 결혼한 것과 등치가 되고 있다. 딸과 사랑한 아버지의 고통은 어머니와 결혼한 아들의 고통과 같은 무게를 지닌다.

영화의 시작은 오대수의 영문모를 감금으로 시작된다. '누가'와 '왜'라는 질문을 수없이 하면서 오대수는 감금된 공간에서 15년을 미지의 대상에 대한 복수심으로 가상의 훈련을 한다. 드디어 세상 밖으로 나온 그에게 따뜻한 마음을 주는 미도라는 아이는 다름 아닌 자기의 딸인 것이다. 왜 이렇게 잔인한 최면술에 오대수와 미도는 걸려든 것일까. 그 대답은 이우진의 복수에 있다. 이우진은 자기와 누이의 이야기를 세상에 퍼트려서 누이를 세상 밖으로 몰아버린 오대수에게 똑같은 고통을 안겨주고자 하였다. 그러한 고통은 바로 부녀지간의 근친이라는 끔찍한 시나리오였다. 여기에서 우리는 복수를

---

24) 조현설, 「동아시아 남매혼 신화와 근친상간의 상상력」, 『창조신화』, 동방미디어, 2001, 229쪽.

하기 위해 15년을 기다린 오대수가 복수의 주체가 아니라 복수의 대
상이 되고 있음을 간파할 수 있는데 이러한 복수의 구조 한가운데에
오이디푸스 신화가 들어 있음을 볼 수 있다.

　이 영화는 남매혼 신화의 비극을 다루면서 그 비극의 맞꼭짓점에
오이디푸스의 신화소를 두고 있다. 이우진은 부풀어진 소문에 자살
을 한 누이에 대한 복수를 오이디푸스 이야기에서 단서를 찾는다.
인간이 가장 참기 힘든 것은 사랑하는 혈육이 받는 고통일 것이다.
오이디푸스가 비극적인 것은 근친보다는 근친의 사실을 알게 된 대
상들의 고통일 것이다. 따라서 어머니 이오카스타는 자살을 선택할
수밖에 없었다. 오이디푸스 신화는 남매혼 신화처럼 서로의 지위를
인식하고 신의 허락을 받는 과정이 아니라 자신의 비밀을 모른 채
결혼을 했다는 것이다. 이는 신의 허락을 받은 남매혼 신화와는 다
르게 대가를 치러야 하는 당위성을 갖는다. 오이디푸스처럼 오대수
역시 아무것도 모른 채 딸과 사랑을 나눈 것이다. 그러나 이것은 신
의 허락과는 거리가 멀기 때문에 오대수와 미도에게는 비극적 결말
이 필연적일 것이다.

　그러나 영화는 신화의 원리로 현실의 규범을 확정 짓지 않으려는
장치를 편다. 오이디푸스의 아내인 이오카스타는 출생의 모든 진실
을 알게 되고 오이디푸스 역시 이 모든 비극적 사실을 알게 된다.
이들은 죽음으로 혼돈의 질서를 갈음하려고 했다. 그러나 오대수는
이우진에게 자신의 잘못을 빌며 스스로 그 모든 비극의 씨앗이 되었
던 '혀'를 잘라낸다. 그러한 자해의 대가는 미도가 오대수의 딸이라
는 사실을 모르게 해달라는 부탁이었다. 이 지점에서 오이디푸스 신
화를 극복하려는 현실 욕망이 작용하고 있음을 보게 된다. 오대수는
이 모든 사실을 알게 되어 고통스러워하지만 딸인 미도만은 지켜야
했다. 신화에서는 오이디푸스와 왕비가 모든 사실을 알고 왕비가 자
결하고 오이디푸스는 장님이 되어 떠돌다가 죽음으로써 비극적 사태

가 수습될 수 있었다. 그렇다면 영화에서 오대수는 어떤 선택을 택할까. 오대수는 최면사에게 가서 자신의 기억을 조작해 주기를 부탁한다. 비극을 피해 가고자 하는 신화 비껴가기가 돋보이는 지점이다. 오대수는 두 가지의 페르소나를 가진다. '비밀을 모르는 오대수'와 '비밀을 아는 몬스터'이다. 그가 이 비극의 신화적 국면을 현실의 질서로 이끌어 오기 위해서는 미도가 자신의 딸이라는 비밀을 모르는 오대수로 돌아가야만 하는 것이다. 딸 역시 자신의 아버지가 오대수라는 비밀을 알아서는 안 되는 것이다.

이 영화에서 오이디푸스 신화는 복수의 방법이 되었다. 영화 속에서 던진 이우진의 복수에 공감하는 무의식적 기제는 아마도 말이 만들어 놓은 덫을 피하고 싶은 관중의 욕망일 것이다. 현대 사회에서 떠도는 말들은 엄청난 에너지를 가지고 세상을 움직인다. 마치 나비효과처럼 말한 사람은 아무런 생각도 없이 해버리고 까마득하게 잊어버렸는데 그 사소한 말은 태풍처럼 점점 강한 파장을 일으켜서 무고한 사람을 죽음에 이르게 한 것이다. 이수아는 오대수의 무심한 말 때문에 점점 불어나는 소문 끝에 가상임신까지 경험하고 더 이상 삶을 지탱할 용기마저 잃고 만다. 이처럼 사소한 말이라는 것이 진실 여부와는 상관없이 피해를 주기도 하고 피해를 받기도 한다. 이 영화는 그러한 떠도는 소문이라는 이야기 화소에 남매혼 신화의 차용했다. 남매혼 신화의 윤리적 기제 때문에 희생당한 주인공들의 복수로 바로 오이디푸스 신화소가 차용된 것이다. 이 영화를 통해 복수의 대리충족이 가능해진다. 이러한 복수의 대리 충족의 전략은 심리학자 융이 말하는 '집단무의식'일 것이다. 신화는 집단무의식의 원형들이다. 그 원형들이 우리가 말하는 신화소가 된다. 프로이트는 오이디푸스 신화소를 집단무의식의 가장 대표적인 것으로 정의하고 신화뿐만 아니라 꿈과 환상 등 정신의 현상으로 자연물을 표상하는 영역을 모두 집단무의식이라고 정의하고 있다.[25] 복수의 집단무의식적 역할은 자신이 받고 있는 불합리에 대한 대리해소라고 할 수 있다. 현대 사회처럼 각 개인이 부품화되어 원인도 모르고 부당함을 경험해야 하는 것을 복수라는 심리작용을 통해 일종의 해소를 경험한다.

3) '물'의 상상력을 살펴보자

신화에서 '물'의 상상력은 크게 두 가지로 요약할 수 있다. 하나는 생산성의 상상력으로 탄생과 재생의 의미이고 다른 하나는 들여다보기, 즉 자기성찰의 의미일 것이다. 먼저 탄생과 재생의 상상력을 언급할 때 보티첼리의 그림 하나가 영상으로 잡힌다. 바다 위의 조개껍질 안에서 물거품과 함께 탄생하는 아프로디테, 즉 비너스의 모습이다. 우리 신화에서 물의 상징성이 탄생과 연결된 경우로 신라의 탈해왕과 고구려 주몽신화에 주목할 수 있다. 탈해에게 바다는 시련과 재생의 의미를 주고, 주몽은 물의 신 하백의 딸이 낳았기 때문에 자연스럽게 물과 연관된다고 하겠다.[26] 바슐라르의 주장[27]처럼 물에는 에로티시즘이 내장되어 있어서 창조적, 생성적 본능을 일으킨다. 이 지점이 홍수 신화에서 남매혼 신화가 연결되는 지점이고 우리의 <달래산 전설>의 비운 역시 물이 일으킨 에로티시즘의 조화이다. 오빠는 비 맞은 여동생을 보고 참을 수 없는 정욕에 자신을 목숨을 끊고 마는 것이다. 물은 에로티시즘을 야기하면서 동시에 파괴의 속성도 함께 지닌다.

---

25) 이유경, 「창조신화에 관한 분석 심리학적 이해」, 『창조신화』, 동방미디어, 2001, 305쪽.
26) 김재용, 이종주 공저, 『왜 우리 신화인가』, 동아시아, 1999. 30−33쪽.
27) 가스통 바슐라르, 이가림 역, 『물과 꿈』, 문예출판사, 1980, 224쪽.

중국의 경우 무산무녀의 사랑을 물의 상상력과 연결시켜 볼 수 있다. 정재서는 초희왕과 무산 무녀의 사랑을 소개하면서 비, 구름, 무지개가 에로티시즘과 깊은 연관이 있음을 밝히고 있다.[28] 부부의 정을 '雲雨之情'이라고 표현한 것에서 비와 구름의 애로티시즘적인 상상력을 읽어 낼 수 있다. 그러나 물이 생성의 의미뿐만 아니라 죽음의 의미도 동시에 지니고 있음을 주장한 엘리아데[29]는 홍수와 같은 물이 과도의 상태에 도달하면 창조에서 파괴로 전환된다고 주장하고 있으며 바슐라르[30] 역시 부드러운 물과 난폭한 물로 표현하고 있다.

물의 또 하나의 상징은 자기성찰이라고 하겠다. 자기성찰은 자기 응시, 즉 자기 바라보기까지 이어지는 개념이다. 신화에서 우물에 비친 자기 자신을 보고 그 모습에 반해서 우물로 빠져버린 비운의 사나이가 있다. 나르시소스가 그 이름인데 여기에 속한다. 우리 문학작품에서 윤동주는 <자화상>에서 우물을 들여다보고 자신을 뒤돌아본다. 이상의 <거울>의 상상력도 이러한 물의 투영이미지의 연장선상에 있다고 볼 수 있다. 그러니까 물의 이미지는 자세히 들여다보기의 도구가 되는 셈이다. 윤동주의 물의 이미지가 이상의 <거울>이라는 작품으로 오면 '거울'이미지로 전환된 것이다. 물은 거울의 이미지로 이어질 수 있는 신화적 상상력을 줄 수 있다.

들여다보기라는 측면에서 물의 상상력은 거울의 상상력으로 이어진다. 들여다보기는 인간의 내밀한 욕망을 자극하는데 거울과 물은 그러한 욕망의 투사체가 되고 있다. 나르시소스라는 미남자는 연못에 비친 자신의 모습을 연모하다가 그만 물에 빠져 죽고 만다. 바슐라르의 물의 상상력을 가져올 때 이는 난폭한 물의 상상력이라고 할

---

28) 정재서, 「창조신화의 문화적 수용-홍수 남매혼 신화의 경우」, 『창조신화』, 동방미디어, 2001, 353-355쪽.
29) M 엘리아데, 이재실 옮김, 『이미지와 상징』, 까치, 1998, 165-166쪽.
30) 가스통 바슐라르, 이가림 역, 『물과 꿈』, 문예출판사, 1980, 224쪽.

수 있는데 이수아의 거울의 상상력과 맞닿아 있다. 이수아는 동생과
의 사랑의 장면을 보기 위해 둥근 거울을 꺼내든다. 자기의 모습과
동생의 모습을 거울을 통해 비춰보면서 매우 행복한 표정을 짓는다.
여기에서 죄의식은 존재하지 않으며 이수아와 이우진은 마냥 즐거워
한다. 이는 우물에 비친 자기의 모습을 사랑하는 나르시소스의 신화
소라고 할 수 있다. 그러나 오대수의 '혀'가 내뱉은 말은 진의와는
상관없이 점점 부풀어져 이수아는 그 정체 없는 소문을 진짜라고 믿
어버리고 만다. 그리고 소문에 맞게 자신의 몸도 변해 가는 것이다.
이수아는 자살을 선택한다. 마지막 죽을 때 그녀는 거울에서 자기
모습을 보고 흐뭇해했듯이 마지막으로 동생의 목에 걸린 사진기를
빼앗아서 죽기 전 자신의 모습을 카메라 렌즈에 비추고 자신은 난폭
한 물의 세계로 뛰어든다. 아름다움을 비추는 거울의 이미지에서 삶
의 마지막 순간을 정지하고 싶은 카메라 렌즈로 그리고 죽음을 선택
하는 물의 이미지로 흘러가는데 이는 나르시소스가 아름다움에 탐닉
한 물의 이미지에서 죽음을 가져오고 있는 상상력과 그 궤를 같이한
다고 할 수 있다.

　이처럼 영화에서는 거울의 상상력에서 카메라 렌즈의 상상력으로
다시 물의 상상력으로 이어진다. 바라본다는 행위가 이수아나 이우
진에게만 한정되지 않는다. 영화는 오대수가 바라본 것에서 시작해
이우진의 몰래 훔쳐보기라는 거시 구조를 지닌다. 작품의 비극은 훔
쳐보기에서 시작해서 훔쳐보기로 복수를 하는 구조를 띠고 있기 때
문이다. 오대수 역시 깨진 유리창을 통해 이수아와 이우진의 행동을
지켜본다. 이러한 훔쳐보기의 미학은 인간의 원초적인 욕망의 표출
이라고 할 수 있다. 이 영화는 몰래카메라에서 시작해서 몰래카메라
훔쳐보는 것으로 진행되다가 드디어 들통 나는 구조를 가진다.

　오대수는 자신이 왜 감금되었는지 해답을 찾아야만 했다. 그러기
위해서 그는 학창시절의 흔적을 찾아다닌다. 그런데 오대수가 수수

께끼의 열쇠가 되는 기억을 떠올리는 장면은 미용실 하는 여자친구
의 가랑이를 훔쳐보는 것에서 시작해서 문을 열고 들어오는 미니스
커트 여자의 육감적인 가랑이 사이로 과거의 이수아가 보인다. 다시
과거의 이수아와 이우진의 장면이 깨진 유리창 사이로 오대수의 눈을
통해 보인다. 오대수의 눈에 드러난 장면은 오누이 간의 성적 탐닉이
었고 오대수는 전학가면서 친구에게 이 사실을 알리고 떠난다. 이 소
문은 이수아를 죽음으로까지 몰고 갔다. 그리고 오대수가 어른이 되고
딸이 4살 때 그는 홀연 낯선 공간으로 잡혀와 15년을 누군가에게 사
육되고 만다. 정체도 모른 채 오대수는 가상의 적을 죽이기 위해 가상
체력을 단련시킨다.

훔쳐보기는 또다시 이우진의 시선으로 이어진다. 어느 날 오대수
를 감금한 이우진은 15년 동안 몰래카메라로 오대수를 지켜보고 있
으며 딸 미도를 지켜본다. 과거 오대수가 자신과 누이를 훔쳐봤던
것처럼 오대수와 미도가 사랑을 나눈 후의 모습을 방독면을 쓴 채
조용히 바라보며 미도를 만져본다. 이는 죽은 누이에 대한 금기의
사랑 욕망을 오대수와 미도를 통해 실현시키는 동시에 복수의 형태
를 띠고 있다. 이우진은 훔쳐보기에서 시작된 비극을 훔쳐보기로 복
수하고 있는 것이다. 오대수는 자신이 저지른 말실수가 얼마나 큰
재앙을 몰고 왔는지 인식하게 되고 자신의 딸 미도 역시 자신의 감
금상태처럼 이우진에 의해서 성장해 왔고 그 과정이 계속 관찰되었
다는 것을 알게 된다. 자신은 모든 비밀을 안 몬스터가 되어 버린
것이다. 모든 비밀을 알아버린 몬스터는 더 이상 생존할 수 없다. 몬
스터의 상태에서 아무것도 모르는 오대수의 상태로 회귀해야만 살
수 있는 운명에 걸려든 것이다.

4) 수수께끼는 맞추어야만 한다

신화에는 수수께끼가 너무 많이 존재한다. 수수께끼는 문제 해결의 열쇠가 되고 있으며 또 문제의 발단이 되기도 한다. 수수께끼는 삶에 긴장감을 조성해 주고 이완의 기능도 함께 한다. 신화 속에 등장하는 가장 대표적인 수수께끼는 자기 자신의 출생에 대한 비밀을 알아가는 것이라고 할 수 있다. 이는 동서양에 공통적으로 드러나는 상상력이라고 볼 수 있다. "나는 누구인가"라는 질문은 큰 의미에서 수수께끼인 셈인데 주로 대답을 해 주는 쪽은 신이라고 할 수 있다. 테세우스는 존재의 수수께끼를 풀어낸 대표적인 영웅이다. 우리 신화에서도 이렇게 자신의 존재를 알고자 하는 신화이야기가 많다. 소별왕과 대별왕이 자신의 아버지를 찾아가거나 당금애기의 세 자식이 아비를 찾아가는 과정, 바리공주가 자신의 부모를 찾아가서 아버지를 살리기 위해 저승까지 어려운 문제들을 풀면서 문제를 해결하는 것은 수수께끼의 상상력이다. 수수께끼의 가장 대표적인 상상력은 "스핑크스의 수수께끼"라고 할 수 있다.

오이디푸스 신화에 나오는 스핑크스의 수수께끼 이야기[31]를 잠깐 살펴보면 영화 이해가 더 쉬워질 것이다. 오이디푸스는 테바이의 왕 라이오스와 왕비 이오카스타 사이에 태어났다. 그러나 라이오스 왕은 왕이 되기 전에 피사왕의 자식인 크뤼시포스의 스승이 되었다. 그러나 라이오스는 왕자에게 사랑하는 것을 요구하다 거절당하자 왕자를 죽이고 왕위에 올라 왕비 이오카스타를 맞이한다. 이에 대한 신들의 신탁은 "아들을 낳으면 그 아들이 장차 아비를 죽이고 아비의 아내와 같은 잠자리에 들 것이다." 라이오스는 아들이 태어나자

---

31) 이윤기, 『이윤기의 그리스 로마 신화―사랑의 테마로 읽는 12가지 열쇠』, 웅진닷컴, 2002, 124-162쪽. <오이디푸스 이야기>를 참조한다.

양치기에게 버리라고 명한다. 오이디푸스는 '발이 부은 아이'라는 뜻
인데 코린토스 왕의 아들로 자란다. 그러나 성장한 오이디푸스는 신
전에서 라이오스가 받은 신탁과 똑같은 예언을 듣는다. 오이디푸스
는 코린토스를 떠나 테바이로 들어오다가 산길에서 마차를 타고 오
는 사람들과 싸움이 벌어져 이들을 죽인다. 이 사건이 있은 지 오래
지 않아 테바이 시는 괴물 때문에 괴로움을 겪는다. 그 괴물은 스핑
크스이고 형태는 사자의 몸에 여자의 상반신을 가지고 있다. 바위
위에 앉아서 수수께끼를 내고 그 문제를 푸는 사람만 무사히 통과시
킨다. 그러나 아무도 문제를 푸는 사람이 없었다. 만약 누군가가 스
핑크스의 수수께끼에 대답을 하면 수수께끼를 낸 스핑크스는 벼랑에
떨어져 죽는다. 테베의 새로운 왕이 된 오이디푸스는 어머니를 부인
으로 받아들이고 4명의 자식을 가진다. 하지만 아버지를 죽이고 어
머니와 결혼한 불륜을 신들이 그냥 두지 않았다. 테바이 도시에 온
갖 재앙이 퍼지고 그 재앙의 해결점이 바로 오이디푸스 자신에게 있
음을 알게 된다. 자식과 함께 결혼해서 산 것을 안 이오카스타는 자
결하고 오이디푸스는 스스로를 장님으로 만들어 버린다. 바로 테바
이라는 도시는 오이디푸스가 수수께끼를 풀어서 왕이 되었지만 테베
를 재앙에서 구하는 것 또한 오이디푸스가 풀어야 하는 수수께끼였
던 것이다.

　이 영화는 처음부터 관객에게 수수께끼를 제시한다. 이 영화는 수
수께끼로 시작해서 답을 맞히면 끝나는 구조를 보인다. 주인공들이
풀어야 하는 수수께끼만이 아니라 관객에게 수수께끼를 던지면서 시
작된다. 예를 들면, 갑자기 왜 오대수가 갇혔을까, 누가 그렇게 했을
까, 어떻게 오대수는 탈출할 것인가, 미도는 왜 오대수를 사랑하는
걸까, 이우진은 왜 오대수를 가두었을까 등등 계속되는 수수께끼가
이어진다. 영화는 관객에게 거시적인 틀로서도 수수께끼의 구조이지
만 작품 안에서 주인공들에게도 서로 서로 수수께끼를 제시하고 있

다. 오대수는 갇혀 있는 동안 '누가 자기를 가두었을까'라는 풀리지 않는 수수께끼를 계속 풀려고 한다. 그러나 풀어 준 이우진은 '왜 가두었을까'가 문제가 아니라 '왜 풀어 주었을까' 하는 문제가 더 중요한 사안임을 지적한다. 그리고 이우진은 오대수에게 5일 동안 '자기가 누구인지' 알아맞히면 스스로 죽어준다고 말한다. 이는 스핑크스가 오이디푸스에게 수수께끼를 내고 알아맞히면 벼랑으로 떨어져 죽는 신화소의 차용이라고 할 수 있다. 결국 오대수는 이우진과 이수아의 과거를 알아내고 자신이 혀가 벌여 놓은 비극을 수습할 수 없어서 오이디푸스가 자신의 눈을 뽑았던 것처럼 자신의 혀를 잘라내고 이우진은 수수께끼가 끝났기 때문에 엘리베이터 안에서 자살한다. 이우진의 주장처럼 '왜 가두었을까'가 중요한 것이 아니라 '왜 풀어주었을까'로 본다면 아마도 그 이유는 오이디푸스적인 복수에 있었을 것이다. 15년이라는 세월을 기다려서 복수를 하려고 한 의도는 바로 오이디푸스 신화에 해답이 있는 듯하다. 아버지와 성장한 딸의 만남이 가능한 세월이기 때문이다. 이처럼 <올드보이>는 여러 사람의 욕망이 얽히고 섞인 중층구조를 보인다. 이우진과 이수아의 욕망 위에 오대수와 미도의 욕망이 놓이고 다시 이우진의 복수의 욕망 위에 오대수의 복수의 욕망이 겹겹이 쌓이고 다시 그 위에 이우진의 사랑의 욕망이 쌓이고 그 위에 아버지 오대수의 사랑이 쌓이고 마지막으로 미도의 순진한 사랑의 욕망이 쌓인다.

영화는 소설과 마찬가지로 서사를 가진 이야기이다. 따라서 영화의 분석적 해석은 그만큼 의의를 가진다. 영화의 세계는 현실에서 불가능한 것들이 보다 더 잘 재현되고 있다는 장점이 있다. 한국 영화는 더 이상 한국 고유의 신화적 사고 체계만을 대상으로 하지 않고 다양한 세계의 신화소를 함의한다고 볼 수 있다. 프로이드가 서양의 문화에서만 의미를 가지지 않고 포괄적인 해석을 가능하게 하는 것처럼 서양의 신화 역시 동양의 신화만큼 우리 영화의 중요한 신화소가 되고 있다. <올드보이>는 근친이라는 소재를 가지고 인간의 근원적인 존재에 질문을 걸었다고 볼 수 있다. 인간의 욕망, 인간의 집단무의식, 담론의 허위성, 복수의 욕망 등 현대 사회를 살아가는 주체들에게 좋은 사유거리를 던지고 있다. 감독은 이 영화를 <복수는 나의 것>과 <친절한 금자씨>와 함께 복수 시리즈로 정의한 바 있다. 복수가 현대 사회에서 어떤 의미를 지니고 현대인의 정신에 어떠한 역할을 하는지 보다 더 논의될 수 있을 것이다. 영화가 많은 담론을 형성할 수 있는 텍스트의 위치에 있다면 우리는 더 이상 분석을 미룰 이유가 없는 것이다.

3. 여성의 한의 맺힘과 풀림의 구조로
〈친절한 금자씨〉 읽기

▶ 영화〈친절한 금자씨〉의 서사적 읽기

1) 우리의 전통적인 여인상은 어떤 모습인가

신화 속의 여성은 지극히 모순적인 의미를 가진다. 창조신화에서 볼 수 있듯이 어머니의 질서에서 아버지의 질서로 바뀌어가면서 여성 신화는 가부장제적 질서와 남성이데올로기에 맞도록 변형되었다. 태초에 대지 가이아 여신이 세상을 창조하였고 동양의 경우 여와 여신이 인간을 창조하였다. 서양에서 제우스를 숭배하던 집단이 들어오기 이전에 그리스에는 가이아와 같은 대지모신을 받들던 집단이 있었다. 그들은 아프로디테와 같은 비너스 상을 추앙하지 않았다. 그들이 숭배하는 비너스상은 커다란 유방을 아래로 늘어뜨리고 있고 굵은 허리를 가지고 있으며 배는 불룩하게 나와 있고 엉덩이가 잘 발달되어 있는 모습이다. 다산의 비너스상이 그들의 이상이었다.[32] 그런데 점차 대지모적인 여신이 사라지기 시작하면서 여신은 독립적으로 존재하기보다는 부인으로 그려지고 그 역할도 지극히 축소되었다. 급기야 신화에서는 성처녀들에게 아이를 가지게 함으로써 여성이라는 존재가 남성 영웅의 탄생을 위해 순결한 희생물이 되기에 이르렀다. 우리나라의 유화, 아테나 여신, 성모마리아 등은 영웅 탄생담을 미화시키는 전리품이 되어 버렸다. 더 나아가 신화의 많은 여성들은 악의 근원으로까지 몰리는 형국이 되어 버렸다. 의심을 이기지 못하는 프시케, 호기심을 억누르지 못한 판도라, 선악과를 따먹지 말라는 계율을 깬 이브, 동양의 반호의 이야기에서 뚜껑을 열어보지 말라는 개의 말을 어긴 공주 등 악의 근원으로 몰리게 된 신화 속 여성들이 너무나 많다. 사랑에 있어서도 남성이 여성을 위해 희생을 치른 경우는 무척 드물다. 그러나 많은 여성들은 이성보다는 감성이 강조되면서 해서는 안 될 사랑까지 주체하지 못하는 인상까지 주고 있다. 적장을 사랑했던 사람들은 주로 여성들이었고 비정상적인 사랑, 즉 아빠를 좋아한다거나 오빠를 좋아하는 등의 파행적인 사랑의 주인공으로 여자가 절대적으로 많다는 것은 신화가 남성의 질서체계의 산물임을 부인할 수 없다. 물론 아폴론의 동성애적인 사랑과 나르시소스의 자기애와 오이디푸스의 어머니 사랑 등이 보이는 것은 사실이다. 그러나 여성신화에 비해 현저히 그 빈도는 낮다고 하겠다.

---

32) 김화경, 『세계 신화 속의 여성들』, 도원미디어, 2003, 93쪽.

김화경과 장영란33)은 이미 이러한 여성신화가 남성 이데올로기에 의해서 형성되어 왔음을 지적한 바 있다.

신화 속의 여성에 대한 논의를 할 때 한국 신화에 나타난 여성의 역할은 매우 특이한 모습을 보인다. 한국 신화의 남신들은 유랑민처럼 등장한다. 조현설, 신동흔, 서정오, 서대석, 김열규, 나경수 외 많은 한국 신화학자들의 한국 신화 소개를 참고해 볼 때 우리 신화에는 좀 색다른 여성신의 특색이 보인다. 우리는 이러한 한국 여성신들의 특성을 역동적인 에너지로 파악할 수 있을 것이다. 그들은 그리스 로마 신화에 등장하는 여신들과는 상당히 다르다. 주체적이고 강인함이 남다르다고 할까, 우리의 신화를 보고 있으면 우리네 어머니를 보고 있는 것 같은 착각이 든다. 우리네 어머니는 자식을 위해서라면 자신의 안위쯤은 관심에도 없다. 자식 공부시키고 출세시키려고 자신의 모든 것을 희생하고도 더 주지 못함을 안타까워한다. 어디에서 우리의 어머니들은 이러한 에너지가 생기는 것일까. 아마도 그 뿌리는 신화에서 찾아야 하지 않을까.

역사적으로 볼 때 유화부인의 희생적이고 헌신적인 모성은 대표적인 한국 여성의 모태인 것 같다. 자식의 앞길을 위해 어미를 잊으라고 당당하게 말할 수 있는 모성이 바로 한국 여성인 것이다, 대신 어머니는 역할을 포기하지 않는다. 자식을 위해 든든한 정신적 지킴이가 되기를 마다하지 않는다. 한국 신화를 살펴보면 많은 여성 신들의 모습에는 인간적인 모성이 배어 있다. 다음의 예들을 통해 한국신화의 여성을 살펴보자.

터주신으로 유명한 막막부인은 하늘나라의 집을 짓기 위해 떠난 황우양씨를 지조와 현명함과 인내로써 기다린다. 황우양씨가 하늘로 올라가 있는 동안 소진량에게 속아서 갖은 고난을 겪게 된다. 이러한

---

33) 장영란, 『신화 속의 여성, 여성 속의 신화』, 문예출판사, 2001.

이야기 화소는 고전소설 <춘향전>과 신소설 <옥중화>로 이어진다. 이러한 이야기는 우리 신화에 나타난 여성상의 재현이라고 볼 수 있다. 사랑의 대명사인 자청비는 떠나버린 문도령을 가만히 앉아서 기다리지 않고 직접 찾는 적극적인 역할을 하고 있다. 문도령을 찾아서 그와 결혼하기 위해 불이 펴진 구덩이 위에 날카롭게 선 칼날을 건너는 용감한 행동을 하고 있다. 자신과 함께 많은 시간을 같은 방에서 기거하고서도 자신이 여자임을 눈치 채지 못한 문도령에 비해서 자신이 좋아하는 사람을 위해서 남장을 하고 그와 함께 공부하고 그가 떠나고 오지 않을 때 오히려 그를 찾아가는 자청비의 모습은 정말 매력적이다. 천지의 질서를 잡은 소별왕과 대별왕의 어머니인 총명부인은 천지 왕이 떠난 후에 자식들을 돌보며 집을 지킨다. 아들 소별이와 대별이는 무척 잘 자라서 세상을 지배하는 왕이 된다. 대별이는 소별이의 속임수로 저승왕이 되고 소별이는 인간세상을 다스린다. 이는 자신을 위하기보다는 자식이 성공하도록 희생하는 어머니상을 잘 보여준다고 하겠다. 당금애기는 시준님이라는 남성신에게 쌀 세 톨을 받고 아들 셋을 낳고 키우면서 갖은 고초를 겪는다. 식구들이 없는 틈을 타고 들어온 시준님은 아무런 역할도 없이 떠나고 당금애기 역시 부모에게 내쫓긴다. 뒷동산에 돌 상자 안에서 아들 셋을 낳아서 모두 잘 기른다. 후에 당금애기는 아기 낳는 일을 돌보는 삼신할미가 되었다. 영웅으로 유명한 강림도령도 부인의 헌신이 없었다면 결코 염라대왕을 잡아올 수 없었을 것이다. 바리공주는 아버지의 버림에도 불구하고 자신의 부모를 살리는 존재로 나오며 한락궁이의 엄마인 원강암이는 남편 원강도령의 서천국 행으로 혼자서 많은 시련을 당하면서도 자식과 부부의 정절을 지켜낸다. 그리고 빼놓을 수 없는 것이 사계절을 만든 원천강 오늘이 신화이다. 오늘이는 부모를 만나기 위해서 원천강까지 어렵게 다녀오며 사계절을 관장한다. 우리 신화에 보이는 여성신은 하나같이 막막부인처럼 자리를 지켜 주고 사랑을 지켜 주는 터주신 역할을 한 셈이다.

이는 여성의 관심과 임무를 가정 특히 자식에게만 한정시키려는 남성적 사고의 무의식적인 신화사유라고 볼 수도 있지만 그만큼 우리 신화에서 여성의 역할은 컸다고 볼 수 있다. 여성이 집안의 중요한 역할을 하고 있음을 볼 수 있다. 이는 서양신화의 여성신의 역할이 남자의 일에 방해가 되거나 남자를 유혹하거나 질투를 일삼고 있다면 우리 신화의 여성상은 무엇보다도 믿음직스럽다. 따라서 신화의 원형으로 따져보자면 원시의 대지모신의 이미지에 가깝다고 할 수 있다. <친절한 금자씨>는 마치 성모마리아를 연상시키면서 신성한 이미지를 보여주고 있는데 13년 반 동안 금자 씨는 감옥에서 자신의 맡은 바 일을 성실히 수행하는 친절한 인물이다.

2) 처녀는 왜 아이를 낳아야 했는가

신화에 나오는 처녀임신은 영웅의 탄생을 더욱 빛내 주는 장식품처럼 등장한다. 따라서 주로 처녀임신으로 탄생한 영웅의 기이한 행적이 주요 관심대상이 되어 왔다. 영웅의 신성성을 확보하기 위해서는 그들의 출생 자체가 신비스럽지 않으면 안 되었다. 신비한 출생의 이야기를 가짐으로써 영웅은 고난을 극복할 수 있는 자질을 구비하게 되었고, 권력을 장악한 왕은 절대성을 인정받게 되었다.[34] 이러한 처녀임신으로 유명한 신은 아테나, 성모마리아, 우리나라의 유화 등을 들 수 있겠다. 아테나는 엄마에게서가 아니라 아버지 제우스의 머리에서 갑옷을 입고 탄생한 인물이며 숫처녀의 상징이다. 그러나 이

---

34) 김화경, 『세계 신화 속의 여성들』, 도원미디어, 2003, 63쪽.

아테나를 좋아했던 헤파이스토스의 일방적인 사랑 행위로 아테나는
자신의 허벅지에 묻은 정액을 대지에 뿌림으로써 아들 에릭토니오스
를 얻게 되고 그는 후에 아테네의 왕이 된다. 따라서 처녀로서 아들
을 두고 그 아들이 왕이 되는 것이다. 아테네 여신이 아테나 도시의
수호신이 된 이유가 여기에 있다. 이와 비슷한 우리나라 유화 역시
햇빛에 의해 잉태되어 알을 낳는데 이 알에서 나온 이가 바로 주몽
인 것이다. 신화학자 김화경에 의하면 남성이데올로기의 세계를 형성
하기 위해서 처녀임신이라는 기이한 신화가 등장했을 가능성이 높다.
　한국 신화의 처녀임신의 가장 대표적인 인물은 <삼승할망 본풀이>
의 당금애기일 것이다. 하늘날의 옥황상제의 신하인 시준님은 인간
세상에 내려오고 싶었다. 12대문에 갇혀 있던 당금애기에게 찾아가
쌀 시주를 받아낸다. 쌀이 바닥에 흘리자 그 쌀을 젓가락으로 담게
한다. 그중 세 톨을 가지게 하는데 그로 인해 당금애기는 임신을 하
게 된다. 임신한 사실이 밝혀지고 당금애기는 집 밖 뒷동산으로 쫓겨
나고 돌 상자 안에서 아들 셋을 낳아 기른다.[35] 영화 <친절한 금자
씨>에서는 신성성을 가진 처녀임신이라기보다는 사회에서 문제를 일
으키는 요인으로 처녀임신을 보여준다. 금자는 어린 나이에 임신을
하고 그 사실을 교생 나와 알게 된 백 선생에게 도움을 청한다. 이때
아버지의 존재나 역할은 아무런 의미를 가지지 못한다. 백 선생은 어
린이 영어 유치원에서 영어를 가르치던 중 아이들을 유괴해서 살해
하는 나쁜 인간이다. 즉 이 영화는 백 선생이라는 남성 위주의 이기
적인 세계관을 보여주고 있으며 이금자의 처녀임신을 통해서 신화에
나타나고 있는 성처녀 이데올로기를 비틀고 있는 것이라 할 수 있다.
신화의 처녀임신이 영웅의 탄생을 정당화하는 도구로 쓰이고 있다면
이금자의 처녀임신은 여성이 타락하는 첫 단추로 작용되고 있음을

---

35) 신동흔, 『살아 있는 우리 신화』, 한겨레신문사, 2004, 39-63쪽.

보여준다. 따라서 처녀임신의 신성성은 깨트러져야 하는 이데올로기
가 된다.

 <친절한 금자씨>는 원모를 유괴해서 죽인 살인마 백 선생을 대신
해서 감옥에서 13년을 보낸다. 이금자가 누명을 쓰고 들어가야 하는
이유는 자신이 낳은 딸을 죽이겠다는 백 선생의 협박 때문이었다. 자
기 자식을 구하기 위해서 다른 아이를 살해했다는 거짓 자백을 하고
감옥에 들어간다. 이 잔혹한 운명은 그녀를 유명하게 만들었지만 이
금자를 더 유명하게 만들었던 것은 그녀의 때 묻지 않은 미모 때문
이었다. 이러한 운명의 비극의 시작은 금자의 처녀임신이라는 원죄에
서 비롯되었음을 알 수 있다. 금자가 여고생의 몸으로 임신을 하고
구원자로 선택한 사람이 바로 악의 화신인 교생 백 선생이었다. 백
선생에게 복수하기 위해서 금자는 친절한 모범수로 복역을 하고 감
옥 안의 모든 사람들에게 사랑을 받게 된다. 그러나 감옥 안에서 금
자는 실제 살인을 저지른다. 감옥 안에서 사람들을 괴롭히는 마녀 같
은 인물에게 3년 동안 락스를 먹였던 것이다. 그러나 이것 때문에 금
자는 더욱 '친절한 금자씨'가 된다.

 금자는 감옥에서 억울하고 부당하게 당하는 사람을 위해 좋은 일
을 많이 하고 그들은 하나같이 금자를 돕는다. 금자는 마치 성모마리
아의 모습을 재현하기라도 하듯 그녀의 기도하는 모습은 신성하기까
지 하다. 금자는 신의 전도사처럼 많은 죄수들 앞에서 설교를 하기도
하고 홀로 촛불을 켜고 기도를 한다. 마치 신의 사도처럼. 그러나 그
녀는 감옥에서 나온 후에는 더 이상 '친절한 금자씨'가 아닌 것이다.
<올드보이>에서 오대수가 미지의 상대를 위해 가상훈련에 임하였듯
이 금자 씨는 정확한 목표를 향해 자신을 훈련시킨다. 그녀에게는 우
리 신화에 나오는 처녀엄마들의 특성인 모성적 사랑이 충만했을 것
이다. 자식에 대한 사랑을 전할 수 있는 기회를 차단당한 채 금자는
입양된 딸을 만나러 호주로 날아간다. 금자는 딸 제니와 함께 서울로

돌아와 자신이 키우지 못한 것에 대한 용서를 빈다. 처녀임신으로 발생한 운명의 비극을 보여주는 것은 신화의 처녀임신이 영웅을 낳았던 것과는 반대로 탈신화적인 발상이라고 하겠다.

3) 여성에게 음식은 욕망의 충족물이다

<친절한 금자씨>에서 주목할 상상력은 음식 상상력이다. 그것도 매우 신화적이라는 데 해석의 흥미를 더한다. 영화의 처음은 이금자가 출소하는 것으로부터 시작한다. 그때 감옥에서 전도해 준 목사는 '하얀 두부'를 들고 이금자를 맞이하는 것이다. 그러나 이금자는 이 두부를 거부하고 떨어뜨리며 "너나 먹으세요"라고 말한다. 신화적 상상력으로 네모난 하얀 두부는 우리 민족의 하얀 백설기 떡과도 같은 의미일 것이다. 주강현은 '우리 민족은 왜 하얀 옷을 입었을까'라는 문제를 제기하면서 육당 최남선의 <조선상식 문답>의 내용을 언급한다. <대개 조선 민족은 옛날에 태양을 하나님으로 알고 자기네들은 이 하나님의 자손이라고 믿었는데 태양의 광명을 표시하는 의미로 흰빛을 신성하게 알아서 흰옷을 자랑삼아 입다가 나중에는 온 민족의 풍속을 이루고 만 것입니다.>라고 인용한다. 이러한 인용에 덧붙여 우리 민족은 백설기 떡을 가장 신성한 제사 음식으로 올린다고 말하고 있다. 이 백설기 떡은 칠석날 소찬으로 올리기도 하고 돌떡으로 쓰이는데 그 의미 자체가 깨끗한 신성성임을 알 수 있다.[36]

우리 신화에도 음식, 특히 하얀 백설기와 관련된 이야기가 있다. 영웅 신화인 강림도령과 관련된 신화이다. <차사본풀이>에 전하는 강

---

36) 주강현, 『우리 문화의 수수께끼 1』, 한겨레신문사, 1997, 93-117쪽.

림도령 이야기[37]는 영웅 신화의 정수인데 신화 속 주인공들은 무척이나 정겹다. 과양각시는 잘 자라고 있던 아들 셋이 갑자기 죽자 임금님한테 하소연을 하게 된다. 임금은 강림도령을 시켜서 염라대왕을 불러오라고 명한다. 그리고 강림도령은 큰 부인의 정성으로 조상 할아버지와 할머니의 도움을 받아 염라대왕을 잡아간다. 그 부인의 정성이 바로 백설기 떡인 것이다. 또한 저승에서 세상으로 돌아올 때에도 흰 떡 세 덩어리 덕분에 강아지를 따돌릴 수 있었다. 그런데 죽은 삼형제는 과양각시의 아들이 아니라 과양각시가 죽인 버무왕의 세 아들이었다. 강림도령은 일부러 숯을 씻고 있다가 이것을 이상하게 여긴 동방삭의 질문을 듣고 동방삭을 잡는 데 성공한다. 강림도령은 교묘하게 염라대왕의 눈을 피해 도망 다닌 동방삭을 잡아가 염라대왕을 만족시키고 급기야 저승사자가 되기에 이른다. 이집트의 오시리스왕이 저승의 사자가 된 것과 비슷한 상상력인데 우리 신화에는 백설기에 관한 재미난 이야기까지 전해지고 있다.

이 영화에서 중요한 해석 코드 중에 하나가 음식 상상력임을 지적했다. 감옥의 죄를 깨끗이 정리하고 새로운 삶에 대한 희망으로 죄수들은 감옥 입구에 나오자마자 두부를 받아든다. 그러나 금자는 하얀 두부의 신성한 의미를 외면하고 제과점에 취직을 한다. 그녀는 감옥에서도 죄수들에게 주어지는 하찮은 재료를 이용해 왕이나 먹을 수 있는 고급 케익을 만들어 내는 다이달로스의 손을 가졌다. 금자가 백 선생을 죽이려고 할 때 그녀의 케익은 화려한 색깔들이었다. 그것은 금자가 출소한 후에 일관되게 했던 빨간 눈 화장의 의미와도 같다. 이는 마치 살해의 제의를 치르러 가는 원시 부족의 얼굴 치장과 같다고 볼 수 있다. 금자는 백 선생에게 자식을 잃은 부모들과 함께 백 선생을 죽이는 제의를 가진다. 이러한 죽음의 장면은 마치

---

37) 신동흔, 『살아 있는 우리 신화』, 한겨레신문사, 2004, 139-162쪽.

원시 부족의 제의적 행사처럼 보인다. 이들은 저마다의 복수를 실현하고자 한다. 그리고 이 제의가 끝나고 이들은 마치 노동을 끝낸 원시 부족들처럼 원탁에 앉아서 금자가 만든 케익의 맛을 음미해 가면서 먹는다. 서로 고개를 끄덕이면서 얼굴 표정에는 좀 전에 있었던 잔인한 살해의 살풍경과는 너무나 생경한 표정을 보인다. 살인의 기억은 마치 지워진 듯 케익의 맛에 감동된다. 마치 그 음식을 먹음으로써 그 모든 제의의 과정을 갈음하는 것처럼 보인다.

　금자는 살인에 참여한 사람들을 위한 케익을 만들고 마지막으로 자기 자신을 위한 케익을 만든다. 이 케익은 처음 부분에서 두부를 거부했던 것과 대조된다. 두부를 거부한 것이 자기 자신의 죄를 인정하지 않겠다는 의지를 보여주는 것이라면 마지막에 스스로 크고 하얀 백설기 같은 케익을 만드는 것은 자기 구제의 의미를 지닌다. 그녀는 죽은 부모들과의 제의적 살해 행위를 끝내고 자기의 케익을 들고 집으로 향한다. 이때 하늘에서는 하얀 눈이 내리고 금자는 속죄의식을 치른다. 그녀가 신에게 용서를 받는다는 것은 딸 제니에게서 용서를 받는 것이라고 할 수 있다. 눈길에 맨발로 뛰어나온 딸과 감동적인 포옹을 하면서 금자는 딸에게 백설기처럼 하얀 케익을 권한다. 제니는 금자가 만든 케익을 손으로 찍어 먹고 금자 역시 손으로 케익을 찍어 먹는다. 그리고 그들은 서로를 향해 웃는다. 딸 제니는 엄마를 향해 용서를 보이고 금자는 딸에게서 새로운 삶에 구원을 얻는다. 금기야 금자는 얼굴을 케익에 쳐 박고 울면서 감격해한다.

　그러나 금자가 케익을 잘 만든다는 것은 매우 아이러니한 상징이다. 그녀의 목표는 복수인데 복수의 과정에 달콤한 케익을 만드는 것이 들어 있다는 점이 아이러니를 느끼게 한다. 그녀가 감옥에서도 하찮은 재료를 가지고 왕국에서나 먹음직한 훌륭한 케익을 만들어 내는 마술의 손을 가졌다는 것은 여성신들의 공통된 특징이다. 이것은 처녀 엄마의 상징이던 아테나가 올리브 나무로 열매와 기름, 의

약, 땔감을 주고 유화가 곡모신의 역할을 한 것과 같은 대지모신의 발현으로 보인다.[38]

4) 선과 악은 아름다움 앞에 무력하다

친절한 금자 씨는 마녀 금자 씨이기도 하다. 영화 속의 이금자는 선과 악이 절묘하게 섞여 있는 인물인데 감옥에서 자원봉사와 간병인 생활을 하고 심지어 죄수들에게 설교까지 하는 천사와 같은 모습을 보여주고 있다. 그러나 동시에 감옥에서 사람을 죽이고 감옥을 나와서 복수를 준비하는 과정은 흡사 전문 킬러와도 같다. 그녀가 가장 선한 모습으로 보여질 때는 딸 제니와 함께하는 장면이며 가장 악한 모습으로 제시되는 장면은 백 선생을 대하는 곳이다. 그녀에게 보이는 선과 악은 인간의 야누스적인 속성으로 신화에서는 선과 악이 하나임을 보여주고 있다. 고대의 신화를 살펴보면 선과 악이 근본적으로 한 뿌리에서 잉태된 것이라는 것을 확인할 수 있는데 이집트의 오시리스와 세트 형제를 예로 들 수 있다. 둘은 한 부모에게 태어난 형제인데 형 오시리스는 선을 관장하고 동생 세트는 악을 관장하는 신이다. 어느 날 동생 세트는 형의 자리를 탐해서 속임수를 써서 형을 관에 넣어서 강물에 버린다. 그것으로도 부족해 형의 몸을 갈기갈기 찢어버리고 형의 자리를 차지한다. 성경의 유명한 카인과 아벨 역시 형제로서 선과 악을 상징한다. 그리스 신화에서 가이아가 최초로 낳은 자식이 에로스와 타르타로스라는 것도 이러한 선과 악의 미묘한 공생을 말해 주는 부분이 된다. 에로스는 사랑으로

---

38) 김화경, 『세계 신화 속의 여성들』, 도원미디어, 2003, 63 – 82쪽.

선을 상징한다면 타르타로스는 죽음으로 악을 상징한다고 할 수 있다. 그렇다면 이러한 신화들을 통해서 볼 때 선과 악은 근본적으로 한 뿌리였음을 알게 되는데 한 인물 안에서 선과 악을 상징하는 신도 역시 존재한다. 바로 인도의 데비 여신으로서 선의 모습인 '우마'와 악의 모습인 '칼리'가 친절하기도 하고 마녀 같기도 한 이금자와 일치되는 부분이다. 그렇다면 인간이 악한가 선한가의 문제를 놓고 볼 때 인간에게는 두 요소가 복합적으로 존재함을 알게 된다.

영화에서는 마녀와 미녀가 혼용되어 이금자를 지칭한다. 이금자는 악마처럼 구는 사람에게는 마녀로서의 역할을 자청한다. 감옥에서 많은 여죄수들을 괴롭히는 악녀를 금자는 친절한 미소로 간병하면서 서서히 죽여 간다. 그녀의 밥에 락스를 타서 결국 위경련으로 죽게 하는 장면을 보여주는데 이것 때문에 그녀의 별명은 많은 죄수들에게 '친절한 금자씨'가 되는 것이다. 하나의 악을 처치함으로써 다수의 선을 보호하는 의미라면 친절한 마녀임에 틀림없다. 그녀가 기도하는 장면은 흡사 성모마리아의 모습을 떠올리게 할 정도로 신성하다. 그러나 엄숙하고 경건한 기도를 올리는 모습과는 달리 빨간 눈화장을 하고 가죽 힐을 신고 권총을 들고 백 선생을 죽이기 위해 개를 대신 쏴 죽이는 장면은 괴기스럽기까지 하다. 마녀와 미녀의 상반된 이름이 이금자에게 붙여지는 이유이기도 하다.

자식을 위해 자신이 저지르지도 않은 살인을 인정하고 감옥으로 들어가는 모정은 우리가 신화 속의 클뤼타임네스트를 무조건 비난하지 못하는 것과 같다. 아가멤논은 클뤼타임네스트의 남편과 자식을 죽이고 강제로 그녀와 결혼을 한다. 그래서 낳은 자식이 이피게네이아, 엘렉트라, 오레스테스인데 아가멤논은 트로이 전쟁 때 그녀를 속이고 딸 이피게네이아를 아킬레스에게 결혼시키겠다고 거짓말하고 딸을 제물로 바친다. 이것을 안 클뤼타임네스트는 전쟁에서 승리하고 돌아온 남편 아가멤논을 죽이게 되고 이것 때문에 딸 엘렉트라는 동생 오레스테스를 부추겨서 엄마를 살해하는 비극을 맞는다. 그래서 딸이 아버지를 차지하려고 어미를 견제하는 것을 엘렉트라 콤플렉스라고 부르는 것이다. 결국 자식의 복수를 위해 모정은 살인을 하게 되었는데 여기에서 모정은 비난보다는 동정을 얻는다. 이금자가 백 선생을 가해하고 살인하는 것은 어린 아이들의 아우성을 즐기면서 살인을 한 백 선생에 대한 모성들의 복수라고 할 수 있다. 처음에 희생된 원모를 비롯해서 네 명의 아이들이 아무런 이유 없이 죽은 것이다. 이금자는 이 죽은 원혼들에게 '친절한 금자씨'가 되어야 하며 그것이 자신의 딸 제니에 대한 속죄가 되는 것이다.

우리는 <친절한 금자씨>의 인물이 미인이라는 데 관심을 둘 필요가 있다. 실제로 이 영화는 예쁜 것을 상당히 중요한 코드로 잡고 있음을 알게 된다. 영화 첫 부분에 금자가 유명해진 것은 그녀가 저지른 살인 때문이 아니라 청순하고 가련한 그녀의 돋보이는 미모 때문이라고 강조한다. 금자는 살인을 하기 위해 총을 부탁하면서도 총을 만드는 사람에게 무조건 예뻐야 한다는 것을 강조한다. 그녀가 만드는 케익 역시 왕궁에서나 먹을 수 있을 만큼 화려하고 맛있기까지 해야 한다. 그만큼 '예쁘다'는 코드는 <친절한 금자씨>를 해석해 나가는 열쇠가 되고 있다. 아름답기 때문에 불행이 축소되는 유명한 신화의 이야기가 있다. 그것은 바로 헬레네의 이야기인데 헬레네는 클뤼타임네스트의 자매인데 왠지 모르게 그녀에게는 특권이 주어진 듯하다. 장영란의 주장에 대로 미인은 무죄라는 논리가 적용됨 직하다.[39] 신화에서 가장 아름다운 여인은 스파르타 메넬라오스 왕의 부인인 헬레네이다. 그녀가 파리스를 따라 트로이로 도망을 가게 되면서 트로이 전쟁이 발생하고 그리스는 커다란 재난을 당하게 된다. 이렇게 큰 죄에도 불구하고 헬레네는 다시 남편에게 용서를 받고 그

---

39) 장영란, 『신화 속의 여성, 여성 속의 신화』, 문예출판사, 2001.

리스인들에게도 용서를 받는다. 대체적으로 편안한 여생을 가질 수 있었던 행운의 여자다. 어딘지 모르게 이 부분의 신화는 불공평해 보이지만 예쁘면 뭐든지 가능하다는 식의 남성중심적인 사고가 스며들어 있다. 이러한 헬레네를 향한 신화 속의 인물들의 사유가 <친절한 금자씨>의 이야기에 녹아 있다. 사람들은 그녀의 죄를 알고서도 예쁘다는 것에 더 많은 관심을 가지고 감옥에서도 역시 예쁘다는 바로 친절하다로 이어진다.

그렇다면 '친절한 금자씨'는 구원을 받을 수 있을까. 일단 영화에서 마녀 이금자는 빨간색 눈 화장을 지운다. 이러한 행위는 자신을 붙잡고 있던 복수라는 마녀를 자신에게서 보내는 의미라고 읽혀진다. 그녀는 죽은 아이들의 부모들과 함께 백 선생을 죽이고 케익에 촛불을 붙이고 죽은 아이들의 위령제를 치른다. 그리고 어린 원모와 조우하게 된다. 어느새 원모는 작은 아이에서 이제는 20살 정도의 청년이 되어 자리를 뜬다. 금자는 이로써 13년 반 동안에 자신의 주면에 있었던 원모를 편안하게 놓아 주는 것이다. 영화에서 선과 악은 계속 함께 기거하지만 결국 선은 악을 물리치게 된다.

영화 <친절한 금자씨>가 대중에게 강력하게 다가올 수 있었던 이유 중의 하나는 그럴듯한 사건, 즉 영화의 핍진성 때문이라고 할 수 있다. 인간의 도덕적 타락이 어느 정도까지 갈 수 있는지를 현실적으로 보여줌으로써 실제로 금자 씨와 같은 인물에 많은 공감을 느끼는 것이다. 우리 시대에 그럴듯한 사건으로 대중의 공감을 얻은 작품들이 많다. 대표적인 것이 <살인의 추억>이라고 할 수 있는데 이와 같은 영화가 비현실적인 폭력 영화나 멜로 영화보다는 보다 현실적이기 때문일 것이다. 영화를 신화적 상상력으로 독해하는 과정은 즐거운 지적 여행이 될 수 있다. 신화의 현대적 해석은 신화를 우리 가까이로 끌어들이는 효과가 있다.

4. 삶과 죽음, 축제와 제의의 외줄타기
〈왕의 남자〉 읽기

▶ 영화 〈왕의 남자〉의 서사적 읽기

1) 축제와 제의는 외줄 위에 있다

"풀리면 신명, 맺히면 한"이라고 했던가. 영화는 왕을 가지고 노는 놀이판으로 시작된다. 놀이판에 올려진 대상은 <연산과 녹수>, 어릴 적 정상적인 사랑을 받지 못하고 사약을 받고 죽은 어미에 대한 그 리움이 많은 연산과 기생 출신으로 왕의 첩까지 꿰어 찬 희대의 요 녀 녹수의 이야기이다. 이들은 결핍의 주체들이자 과잉된 욕망의 주 체들이기도 하다. 한편, 죽어서도 다시 광대로 태어나겠다고 외치는 자유의 영혼인 <장생과 공길>은 욕망의 대상들이다. 바라보는 관객 에게 신명을 주고 삶의 응어리를 풀게 해 주는 중간자적이고 샤먼적 인 존재들이며 그들은 사람들의 욕망을 가지고 놀 수 있는 특별한 영혼의 능력을 가졌다.

장생과 공길은 저자거리에서조차 화제가 되어 버린 왕의 이야기를 희화시키는 신명의 굿판을 펼치면서 장안의 화제를 모은다. 그들에 게 놀이판은 삶의 존재 자체이다. 그들의 영혼은 놀이판 안에서 진 정으로 자유로울 수 있는 것이다. "나 거기 있고, 너 거기 있지"의 봉사놀이판처럼 인간은 존재의미를 늘 찾아야 하는 팡세들인 것이 다. 왕의 내시관 처선의 눈에 띈 광대들은 임금 앞에 잡혀와 임금을 웃기지 않으면 죽음을 면할 수 없는 절박한 상황에 놓인다. 이야기를 계속해서 만들어 내지 않으면 죽어야 하는 신화 속 주인공들의 운명과 같은 것이다. 그것도 왕을 웃기는 이야기판이 펼쳐져야 하는 것이다. 이야기를 만들어 내는 장생과 공길, 이야기를 듣는 연산의 역동적인 역학관계는 축제의 형식으로 때로는 제의의 형식으로 영상을 장식한다. 외줄타기에서 춤을 춘다는 것은 호접처럼 날면서 축제의 흥을 돋워 주기도 하지만 그곳에서 떨어지면 죽음이 될 수도 있는 제의의 절차가 되기도 한다. 외줄타기의 축제와 제의는 공통적으로 연행 장소에 참여한 관객들의 상처를 치유하는 역할을 한다. 맺힘과 풀림의 미학이라고 보아도 될 것이다.

축제와 제의가 맺힘과 풀림이라는 측면에서 공통성을 가지지만 좀 다르게 진행되고 있고 각각의 변별적인 특성을 가진다. 바흐친의 축제적 의미를 살펴보면, 축제란 우파, 좌파 가릴 것 없이 모든 이들에게 호소할 수 있으며, 언어 규칙을 거부하고 신의 권위와 사회적 법칙에 도전한다. 이렇게 전복적인 성격 때문에 희화적인 특성을 가진다고 할 수 있다. 축제의 참여자는 배우와 관객 모두이다. 각각은 자신의 개별성을 상실하고 축제적 활동의 영점을 통과하여 볼거리의 주체와 놀이의 객체로 분열된다. 줄리아 크리스테바에 의하면 축제 속에서 객체는 무로 환원되며 타자화되고 익명성을 얻게 된다. 축제는 새로운 것과 미래를 보여주며 낡은 것을 죽음에 이르게 하고 이상향을 추구하도록 한다. 제의는 쉽게 말해서 통과의례, 입사식, 씻김굿, 장례 등 절차를 수반하는 의례라고 할 수 있다. 이 제의 역시 축제처럼 문화적 동인이 되며 전복적, 창조적, 비판적 특성을 가진다. 장생과 연산과 공길의 관계를 축제와 제의의 관계로 풀어보면서 그들의 놀이판을 들여다보기로 한다.

2) 신명의 놀이판, 축제적 영혼 – 장생 이야기

장생에게 인생은 외줄타기처럼 아슬아슬하지만 즐겁게 살아갈 수 있는 유일한 이유가 된다. 부와 권력 어느 것도 원하지 않기 때문에 장생은 항상 많은 것을 가지고 살 수 있다. 원하는 것이 없으면 한없이 자유로울 수 있다. 그에게 놀이판은 삶의 존재 이유이기도 하고 삶에 용감해지는 자생력의 근간이기도 하다. 그는 사회의 주변부에 존재하기 때문에 사회의 갈라진 틈과 경계를 가장 낮은 신분으로 엿보는 무한한 비판적 자유와 창조성을 가진 사람이다. 그러나 장생은 자신의 삶을 '눈 멈'의 연속이라고 말한다. "어릴 적엔 광대 장단에 눈멀고, 광대 짓을 하면서는 어느 광대 놈과 짝 맞추는 신명에 눈멀고, 한양에 와서는 사람들이 주는 엽전에 눈멀고, 궁에 와서는 눈멀어서 볼꼴 못보고 어느 잡놈이 그놈 마음 가져가는 것을 못보고"라고 자신의 삶을 희화시킨다. 눈 멈은 '마음의 눈을 뜬다'의 역설적 해석으로 삶의 자유에 눈을 뜬 장생의 영혼은 그렇기 때문에 당당하다. 왕뿐만이 아니라 조정대신들에게도 장생의 거침없는 비판적 말은 무척 위협적으로 느껴지고 이 때문에 궁궐에 잡혀온 그는 궁중광대로 거듭나게 된다.

장생이 만들어 내는 축제의 공간에는 놀이의 진정한 의미가 담겨 있다. 그가 연행하는 굿판의 놀이는 호이징아라는 사회학자의 지적처럼 지혜로움과 바보스러움의 대립 밖에 존재하고 진실과 허위, 선과 악의 대립 밖에 존재한다. 놀이는 자유인 동시에 창의이며 변덕인 동시에 규율이다. 이러한 놀이에 대한 생각은 장생의 굿판에서 펼쳐지고 있는 하나의 상상력이다. 장생은 놀이적 공간을 창출해서 진실과 허위, 선과 악을 함께 가지고 놀 뿐이다. 그 놀이의 굿판을 바라보는 관객들은 일상의 고단함을 축제적 분위기에서 일종의 해갈을 맞보는 것이다. 장생의 축제가 성립하는 필요충분조건은 연산과 녹수의 웃음이다. 자신들을 희화시킨 무대에서 진정으로 웃어야만 놀이의 축제는 가능해진다. 드디어 연산과 녹수는 무대의 자신들을 향해 크게 웃는다.

장생에게 외줄타기는 삶에 대한 유일한 방법이다. 그는 떨어지면 '허공도 빈 허공'이라는 줄 위에서 살고자 한다. 이 줄은 광대로서의 삶의 상징이자 자신의 길만을 고집하는 외골수적인 장인정신의 발로라고 할 수 있다. 한 발짝이라도 잘못 디디면 그대로 치명적인 결과를 낳는 줄타기를 '목숨 건 놀이'라고 부를 수 있다. 장생의 줄타기 놀이판은 즉흥과 희열의 원초적인 힘에서 어려움을 추구하는 위험한 놀이의 과정이라고 할 수 있다. 외줄타기는 그 놀이의 과정에 있다. 그런데 왜 이러한 놀이를 하려고 하는가. 장생의 줄타기를 통해서 많은 사람들은 스스로 서 있는 현실의 아슬아슬한 삶의 위험을 대리 경험할 것이다. 한치 앞이 낭떠러지가 현실이 되어 버린 각박한 상황에 영화의 현대적 공감이 살아나는 것이다. 삶에 자유로운 자, 아무 것도 가지지 않은 자의 당당함, 자기가 싫을 때 과감히 가진 것을 벗어던질 수 있는 자로서 장생은 축제적 영혼을 가졌다. 또한 현대인이 가지고 싶지만 쉽게 가질 수 없는 자유로운 영혼을 가진 것이다.

장생이 과거 사극의 옷을 입고서 다시 현대로 부활할 수 있는 것은 그가 축제적 영혼을 소유했기 때문이기도 하지만 자신의 신념을 거침없이 발산하는 신문고 같은 반성적 역할 때문일 것이다. 반성적 역할이란 사회를 드러내 주는 거울 역할이라고 볼 수 있다. 장생은 임금을 향해 거침없이 말한다. "왕을 웃기겠다"고. 그러나 그가 왕을 가지고 노는 것은 왕의 절체절명한 권위 때문이었다. 한 인간을 가지고 논다는 의미가 아니라 왕이 가진 것들을 가지고 논다는 의미인 것이다. 왕에게 권위와 힘이 없다면 왕은 더 이상 놀이판의 주인공으로 등장할 필연성이 없는 것이다. 이때 장생은 자신들을 궁궐로

부른 내시관에게 "신하들에게 옴짝거리지 못하는 왕이라면 왕을 가지고 놀지 않았다"라고 말하며 궁궐에서 나가고자 한다. 이는 그가 생각하는 '왕을 가지고 논다'의 의미가 '권력을 풍자해서 허울을 벗긴다'는 것임을 알게 된다. 이는 권력이 희화됨으로써 더욱 권력화되는 역설적 의미를 가진다는 것을 보여준다. 희화될 대상에서 벗어났다면 이미 권력을 잃어버린 탈권력의 상태인 것이다. 따라서 권력의 전부가 아닌 왕은 더 이상 장생의 축제에 주인공이 될 수 없는 것이다. 궁을 떠나고자 하는 장생에게 내시관은 왕을 조정하는 권력의 신하들을 놀이판의 주인공들로 추천하고 장생은 놀이판의 주인공들로 조정대신들을 등장시킨다. 이때 장생이 추구하는 축제의 의미가 다시 살아난다.

장생이 벌이는 축제의 주인공들은 관객의 공감을 얻었을 때 살아나는 오브제들이다. 그런데 그가 만들어 놓은 이 오브제는 축제 속에서만이 아니라 현실로 걸어 나올 만큼 커다란 위력을 가진다. 어머니 윤씨가 사약을 받는 경극과 조정대신들의 궁중 이야기가 전개될수록 놀이의 축제판이 마치 한을 푸는 씻김굿으로 변해 가는 것이다. 축제적 영혼을 가진 장생은 씻김굿의 샤먼을 불러들이는 역할을 하고 있는 것이다. 장생이 벌이는 축제가 죄를 단죄하는 한의 씻김굿이 되는데는 연산의 어린 시절 깊게 새겨진 트라우마가 있었다. 연산에 의해 축제는 제의로 변해 가는 살벌한 이야기가 되어 버린다.

3) 한의 씻김굿, 제의적 영혼 – 연산 이야기

장생에 의한 축제가 점점 살벌한 씻김굿의 제의가 되어 가는 것은 연산 때문이다. 영화는 연산을 통해 맺힘의 한을 보여준다. 역사적으로 폭군의 이미지를 가지고 있는 연산을 하나의 인간적인 인물로 재조명한다. 어린 시절에 어미 윤씨가 사약을 먹고 죽은 것을 본 연산은 영혼에 깊은 상처를 입는다. 아버지의 사랑도 제대로 받지 못하고 궁궐 어느 곳에 마음을 둘 사람을 가지지 못한 연산은 기생 녹수를 후궁으로 들인다. 그리고 녹수와 노느라 국사는 신경을 쓰지 않는 것이다. 역사적 인물들이 새롭게 재조명되는 것은 통합적 안목을 위해서 바람직한 일이다. 역사가 승리한자와 영웅 위주로 기록되기 때문에 그렇지 못한 인물에 대한 평가는 늘 부정적이었던 게 사실이다. 연산의 인간적인 상처, 즉 트라우마를 중심으로 인물을 바라봄으로써 역사의 화석화된 왕이 아니라 현대를 살아가는 하나의 캐릭터로 인식하게 되는 것이다.

자신과 녹수의 이야기를 통해 연산이 웃을 수 있다는 것은 장생의 공연을 축제로 받아들였다는 것을 입증한다. 그는 녹수의 역할을 한 공길에게 묘한 감정을 느낀다. 어머니, 누이, 연인, 친구 등 많은 감정이 교차한다. 많은 역할 중에 그에게 가장 필요한 것은 어머니와 친구였던 것이다. 어릴 때 죽은 어머니는 영원한 그리움의 대상이자 회한의 대상이다. 한번도 공론화시킬 수 없었던 자신의 깊은 상처를 공길과 인형극을 통해 풀어 가는 것이다. 연극치료나 제의적 치료라고 해야 맞을 것이다. 나라의 왕이 광대를 불러 하는 것이 술을 먹는 것도 아니고 가무를 즐기는 것도 아니다. 그가 공길과 하고 싶은 것은 양반들이 공길을 상대로 변태적인 성적 쾌락을 추구하는 것도 아니다. 왕이 공길과 하고 싶었던 것은 어린 시절 꼬마가 엄마와 하고 싶은 인형놀이나 친구와 하고 싶은 소꿉놀이 정도인 것이다. 왕은 공길과의 놀이를 통해 어린 시절 불행했던 어린 자신과 조우하게 되는 것이다. 놀이 안에서 여린 꼬마는 엄마가 보고 싶어 울부짖고 있었고 아버지 선왕을 무서워했으며 늘 외로운 아이였던 것이다. 공길은 이러한 왕의 상처를 보게 되고 점점 그를 이해하게 된다. 장생이 궁을 떠나자고 제안했을 때 공길이 떠나지 못한 이유이기도 하다.

공길을 통해 어린 시절을 다시 보게 된 연산은 어머니를 죽인 이야기를 경극으로 재구성하도록 장생에게 명을 내린다. 이때 공길은 폐위 윤씨 역할을 담당하고 연산은 극을 보다가 뛰어 나와 사약을 받는 공길을 향해 '어머니'를 외치며 껴안는다. 이는 어머니에 대한 연산의 한이 엄청나게 억눌려왔음을 보여준다. 이 지점에서 바로 연산이 어머니를 저승세계로 편하게 보내드리지 못한 회한을 보게 된다. 망자를 놓지 못한 산자의 한이 축제를 씻김굿의 제의로 변하게 하는 것이다. 역사적 사료에 적힌 파행적인 연산의 모습이 한 명의 불행한 보편적 캐릭터로 살아나고 있는 것이다. 그는 이때 사약을 내린 후궁들을 향해 단죄와 복수의 칼을 빼들고 이러한 비참한 사태를 막다가 조모인 대비는 죽게 된다. 궁 안의 축제는 이제 장례의 통과의례로 변해 가는 것이다. 어머니를 죽인 후궁들을 직접 죽임으로써 연산은 자신의 어미의 죽음을 받아들이는 것이다. 상중인 궁궐에서 왕은 공길에게 고맙다는 인사를 하며 그에게 벼슬을 내리고 연회를 열고자 한다. 이러한 목적을 가진 살벌한 제의적 분위기는 자유를 추구하는 장생에겐 견디기 어려운 일이었고 그는 결국 궁을 떠나고자 한다. 또한 이제 왕을 가지고 논다는 것이 의미가 없어진다. 왕은 강하지도 위엄이 있지도 않다. 권위와 법칙에 항거하면서 전복적인 재미를 쫓는 것이 축제의 본질임을 볼 때 장생의 놀이는 더 이상 진행될 수 없는 것이다.

너무나 약한 존재인 왕은 내시관 처선에 의해 간신히 보호받고 있는데 처선은 왕을 위해 장생에게 '신하들을 가지고 놀아달라'는 제안을 한다. 왕은 신하들을 가지고 노는 놀이판을 통해서 또 하나의 무력한 왕의 모습인 자신을 만나게 된다. 힘없고 나약한 임금을 보게 되고 반대로 힘 있고 강한 신하들을 보게 되는 것이다. 왕 자신을 허수아비처럼 세워놓고 왕보다 막강한 권력의 힘으로 호사를 누리는 신하들을 보게 된다. 이것을 참지 못하고 왕은 신하들을 굿판 한가운데서 처벌하게 되는 것이다. 더 이상 장생의 축제는 연산에게 축제가 되지 못하는 것이다. 연산은 경극에서 어머니에 대한 자신의 한을 푸는 씻김굿을 재현한 것처럼 탐관오리를 풍자하는 이 축제에서도 자신의 한을 푸는 놀이 굿을 연행한다. 왕은 직접 신하들을 문초하면서 부정을 자행한 자를 가려내고 신하들은 축제가 진행될수록 공포를 느끼는 것이다. 장생이 벌이는 축제는 연산에 의해서 한을 푸는 제의로 전환되고 있다. 왕의 어린 시절 심한 트라우마가 결국 축제를 제의로 바꿔내고 있는 것이다. 이러한 전환의 중심에는 공길이 서 있다.

　연산의 공길을 향한 복잡한 마음은 단순히 사랑이라는 용어로 다루어질 수 없다. 녹수는 자신에 대한 왕의 사랑이 줄어들자 공길을 몰아낼 생각을 한다. 하지만 공길에 대한 연산의 마음은 녹수와는 매우 다르다. 연산에게 공길은 심리치료사 이상의 의미를 지닌다. 동성애로까지 확장되는 연산과 공길의 관계는 심리적인 오이디푸스 콤플렉스의 다른 형태라고 볼 수 있다. 어머니에 대한 연민과 사랑이 결국 연산에게는 풀어야 하는 숙제였던 것이다. 연산은 자신의 과거와 어머니 그리고 공길의 관계를 더 이상 분리해서 바라보지 못한다. 공길의 자살로 인해 연산의 환상세계와 실제세계의 구분이 명확해진다. 연산은 공길의 자살을 보며 "도대체 왜"라는 절규를 외치면서 공길을 현실의 세계로 돌려보내 준다. 그때 왕의 현실은 신하들의 반란에 의해 내몰리기 직전이다. 연산은 장생과 공길의 외줄타기를 보면서 자신의 권좌가 그들처럼 외줄타기임을 느끼는 것이다. 떨어지면 허공, 그것도 빈 허공이라는 광대들의 말은 바로 왕의 권좌가 외줄타기임을 말하는 것이다. 권좌에서 떨어지면 빈 허공뿐인 것이다. 궁궐 밖에서 밀려오는 인파는 왕의 외줄타기가 곧 허공으로 떨어질 놀이임을 암시해 주는 것이다. 그는 곧 떨어져야 하지만 장생처럼 자유롭지도 않다. 그래서 연산은 장생을 보면서 두려움과 부러움을 느꼈을 것이다. 너무나 많이 가진 자가 다 잃을 것 같은 두려움을.

4) 신명에서 한으로, 축제에서 제의로 – 공길 이야기

공길은 여성인가 남성인가. 여성이라면 엄마인가 연인인가, 남성이라면 아이인가 아버지인가, 이는 영화를 보는 관객들을 혼돈스럽게 한다. 공길은 장생에게 어떤 사람이고 연산에게는 어떤 사람인가. <왕의 남자>의 원작에 해당하는 연극 '이(爾)'는 주로 공길의 이야기이다. 공길은 여러 가지 측면에서 문지방적인 존재인 것이다. 장생은 자신의 신명을 함께할 수 있는 친구로 공길을 만난다. 장생의 축제가 성공하기 위해서는 서로의 신명이 딱 맞는 공길의 존재는 필수적이다. 공길과 장생은 놀이판에서 자유로워질 수 있는 축제적 인물들인 것이다. 장생은 연산의 역할을 하고 공길은 녹수의 역할을 하면서 장안의 민중 축제는 점점 인기를 더해 가고 민중은 이렇게 전복된 왕의 권위에 잠시나마 현실의 고통을 잊을 수 있는 것이다. 축제는 미래와 이상향을 노래한다고 했던가.

궁에 잡혀온 장생의 무리는 죽음에 대한 공포심에 거의 놀이판을 진행시키지 못한다. 장생이 왕 앞에서 녹수가 난 아이를 가지고 성적 희롱을 하는데 임금의 얼굴은 심각하기만 하다. 이때 갑자기 등장한 공길은 태어난 자식이 왕의 씨가 아니라고 재치 있게 받아친다. 이 순간 축제의 진정한 장이 열리는 것이다. 자신들의 이야기로만 받아들인 연산과 녹수는 공길의 허구적 이야기로 인해 축제의 객관적 인물이 되고 그 안에서 즐기게 되는 것이다. 그때부터 공길은 왕의 남자가 된다. 이는 에로틱한 상상력을 자극하는 언어의 대립적 조합인 "왕과 남자"는 공길의 역할에 대한 함축적인 상징을 나타낸다. 왕은 공길이라는 광대를 통해 자신의 한을 드러내 보인다.

　공길을 자신의 처소에 데리고 온 연산은 공길에게 놀자고 제안하자, '논다'는 왕과 남자라는 메타적 조합으로 모호한 의미를 형성하는데 갑자기 공길은 인형을 꺼내들고 왕과 인형극을 펼친다. 공길은 왕이 제안한 '논다'의 의미를 잘 파악하고 있는 어머니 같은 인물인 것이다. 이때 연산은 공길에 의해 상처받은 어린 시절을 치유하는 과정을 가진다. 흡사 이것은 어린아이가 어른의 세계로 진입하기 위해 거쳐야 하는데 그냥 뛰어넘어버린 통과제의 같은 절차이다. 엄마에게서 자연스럽게 분리되는 어린아이의 통과의례는 프로이드[40]에 따르면 '포르트 / 다' 게임, 즉 '없다 / 있다'의 게임이다. 이러한 놀이를 통해서 어린아이들은 본능적으로 엄마가 사라지는 것을 저항 없이 받아들이게 되는 것이다. 즉 아이에게 대상이 사라짐과 되돌아옴을 자연스럽게 받아들이는 것이다. 그런데 왕에게 어머니는 사라져버리고 다시는 돌아오지 못하는 상처가 되어 버린다. 아버지인 선왕에게 보고 싶다고 하소연 해봐도 아무런 효과가 없는 것이다. 연산은 포르트 / 다 게임에서 놀이의 세계와 현실의 세계의 경계를 자연스럽게 거치지 못한 것이다. 연산은 이러한 성인 입사식과 같은 놀이에 실패했기 때문에 결국 공길을 통해 그러한 통과의례를 치르는 것이다. 공길은 선왕에게 호소하는 연산의 울부짖음을 들어주고 인형으로 소꿉놀이를 해 주는 친구가 되기도 하고 상처받은 어린 연산을 감싸주는 어머니의 역할 등 복합적인 존재, 즉 문지방적 존재가 되는 것이다. 문지방적 존재란 이곳과 저곳을 이어주는 존재, 이 사람과 저 사람의 영혼을 이어주는 존재, 과거와 현재를 이어주는 영

---

40) 프로이드, 『쾌락의 원칙을 넘어서』, 열린책들, 1997, 97-98쪽.

매 같은 역할이라고 할 수 있다.

영매와 같은 공길의 문지방적 역할은 어머니 폐위 윤씨의 사약 받는 장면을 통해서 가장 극적으로 잘 드러난다. 마치 어머니의 영혼이 공길에게 현시된 것처럼 연산은 경극 중 어머니를 부르며 뛰쳐나간다. 그때 공길은 더 이상 공길이 아니며 어머니의 영혼이 현시된 존재인 것이다. 어머니를 부름과 동시에 연산은 어머니를 죽인 자들에 대한 분노를 참지 못한다. 연산은 공길이라는 문지방적 존재에 의해 어린 시절 불행했던 어린 연산을 만나게 되고 죽은 어머니를 만나게 되는 것이다. 장생과 함께 축제적 놀이판으로 시작한 놀이판이 연산의 상처가 드러나는 제의적 연행공간이 되어 버리는 것이다. 공길은 왕에게 자신을 보내달라고 호소한다. 그 호소는 자신을 제의에서 벗어나게 해서 축제의 세계, 즉 장생의 세계로 보내달라는 의미로 받아들일 수 있다. 왕은 그의 의견을 무시하고 공길은 죽음을 선택하는 지경에 이른다. 자유로운 삶이 최고의 미덕인 광대에게 높은 벼슬은 아무런 의미가 없는 것이다. 공길은 자신을 모함해서 죽이려고 하던 녹수의 꾀에 걸려들지만 장생의 희생으로 살아나게 된다. 자기 대신 죄를 뒤집어쓰고 눈이 멀게 되는 죄를 받고 감옥에 갇힌 장생. 자신이 봉사가 되어서 봉사놀이 한번 진짜로 해 보고 싶다는 장생의 이야기를 듣고 연산 앞에서 장생의 이야기를 인형극으로 보여준다. 그리고 자신의 손목에 칼을 긋고 자살을 기도한다.

연산은 신하들의 역모에 의해 곧 쫓겨날 운명이다. 연산의 운명도 장생의 것처럼 외줄타기인 셈이다. 연산은 눈이 먼 장생을 외줄타기 위에 세운다. 장생은 너스레를 떨면서 진짜 봉사가 된 자신의 심사를 노래한다. 연산은 외줄 위를 타고 있는 장생과 공길을 보면서 자신을 또 하나의 줄 타는 객체로 보는 것이다. 연산은 외줄 위에서 한없이 자유로운 자들과 지독할 정도로 현실에 두려워하는 자기 자신을 바라보는 것이다. 밖에서는 민중의 항거 소리가 들리고 장생과 공길의 줄타기 놀이판은 점점 신명이 들어간다. 사회를 뒤집기 위한 민중의 소리는 장생의 축제와 함께 뒤범벅되고 왕은 초라하기 그지없이 곧 뒤집힐 권좌에 힘없이 앉아 있는 것이다. 놀이판이 끝나는 것을 지켜보면서.

영화는 축제와 제의를 외줄타기를 통해서 보여주고자 하였다. 외줄타기란 인생의 생존 방식일 수 있다. 살아가는 것이 어찌 보면 외줄타기인 것이다. 자기가 서 있는 곳에서 한발만 잘못 디디면 떨어지고 마는 아슬아슬한 놀이판의 연속인 셈이다. 영화에서 재현되는 세 인물은 현대를 살아가는 사람들의 자화상인 것이다. 아무것도 소유하지 않았지만 자신의 삶에 무한한 자유를 추구하는 인물, 모든 것을 다 가졌지만 전혀 자유롭지 못하고 상처투성이인 인물, 자유와 상처를 모두 다 이해하는 인물 등 현대를 살아가는 사람들의 모습인 것이다. 영화에서 마련한 축제의 마당에 관객 역시 일부의 역할을 부여받는다. 이는 <서편제>에서 이미 보여주었던 한의 육화에 대한 이해이며 진정한 예술에 대한 이해라고 볼 수 있다. 소리에 대한 유봉과 송화 그리고 동생 동호 사이의 대립구도는 영화 <왕의 남자>의 인물구도와 비슷하다. 놀이판을 통해서 한없이 자신의 예술에서 자유를 추구하는 장생의 영혼은 소리를 통해 한을 풀어내는 유봉의 자유에 닮아 있고 자신의 상처를 결국 이기지 못하고 누이를 찾으러 전국을 떠돌던 동호는 상처로 뒤범벅된 연산의 영혼과 닮아 있다. 자신의 영혼의 소리를 밖으로 연결시키는 문지방적인 존재로 송화와 공길을 들 수 있을 것이다. 이 두 영화는 소리와 놀이판이라는 비슷한 소재로 과거를 노래하고 있지만 가장 현대적인 의미를 얻는 데 성공한 작품들이다. 각각 한국 영화의 신기록들을 갈아 치운 이 작품들은 현재를 살고 있는 우리들의 이야기 그것이기 때문이다. 상처받은 자들의 치유와 해후의 결정판들이라 하겠다. 그 축제의 장에서 우리는 각각의 자신의 소리를 풀어낼 것이다.

5. 무대 효과와 언어적 유희로
〈음란서생〉의 전시된 욕망 읽기
▶ 영화〈음란서생〉의 서사적 읽기

1) 무대효과에 의해 욕망이 전시되다

영화란 우리에게 무엇인가? 이 영화는 영화를 보는 우리에게 "진맛"의 심리상태를 갈망하도록 한다. "꿈꾸는 것 같은 거, 꿈에서 본 것 같은 거, 꿈에서라도 맛보고 싶은 거 ……", 이는 김장녕이 유기장으로부터 들은 욕망의 담금질이다. 사헌부 김장녕은 당파싸움과 권력을 허망하게 생각하고 있는 백면서생. 그는 모든 것을 가질 수 있으나 아무것도 욕망하지 않는다. 욕망하지 않는 삶은 얼마나 무료할 것인가. 어느 날 왕실의 그림을 표고한 자를 잡아야 하는 어명이 김장녕에게 떨어지고 그 의뢰인은 구중궁궐의 안에 거세된 욕망의 화신인 정빈인 것이다. 김장녕은 유기전에 가서 범인을 밝혀내는 과정에서 장안에 화제작인 인봉거사의 음란하고 난삽한 글을 보게 된다. 사건을 해결한 김장녕은 정빈의 초청으로 다과를 하다 우연히 정빈에게 날아든 벌을 쫓아주면서 정빈의 눈과 마주친다. '음란한 글'과 '정빈의 눈'은 무기력한 김장녕에게 행복을 욕망하도록 부추기면서 용감하게 살 수 있는 코드로 작용한다. 음란을 생각하는 순간 무기력하던 선비는 창작의 욕구가 솟구친다. '음란'과 '서생'의 상반된 언어의 의미가 서로 충돌해서 새로운 의미체인 욕망을 끌어내고 있다.

영화는 음란에 대해서 이야기하고자 하는 것이라기보다는 인간의 욕망과 행복에 대해서 이야기한다. 이 영화에서는 네 가지의 욕망이 전시된다. 그 욕망의 그물망의 중심에는 정빈이 놓여 있다. 각각의 네 모서리에는 왕, 사헌부 김장녕, 의금부 이광원, 내시관 등이 그물 망처럼 각기 다른 형체를 띠며 걸려 있다. 정빈을 사이에 두고 경쟁하는 관계에 왕과 김장녕이 있는데, 왕은 모든 것을 가질 수 있지만 사랑만은 얻을 수 없는 불행한 사내이다. 반면, 김장녕은 정빈의 사랑을 받는 유일한 남자이다. 그러나 그는 그의 소극적인 성향 때문에 정빈에게 다가가지 못하고 정빈에 대한 욕망을 글로써 발산하게 된다. 현실의 정빈에게는 무척 소극적이지만 그의 글 속에 등장하는 인물은 적극적인 성향을 가진 인물이다. 그의 욕망은 그의 방을 중심으로 전시된다.

절대 권력을 가진 왕은 정빈을 사랑하기 때문에 늘 약자의 입장이라고 말하며 정빈의 모든 요구를 받아들인다. 그러나 정빈의 사랑을 얻는 데는 실패하고 만다. 반면, 김장녕은 권력에는 뜻이 없고 허망하다는 생각을 하지만 정빈의 마음을 얻는 데 성공한 사람이다. 그는 자신의 욕망을 발현시키면서 사랑을 얻는다. 왕이 정빈을 소유하고자 욕망하였지만 그의 욕망은 퇴보적이고 자기 배반적인 일방적 사랑으로 끝나버린다. 그러나 김장녕의 사랑에 대한 욕망은 발산되어 정빈의 마음을 사로잡는다. 급기야 정빈은 죽음을 눈앞에 둔 김장녕의 절박한 상황에서도 김장녕의 진실한 사랑의 고백만을 소중하게 여긴다. 왕과 정빈 그리고 김장녕을 동시에 담고 있는 마지막 장면의 카메라 앵글은 흡사 연극 무대를 연상시킨다. 이러한 무대 장치는 극중에서도 두드러져 보인다.

영화가 추구하는 스피드에서 한발 떨어져 이 영화의 속도는 느리다 못해 연극을 보는 듯한 인상마저 든다. 이 영화는 연극적 효과를 충분히 살리고자 하였다. 유기전의 출입문에 달려 있는 조그맣고 네모진 창은 이야기의 시작을 알리는 무대의 막이며 동시에 모든 장면은 무대화된다. 특히 정빈이 김장녕을 만나는 광경은 네모난 문 안에 놓인 발 너머이다. 또한 김장녕이 정빈을 만나고 돌아와 자리에 앉은 그의 서재 역시 네모난 액자 형식이다. 카메라 앵글을 딥 포커스로 초점을 맞춰 대부분의 장면은 네모난 액자 안에서 고뇌하는 선비의 모습과 창작하는 모습을 깊은 초점을 가지고 담아낸다. 이는 마치 그림을 보는 효과를 살려 주면서 김장녕의 욕망을 은밀히 관객에게 전시한다. 관객은 좀 떨어져서 흡사 예술품을 보듯이 음란한 그의 소설과 삽화를 바라보게 되는 것이다. 또한 욕망의 전시된 글과 그림은 연극적인 무대효과를 적절히 이용해 인간의 내밀한 욕망을 마치 구술하듯이 언어유희를 통해 펼쳐 보이고 있다. 보여주는 시각적 음란이 아니라 말해 주는 언어적 음란을 보인다. 스크린이 단순히 보는 재미가 아니라 사고를 곱씹는 즐거움과 언어적 유희를 즐기는 또 다른 공연 공간이 되는 것이다.

왕과 김장녕은 정빈을 사이에 두고 직접적으로 충돌하는 욕망을 보인다. 이 두 이미지가 선명한 갈등구조라면 이들을 가로지르는 또 다른 욕망의 그물이 놓여 있다. 정빈을 사가에서부터 사랑했던 내시관의 은밀한 욕망과 정빈의 욕망을 엿보고자 하는 의금부 이광원의 욕망을 들 수 있을 것이다. 내시관은 이 영화에서 가장 불행한 사내이다. 자신의 욕망을 누르고 그가 말하듯이 '머리에서 내리는 영'만을 숭배하고 살려고 했던 남자이다. 자신이 사랑하는 여자를 왕에게 빼앗기고 남자로서의 자신의 욕망을 거세한다. 그 거세된 남성성은 더 이상 자신이 원하던 사람에게 이성으로 여겨지지 못하는 불행을 감수한다. 그러면서도 자신의 사랑을 지키려는 지고지순한 인물이다. 그는 김장녕에게도 '머리에서 내리는 영'을 따르라고 조언한다. 그러나 그는 왕에 이어 또 다른 남자 김장녕에게 자신이 사랑하는 여자를 인도해야 하는 잔혹한 운명을 감당해야 한다. 그는 자신이 사랑하는 정빈을 위해 붙잡힌 김장녕을 죽이려고 하지만 왕은 그런 내시관을 미리 예측하고 죽인다. 그의 욕망은 철저히 거세된 것이다. 의금부 이광원은 자신에게 찾아온 김장녕의 요구를 듣고 펄펄 뛰며 삽화 그리기를 거절한다. 그러나 결국 탁자 위에서 김장녕과 성적 대사를 하면서 동반작가의 길을 가게 된다. 위에 제시된 그림은 김장녕과 이광원이 성적 자세에 대한 삽화를 시뮬레이션으로 보여주고 있는 상상의 장면이다. 자신들의 상상력에 대한 경고로 '따라하지 마시오'라고 기재하는 유머를 보인다. 이광원은 김장녕에게서 상상력이 없다는 핀잔을 듣지만 당군 왕검 이후로 가장 음란할 것이라는 데는 서로 공감하면서 웃는다. 삽화가를 알기 위해 김장녕을 문초해야 하는 역할을 삽화가인 이광원이 맡게 된다. 그러나 모든 것이 발각되고 결국 내시관에게 이광원과 김장녕은 봉변을 당한다. 이광원의 그리고자 하는 욕망은 무엇이었을까. 권위에 눌린 사대부들의 사랑에 대한 욕망의 표출일 것이다. 이광원은 김장녕의 글을 보고 그것을 여러 사람에게 구경시키고 싶은 예술의 근원적인 욕망을 느꼈을 것이다.

2) 언어유희에 의해 욕망이 전시되다

김장녕은 유기전의 네모진 문을 열고 필사하는 방으로 들어섬과 동시에 자신의 내면에 닫혀 있던 욕망이라는 네모진 창을 슬며시 열어 놓았던 것이다. 이 창으로 보인 또 하나의 욕망인 왕의 여자 정빈에 대해 김장녕은 주최할 수 없는 욕망을 풀어내기 위해 어둡고 네모난 공간이자 자신의 욕망이 실현되는 서재에서 밤새 음란한 글을 쓴다. 유기전 주인 황가의 "얼굴이 심히 까칠하고, 자신감도 없어 보이는 게 ……"라는 말은 음란한 글을 쓰고자 하는 선비의 앞서가는 마음과 심약한 도덕적 선비라는 현실적 장애가 강하게 충돌하는 것을 보여주는 언어적 유희에 해당한다. 김장녕은 유기장에게 와서 "오만하고 교만했었네"라면서 자신이 쓸 수 없음을 과장해서 토로한다. 하지만 그의 글을 본 유기장은 "첫 장부터?"라고 의뭉스런 표정을 보임으로써 웃음을 유발시킨다. 드디어 김장녕은 추월색이라는 글로 많은 아녀자들에게 감동을 주며 '댓글'이 달릴 정도로 인기를 얻게 된다. 현대 인터넷시대에나 쓰는 이 용어를 사대부의 글을 읽고 느낀 점을 쓴 아녀자들의 글과 등치시키고 있다. 이러한 재치 있는 언어유희의 장치가 영화의 현대성을 확보해 준다.

영화는 음란과는 거리가 먼 백면서생을 욕망이라는 이름으로 불러들였다. 그런데 여기에서 욕망은 끝나지 않는다. 이 행복한 삶의 충만함을 느낄 수 있도록 또 하나의 대리인을 캐스팅한다. 가장 완고해 보이는 인물, 심지어 공포를 불러일으키는 인물의 차용은 효과를 더욱 극적으로 높여줄 것이다. 여기에 등장하는 인물은 의금부의 이광원인데 이는 김장녕의 집안과는 적이다. 이러한 이광원을 삽화가로 불러들인 것은 권력이나 당파라는 것이 김장녕에게는 아무런 가치를 가지지 못함을 우회적으로 희화시키고 있다. "진 맛"을 설명해 주는 김장녕은 '부끄러운 곳, 애간장, 뜨거운 무엇'을 이광원에게 설명해 주고 욕망의 유혹을 불어 넣는다. 이 미로처럼 보이는 욕망에 가담한 이광원은 도미노처럼 또 하나의 행복한 사람으로 거듭난다. 이들의 글과 그림은 "흑곡비사"라는 이름으로 장안의 화제작이 되고 자신들의 작품을 "읽고, 또 읽고, 돌려주지 않는다"는 말에 무척 흐뭇해한다. 작가의 욕망이 실현되는 순간이다. 이광원과 김장녕은 집안끼리 앙숙관계임에도 불구하고 욕망을 위해 용감하고 행복할 수 있는 인물들이다. 지나가는 개를 쳐다보는 이광원에게 김장녕은 거침없는 성적 농담을 하고 심지어 의금부에 문초를 받고 있는 죄수에게조차 절정의 순간에 가장 적절한 표정을 물어볼 정도로 행복해진다. 이광원의 그림을 재촉하는 김장녕은 유기장이 했던 말을 그대로 이광원에게 전한다. 언어의 카니발이 축제화되고 있다.

정빈은 자신의 이야기가 장안의 난삽한 이야기로 떠돌지만 그녀가 원하는 것은 단 하나, 김장녕의 진실한 사랑이었다. 갖은 고초를 겪으면서도 정빈에 대한 자신의 마음을 숨겨온 김장녕은 결국 왕 앞에서 정빈에 대한 자신의 사랑을 고백한다. 그는 "더 사랑한 자가 약자"라는 임금의 비통을 듣지만 결국 사랑에 성취한 진정한 승리자인 것이다. 사랑에 대한 욕망으로 죽음에까지 내몰린 김장녕은 자신이 받은 행복의 대가로 섬으로 유배를 떠나 산다. 이마에 '淫亂'이라는 글을 새긴 채 살아간다. 하지만 그는 행복하다. 그림이 움직이는 것처럼 보이는 (동·영·상·)을 개발했기 때문이다. 예술 탄생의 행복한 순간을 느끼는 김장녕. 이는 예술의 존립근거라고 말할 수 있다. 마지막에 김장녕은 의금부 관리가 죄수를 사랑한다는 자신이 쓸 책의 내용을 말하면서 제목을 '친구'라 정하고 만족해한다. 이 영화는 마치 소설을 읽는 것 같은 언어적 쾌감을 느끼게 한다. 사건보다는 언어에 의해 전시된 인물들의 욕망을 읽어 나간다면 영화는 보다 더 재미있어질 것이다.

제5장
나오는 말을 대신해서

〈영화관에서 걸어 나온 이미지의 서사들〉
▸ 한강, 김훈, 정미경, 김경욱, 배수아 등의 단편을 중심으로

　최근 소설은 영화에 수많은 독자를 빼앗기지만 역설적으로 영화로 인하여 많은 독자를 확보하기도 한다. 대표적인 경우가 영화 <서편제>의 성공이 소설 <서편제>를 다시 찾게 한 예이다. 외국의 경우 <반지의 제왕>이 그 예라고 하겠다. 돌킨의 소설이 영화화되면서 전 세계에서 더 많이 읽히는 소설이 되었다. 문학은 말로 된 언어이고 영화는 시각적 언어라는 차이점이 있긴 하지만 둘 다 이야기를 축으로 하는 서사물이라는 것이 두 매체의 동반적 운명에 절대적으로 작용한다. 영화 비평가로 명성이 높은 크리스티앙 메츠는 영화가 언어이기 때문에 우리에게 멋진 이야기를 해 줄 수 있는 것이 아니라 영화가 우리에게 멋진 이야기를 해 주었기 때문에 하나의 언어가 되었다고 말한다. 19세기 작가 톨스토이는 죽기 전에 한 인터뷰에서 카메라가 영화를 찍는 것처럼 글을 쓰고 싶다고 밝힌 바 있다. 이처럼 영화와 문학의 공존은 앞으로도 형태만 조금씩 바뀔 뿐 계속될 것이다.

현대 영화와 소설의 관계는 선후의 관계가 모호하다. 초기에 문학이 영화의 전사로서의 역할을 담당했던 것과는 다르게 근래에는 영화 제작과 동시에 소설이 써지기도 한다. 이를 동반창작이라는 용어로 정의하고 있는데 대표적인 작품으로 임권택의 영화 <축제>와 이청준의 소설 <축제>를 들 수 있다. 허진호 영화 <외출>은 소설가 김형경의 <외출>과 동시에 창작되었다. 그러나 이러한 선후관계와 동반창작 관계를 떠나서 이미 소설의 이미지 처리방식은 영상화되어 있다. 현대의 작가들이 영상을 떠나서는 존재할 수 없을 정도로 영상과는 불가분의 관계를 가진다. 이외에도 대표적인 작품으로 <공동경비구역, 2000, 박찬욱>의 원작인 박상연의 <DMZ>, 이만교의 <결혼은 미친 짓이다, 2001, 유화>, 영화 <밀애, 2002, 변영주>의 원작인 전경린의 <내 생애 꼭 하루뿐인 특별한 날> 등을 들 수 있다.

2000년대를 살아가는 요즘 작가들의 글을 평하는 주된 관점은 전망이 부재하다는 공통점이 있다. 소설 속 주인공들은 그저 방황할 뿐 미래에 대한 전망이 부재하다. 문학이 미래의 이상을 보여줘야 한다는 공식에서 벗어나 있는 그대로의 현실을 살피고 있을 뿐이다. 그러나 이러한 공통점 이외에도 공통적으로 거론될 수 있는 것은 이야기의 서술 방식이다. 대표적으로 몇 작품을 통해서 소설의 이야기와 서술형식 간의 관계를 보면 공통적으로 그 전개방식의 흐름이 매우 영상적이라는 것을 알게 된다.

한강의 <몽고반점>에서는 예술과 현실의 경계에 대한 깊은 고민을 보이며, 인간의 존재성의 경계에 대한 고민을 하고 있다. 처재의 몽고반점이라는 신화적 이미지에 의해 이야기는 자유자재로 시공간을 이동하는 이미지적 영상기법을 구사한다. 비디오 아티스트인 그는 전자 음악, 현란한 의상, 과장된 몸짓과 성적 몸짓 속에서 더 이상 예술의 의미를 찾지 못하고 자신이 꿈꾸는 원시 생명에의 꿈을 담은 예술을 구현하고자 할 때 일본 작가의 사이키델릭한 꽃 모양의 남녀가 목마른 물고기처럼 파닥거리는 난교의 장면에서 새로 시작해야 하는 예술의 아이디어를 찾는다. 그는 2년의 공백을 극복할 수 있는 생명과 예술의 에너지를 처제의 몽고반점에서 느끼게 된다. 그가 추구하고 싶은 세계는 몽고반점으로 구현되는 신화적 세계에 있다. 그는 "그의 모든 기억 위로 푸른빛 몽고반점이 찍혀 있었다. 퇴화된, 모든 사람에게 사라진, 오로지 어린 아이들의 엉덩이와 등만을 덮고 있는 반점, 오래된 간난 아들의 엉덩이를 처음 만지며 느꼈던 말랑말랑한 감촉"을 그는 지금 그의 예술 속에서 만나보고자 하는 것이다. 몽고반점의 푸른 이미지가 그의 그림의 이미지와 배합되어 환상적인 영상을 연출함으로써 이 소설은 예술적으로 승화되고 있다.

김훈의 <화장>은 죽어가는 아내와 당신이라고 지칭되는 원시 생명의 화신으로 등장하는 추은주의 대조적 이미지가 자연스럽게 교차되면서 이야기가 진행된다. 오버랩으로 제시되는 소멸하는 것의 이미지와 소생하는 것의 이미지는 삶과 죽음의 경계에 대한 작가의 고뇌이다. 아내의 모습은 추은주의 풍요로운 모습과는 너무나 다른 인간의 추악함이다. 그런데 이러한 여신들에 대한 사유는 김훈의 작품세계를 짐작하게 한다. 김인환은 인간의 무의식의 리비도는 언제나 신을 창조한다는 지적을 김훈의 작품비평에 적용하면서 인간은 모두 신을 만나고 신과 이별하고 또 새로운 신을 찾으러 떠난다고 지적한다. 그렇다면 <화장>의 나는 여러 인물들 중에서 두 여신의 모습을 보고 있다. 하나가 추은주와 젊은 시절 아내로 대변되는 대지모신의 원시 생명력이라면 또 하나는 병든 아내와 나에게 아내의 환영을 계속 덮어씌우는 딸의 모습은 원시 생명력을 잃어버리고 자연사하는 아니면 남성의 제도와 국가에 의해서 자신의 자리를 빼앗기는 작아지는 여신의 모습인 것이다. 죽어가는 아내의 모습과 오버랩되는 추은주에 대한 신비로운 이미지의 교차는 살아 있음의 아름다움과 소멸하는 것의 추함을 대비시킴으로써 삶에 대한 고뇌를 보이고 있다.

나는 화장품 회사의 광고를 결정해야 하는 기로에서 관념성이 영상 연출로 넘어갈 수 없는 것임을 알게 된다. 나는 무거움과 가벼움 사이에서 계속 번민하면서 결국 가벼움 쪽으로 모든 것을 정리해 나간다. 이 무거움이란 아내의 병과 나의 전립선 방광이며 화장품이라는 문명의 상징이며 보리라는 개의 삶인데 이것들이 문명의 짐스러움이라고 한다면 주인공 나는 가벼움을 택하고 싶은 것이다. 아내의 소각장 불길의 영상은 미군의 미사일에 의해 폭격당하는 이라크의 불바다와 뉴욕증시의 시황 판이 빨개지는 광경, 코스닥이 폭락하면서 나타내는 전광판의 장면, 이 모든 것을 알리는 TV 화면에 기어가는 바퀴벌레가 청소부에 의해 터지면서 생기는 얼룩과 함께 불의 이미지가 중첩되어 나타난다. 이미지의 다층적인 중첩효과는 영상적 글쓰기의 한 방식이라 할 수 있다. 이미 독자는 영상을 동시적으로 그릴 수 있는 경험적 문화 체험자이기 때문이다.

정미경의 <밤이여, 나뉘어라>는 신적인 능력을 가진 친구 P에 대한 나의 열등감과 경외가 그려내는 신과 인간의 경계에 대한 깊은 성찰이다. 그 경계 밖에서 절망할 수밖에 없는 부인 M과 친구인 나는 현대를 살고 있는 평범한 사람들의 고뇌를 가진 것이다. 나는 P가 의대를 그만두고 미국으로 갔을 때 의사의 길을 접고 영화감독이 된다. 영화감독으로 성공한 나는 P에게 자신의 시사회 작품을 보이지만 결국 P의 지적에 좌절하고 만다. P는 말한다. "영화는 삶의 그림자일 뿐이야, 그림자는 잡히지 않기 때문에 그림자다. 무언가를 굳이 말하려고 하지 말고, 말할 수 없는 것들을 그려서 그 무언가가 떠오르게 해봐"라고 말한다. 이 소설에서 주된 이미지는 수많은 절규에 대한 묘사들이다. 이미 소설은 P가 말하는 것처럼 굳이 절규를 설명하지 않고 그리고 있을 뿐이다. 소설 안에서 영화에 대한 생각이 실현되고 있는 것이다. 묘사가 서술의 상당 부분을 차지하는 전략은 영화적 기법에 대한 고려로 볼 수 있다.

배수아의 <푸른 사과가 있는 국도>에서 주인공은 현실에 존재하지 않는 것 같은 몽환적인 공간을 그리워한다. 25세인 백화점 점원인 주인공에게 더 이상 삶에 테두리가 없다. 그녀에게 가족, 친구, 연인, 학교, 윤리는 아무런 의미 없는 보통명사일 뿐이다. 그녀에게 고유명사는 없는 듯하다. 현실과 상상, 과거와 현실의 교차가 자유자재로 연결되면서 이야기는 내면의 유랑을 이끌어 준다. 배수아의 소설에서 영화적 기법은 표면으로 드러나 있다. 장면과 장면, 사건과 사건은 무수한 오버랩과 이중노출로 등장하고 있으며 심지어 영화극본의 지문을 읽는 듯한 착각까지 불러일으킨다. 예를 들면, 화제를 바꾸기 위해서 "다시 백화점 커피숍이다. 사촌은 나를 안 보내 주려고 작정한 듯하다." 같은 시나리오의 지문 같은 문장을 거침없이 소설의 문체로 가져오기 때문이다.

마지막으로 김경욱에게 경계는 우주까지 확장되는 개념이다. 그의 <블랙러시안>은 마치 영화 메트릭스를 보는 듯한 착각을 불러일으킨다. 현실 같지 않은 이야기를 현실에서 자연스럽게 이야기하는 기법이다. 블랙러시안은 메트릭스 안으로 들어가기 위해 네오가 먹어야 했던 알약과 같은 도어이다. 블랙러시안은 UFO와 함께 사라져 버린 그녀가 즐겨먹던 칵테일이다. 나는 블랙러시안을 하나의 도어라고 생각한다. "그 문을 밀치고 들어가면 어떤 세계가 펼쳐질지 확실히 알 수는 없었지만 결국, 손잡이를 돌려야만 하는, 그런 문이라고 생각한다." 나는 그녀의 흔적을 찾기 위해 우주의 시공간을 자유롭게 사유한다. 김경욱은 영화나 록음악의 문법을 대중문화 장르에서 발현된 상상력을 소설문법의 보조장치로 사용하는 것이 아니라, 영화나 록음악의 문법 자체가 소설 문법과 얽히고 서로 침범하고 변형시키는 동시에 그 결과로 하나의 새로운 소설문법이 만들어진다[1]

---

1) 배수아, 김연수 외, 『20세기 한국소설50』, 창비, 2006, 손정수의 해설 참고.

고 평가받고 있다.

　이처럼 현대 작가들은 자기가 서 있는 현실에서 어딘가로 비상하고자 한다. 한강은 신화적 상상력으로 원시적인 생명으로, 김훈은 죽음과 삶의 경계에서 삶의 세계로, 정미경은 인간의 유한한 능력을 뛰어넘는 초인적인 세계에 대한 열망으로, 배수아는 현실의 상실감을 벗어난 미지의 세계로, 김경욱은 현실의 불가사의한 것을 우주적인 상상력으로 펼쳐간다. 이는 모두 경계를 벗어나고자 하는 열망에서 비롯된다. 이러한 경계에 대한 초월욕망은 이야기하기의 영상적 기법에 의해 전개된다는 것이다. 이야기의 형식은 이미 서술되지 않고 보여지고 있는 것이라 하겠다. 영화와 소설의 거리가 거의 사라져 버리고 있다고 해도 과언이 아니다. 하지만 소설은 소설 나름의 존립근거가 있다. 보여주는 이야기만으로는 모든 이야기 욕망은 풀리지 않는다. 이야기는 서술되면서 풀리는 카타르시스를 가지고 있는 것이다. 그러한 문학적 효과가 사라지지 않을 것이기 때문에 문학은 여러 가지의 형식을 빌려 자기의 존립근거를 확보해 갈 것이다.

❦ 이 책에 실린 글들의 원 출전

*「이상 소설 <동해>와 <실화>의 영상성 연구」(국어국문학회139회, 2005. 05)

*「한의 다성성과 축제성 - 소설 <서편제>에서 영화<서편제>로의 변환」
      (국어국문학회 전국학술대회 발표, 2005. 05)

*「채만식 소설에 나타난 영상적 기법의 담론 연구」(어문학 제90집, 2005. 12)

*「박태원과 이효석 소설의 영화적 담론 연구」(현대 소설연구 2006. 03)

*「1930년대 소설의 영상적 담론 양상 연구」(국어국문학회 2006. 05)

*「영상매체에 나타난 신화성 연구」
      (국어국문학회 전국 학술대회 발표, 2006. 5. 27)

*「상호텍스트성에 의한 소설텍스트 재구성으로써 영상화」
      (서강대 인문과학연구소, 2007, 상반기)

*『현대 문화와 신화』, 연세대출판부, 2006, <영화와 신화>의 <올드보이> <웰
    컴투 동막골> <친절한 금자씨> 부분의 일부를 보다 확장해 논문의
    글로 완성한 것이다.

나머지 글들은 처음으로 쓴 글이다.

🍎 참고문헌

J. 호이징아, 권영빈 옮김, 『놀이하는 인간』, 기린원, 1989.

Chatman Seymour, 김경수 옮김, 『영화와 소설의 서사구조』, 민음사, 1990.

Eisenstein. S, 정일몽 옮김, 『영화의 형식과 몽타쥬』, 영화진흥공사, 1994.

J. F. 비얼레인, 현준만 옮김, 『세계의 유사신화』, 세종서적, 1996.

Jacob Lothe, *Narrative in Fiction and Film,* Oxford University Press, 2000.

K. K. Ruthven, 김명열 옮김, 『신화』, 서울대학교 출판부. 1987.

Mayne. J, 강수영, 류재홍 옮김, 『사적소설 / 공적영화』, 시각과 언어, 1994.

Paech J, 임정택 옮김, 『영화와 문학에 대하여』, 민음사, 1997.

Robert Richardson, 이형식 옮김, 『영화와 문학』, 동문선, 2000.

Sontag. S, 이민아 옮김, 「소설과 영화에 관해 한마디」, 『해석에 반대한다』,
       이후, 2002.

강응천, 『문명 속으로 뛰어든 그리스 신들』, 사계절. 1996.

강진호 외, 『박태원 소설연구』, 깊은샘, 1995.

강한섭, 『어떤 영화를 옹호할 것인가』, 부키, 1997.

강현두, 『대중 문화론』, 나남, 1994.

고은, 『이상평전』, 민음사, 1974.

고혜경, 『선녀는 왜 나무꾼을 떠났을까』, 한겨레출판, 2006.

구인환, 『한국 근대 소설 연구』, 삼영사, 1977.

권영민, 「한국근대소설론 연구」, 서울대박사, 1984

권중운 편저, 『뉴미디어 영상미학』, 민음사, 1997.

그레고리 플랙시먼, 박성수 옮김, 『뇌는 스크린이다 들뢰즈와 영화철학』, 이소출판사, 2003.

김남석, 『한국 문예 영화 이야기』, 살림, 2003.

김동욱, 이재선, 『한국소설사』, 현대문학, 1990.

김병욱, 『한국 문학과 신화』, 예림기획, 2006.

김상준, 『신화로 영화읽기, 영화로 인간 읽기』, 세종서적. 1999.

김상태, 『문학의 이해와 감상』, 건국대출판부, 1996.

김선희, 『영화 언어 1989년 봄에서 1995년 봄까지』, 시각과 언어, 1997.

김성곤, 『영화 속의 문화』, 서울대출판부, 2004.

김성태, 『영화-존재의 이해를 위하여』, 은행나무, 2002.

김성태, 『영화-존재의 이해를 위하여』, 은행나무, 2002.

김소영, 『근대성의 유령들: 판타스틱 한국 영화』, 씨앗을 뿌리는 사람, 2000.

김소희, 「일제시대 영화의 수용과 전개양상」, 『한국일보』75집, 1994, 여름.

김수용, 『나의 사랑 씨네마』, 씨네21, 2005.

김열규, 『한국인의 신화-저너머, 저 속, 저 심연으로』, 일조각, 2005.

김영민, 「한국소설의 문체와 근대성의 발현」, 『채만식 문학의 재인식』, 소명출판, 1999.

김영택, 『한국 근대 소설론』, 민지사, 1991.

김윤식 편, 『채만식』, 문학과 지성사, 1984.

김윤식 편저, 『이상문학 전집1, 2, 3, 4, 5』, 문학사상사, 1995.

김윤식, 『이상연구』, 문학사상사, 1987.

김윤식, 『한국 현대 극작가론5 채만식』, 한국예술학회편, 태학사, 1996.

김윤식, 김현, 『한국 문학사』, 민음사, 1984.

김재용, 이종주,『왜 우리 신화인가』,동아시아, 1 9 9 9.

김종구, 『한국현대 소설의 시학』, 한남대출판부, 1999.

김주현, 『이상 소설 연구』, 소명출판, 1999.

김중철, 『소설과 영화』, 푸른사상, 2000.

김지석, 『한국 영화 읽기의 즐거움』, 책과 몽상, 1995.

김현, 『현대 소설의 담화론적 연구』, 계명문화사, 1995.

김화경, 『세계 신화 속의 여성들』, 도원미디어, 2003.

나병철, 『전환기의 근대문학』, 두레시대, 1995.

나카자와 신이치, 김옥희 옮김, 『곰에서 왕으로—국가, 그리고 야만의 탄생』,
　　　동아시아, 2003.

나카자와 신이치, 김옥희 옮김, 『신화, 인류 최고의 철학』, 동아시아, 2001.

데이비드 보드웰, 크리스틴 톰슨 지음, 주진숙, 이용관 옮김, 『영화예술』, 이
　　　론과 실천, 1993.

도날드 스포토, 이형식 옮김, 『히치콕』, 도서출판 동인, 2005.

로버트 맥기, 고영범 외 옮김, 『시나리오 어떻게 쓸 것인가』, 황금가지, 2002.

로버트 스탬 외, 이수길 외 옮김, 『어휘로 풀어 읽는 영상기호학』, 시각과
　　　언어, 2003.

로버트 A. 존슨, 고혜경 옮김 『신화로 읽는 남성성He』, 동인, 2006.

로버트 A. 존슨, 고혜경 옮김 『신화로 읽는 여성성She』, 동인, 2006.

로버트 C 외, 유지나 외 옮김, 『영화의 역사: 이론과 실제』, 까치, 1998.

마르치아 엘리아데, 이재실 옮김, 『대장장이와 연금술사』, 문학동네, 1999.

마빈 해리스, 박종렬 옮김, 『문화의 수수께끼』, 한길사, 1994.

명형대, 『소설 자세히 읽기』, 경남대출판부, 1998.

문재철 외, 『대중영화와 현대사회』, 소도, 2005.

문학사연구회 엮음, 『소설구경 영화읽기』, 청동거울, 1998.

미셸푸코, 『담론의 질서』, 도서출판 새길, 1992.

민병기 외, 『한국의 영상문학』, 문예마당, 1998.

박병철, 『영화 속의 철학』, 서광사, 2001.

배수아, 김연수 외, 『20세기 한국소설50』, 창비, 2006.

백문임, 『형언—문학과 영화의 원근법』, 평민사, 2004.

사이드 필드, 유지나 옮김, 『시나리오란 무엇인가』, 민음사, 1998.

서정오, 『우리가 정말 알아야 할 우리 신화』, 현암사, 2003.

송병선, 『영화 속의 문학읽기』, 책이 있는 마을, 2001.

수잔 엠 드 라코트, 이지영 옮김, 『들뢰즈: 철학과 영화—운동 이미지에서
　　　시간 이미지에로 이행』, 열화당, 2004.

스튜어트 보이틸라, 김경식 옮김, 『영화와 신화』, 을유문화사, 2005.

슬라보예 지젝, 김소영 옮김, 『삐딱하게 보기』, 시각과 언어, 1995.

신동흔, 『살아 있는 우리 신화』, 한겨레신문사, 2004.

신화아카데미, 『세계의 영웅신화』, 동방미디어, 2002.

신화아카데미, 『세계의 창조신화』, 동방미디어, 2001.

안니 골드만, 지명혁 옮김, 『영화와 현대사회』, 민음사, 1998.

알랭 바디우, 박정태 옮김, 『들뢰즈-존재의 함성』, 이학사, 2001.

앙드레 바쟁, 박상규 옮김, 『영화란 무엇인가』, 1998.

앨빈 키넌, 최인자 옮김, 『문학의 죽음』, 문학동네, 1999.

요시다 아츠히코 외 지음, 김수진 옮김, 『우리가 알아야 할 세계신화』, 이손, 2000.

요아힘 패히 지음, 임정택 옮김, 『영화와 문학에 대하여』, 민음사, 1997.

우한용, 『한국현대소설구조연구』, 삼지원, 1990.

우한용, 『한국현대소설담론연구』, 삼지원, 1996.

유리 로트만, 박현섭 옮김, 『영화기호학』, 민음사, 1994.

유시주, 『거꾸로 읽는 그리스 로마 신화』, 푸른나무, 1996.

유재원, 『신화로 읽는 영화, 영화로 읽는 신화』, 까치, 2005.

유지나 외 한국영상자료원 엮음, 『한국 영화사 공부 1980-1997』, 이채, 2005.

유현목, 『한국 영화 발달사』, 책누리, 1997.

이강엽, 『신화』, 연세대출판부, 2004.

이경재, 『신화해석학』, 다산글방, 2002.

이성모, 『영화 속 문학 이야기』, 도서출판 동인, 2002.

이왕주, 『영화, 철학을 캐스팅하다』, 효형출판, 2005.

이왕주, 『철학, 영화를 캐스팅하다』, 효형출판, 2005.

이윤기, 『그리스로마신화1-신화를 이해하는 12가지 열쇠』, 웅진닷컴, 2001.

이윤기, 『그리스로마신화2-사랑의 테마로 읽는 신화의 12가지 열쇠』, 웅진
        닷컴, 2002.

이윤기, 『그리스로마신화3-신들의 마음을 여는 12가지 열쇠』, 웅진닷컴, 2002.

이윤진, 『박태원 소설의 서술 기법 연구-영화적 기법을 중심으로』, 국학자
        료원, 2004.

이일범, 『문학 풍경 영화풍경』, 신아사, 2005.

이재선, 『한국 문학 주제론』, 서강대 출판부, 1989.

이재선, 『한국 현대 소설사』, 홍성사, 1979.

이재선, 『현대 한국 소설사』, 민음사, 1991.

이재선, 『한국 문학의 원근법』, 민음사, 1997.

이재선, 『한국현대소설사』, 홍성사, 1979.

이재선, 『현대소설의 서사시학』 - 소설 텍스트 새로 읽기, 학연사, 2002.

이종승, 『영화와 샤머니즘 - 한국적 환상과 리얼리티를 찾아서』, 살림, 2005.

이중거 외, 『한국 영화의 이해』, 예니, 1992.

이향만, 『미국 소설과 영화의 만남』, 도서출판동인, 2005.

이효인 외, 한국영상자료원 엮음, 『한국 영화사 공부 1960 - 1979』, 이채, 2004.

이효인, 『영화로 읽는 한국 사회 문화사』, 개마고원, 2003.

임형택 외, 『한국현대소설선1 - 10』, 창작과 비평사, 1996.

장영란, 『신화 속의 여성, 여성 속의 신화』, 문예출판사, 2001.

전양준, 장기철, 유현목, 『닫힌 현실, 열린 영화』, 제3문화사, 1992.

정재서, 『이야기 동양신화1, 2』, 황금부엉이, 2005.

제임스 로지 프레이저, 박규태 옮김, 『황금가지』, 을유문화사, 2005.

조광제, 『인간을 넘어선 영화예술』, 동녘, 2000.

조지 에버트, 최보은, 윤철희 옮김, 『위대한 영화』, 을유문화사, 2002.

조지프 캠벨, 『신화의 세계』, 까치, 1998.

조지프 캠벨, 이윤기(역), 『신화의 힘』, 고려원, 1992.

조지프 캠벨, 이진구 옮김, 『신의 가면Ⅰ - 동양신화』, 까치, 2002.

조지프 캠벨, 이진구 옮김, 『신의 가면Ⅱ - 원시신화』, 까치, 2002.

조지프 캠벨, 정영목 옮김, 『신의 가면Ⅲ - 서양신화』, 까치, 2002.

조지프 캠벨, 정영목 옮김, 『신의 가면Ⅳ - 창작신화』, 까치, 2002.

조지프 캠벨, 이은희 옮김, 『신화와 함께하는 삶』, 한숲, 2004.

조현설, 『우리신화의 수수께끼』, 한겨레출판, 2006.

존 오르, 김경욱 옮김, 『영화와 모더니티』, 민음사, 1999.

주강현, 『우리 문화의 수수께끼1, 2』, 한겨레신문사, 2004.

주유신 외, 『한국 영화와 근대성』, 소도, 2001.

진형준, 『상상적인 것의 인간학 - 질베르 뒤랑의 신화방법론 연구』, 문학과
    지성사, 1992.

질 들뢰즈, 김재인 옮김, 『베르그송주의』, 문학과 지성사, 1996.

질 들뢰즈, 유진상 옮김, 『시네마1 - 운동 - 이미지』, 시각과 언어, 2002.

질 들뢰즈, 이정하 옮김, 『시네마2 - 시간 - 이미지』, 시각과 언어, 2005.

질베르 뒤랑, 유평근 옮김, 『신화비평과 신화분석』, 살림, 1998.

최기숙, 『환상』, 연세대학교 출판부, 2003.

최동호, 권혁웅, 『영화 속의 혹은 영화 곁의 문학』, 모아드림, 2003.

최상규, 『소설의 시학』, 문학과 지성사, 1992.

최상식, 『영상으로 말하기』, 시각과 언어, 2001.

최원오, 『이승과 저승을 잇는 다리 한국 신화』, 여름언덕, 2004.

최혜실, 『한국 현대 소설의 이론』, 국학자료원, 1994.

표정옥, 『문학과 게임 – 한국 문학의 게임성』, 한국학술정보, 2006.

표정옥, 『현대 문화와 신화』, 연세대학교 출판부, 2006.

프로이드, 『쾌락의 원칙을 넘어서』, 열린책들, 1997.

호현찬, 『한국 영화 100년』, 문학사상사, 2000.

황영미, 『다원화 시대의 영화읽기』, 예림기획, 2004.

표정옥(表正玉)

서강대 영문과를 졸업했으며 동 대학원 국어국문과에서 현대소설 「놀이의 서사시학」
으로 박사학위를 취득하였다.

서울대에서 박사후 과정으로 「문학과 영상」을 연구하였으며, 현재 서강대학교에서 「문
화와 신화」 연구를 진행하고 있는 학술연구교수이다.

한라대, 동덕여대, 숙명여대 대학원 강사를 역임했으며, 지은 책으로는 연세대학교
유럽문화연구소의 『문학의 기본 개념 13』인 『현대문화와 신화』가 있고, 『문학과 게임』,
『서사와 영상, 영상과 신화』 등이 있다.

대표 논문으로는 「1930년대 소설의 기호론적 담론 양상」, 「이상 소설 '동해'와 '실
화'의 영상성 연구」 외 다수가 있다.

서사와 영상, 영상과 신화

• 초판 인쇄	2007년 6월 20일
• 초판 발행	2007년 6월 20일
• 지 은 이	표정옥
• 펴 낸 이	채종준
• 펴 낸 곳	한국학술정보㈜
	경기도 파주시 교하읍 문발리 526-2
	파주출판문화정보산업단지
	전화 031) 908-3181(대표) · 팩스 031) 908-3189
	홈페이지 http://www.kstudy.com
	e-mail(출판사업부) publish@kstudy.com
• 등 록	제일산-115호(2000. 6. 19)
• 가 격	26,000원

ISBN   978-89-534-6785-9 93810 (Paper Book)
       978-89-534-6786-6 98810 (e-Book)